P.G.Wodehouse

ウッドハウス・コレクション

P.G.Wodehouse

感謝だ、ジーヴス

Much Obliged, Jeeves

P・G・ウッドハウス 著

森村たまき 訳

国書刊行会

目次

感謝だ、ジーヴス

○登場人物たち

バートラム・ウースター（バーティー）………お気楽暮らしの愛すべき有閑青年。

ジーヴス………バーティーに仕える紳士様お側つき紳士。

ダリア・トラヴァース（ダリア叔母さん）………バーティーの善良で感心な叔母さん。マーケット・スノッズベリーのブリンクレイ・コート在住。

ハロルド・ウィンシップ（ジンジャー）………バーティーの親友。婚約者フローレンスの勧めで下院補欠選挙に出馬中。

フローレンス・クレイ………作家。バーティーの元婚約者。父親の婚姻によりバーティーの従姉妹になった。ジンジャーと婚約中。

マグノリア・グレンデノン………ジンジャーの新秘書。

シドカップ卿（ロデリック・スポード）………英国黒ショーツ党元党首。バーティーの天敵。

マデライン・バセット………夢見がちな乙女。現在はスポードと婚約中だが、何度かバーティーと婚約したことがある。

ルパート・ビングレイ………一時期バーティーに仕えていたことがある。遺産を相続してマーケット・スノッズベリーに引退。

マッコーカデール夫人………マーケット・スノッズベリー下院補欠選挙でジンジャーのライバル候補となった女性弁護士。

L・P・ランクル………金持ちの実業家。古銀器蒐集家。写真愛好家。ただいまはブリンクレイ・コートに滞在中。

セッピングス………ブリンクレイ・コートの執事。

アナトール………ブリンクレイ・コートのフレンチ・シェフ。

タッピー・グロソップ………バーティーの親友。正装のバーティーをプールに落とし込んだことがある。アンジェラと婚約中。

アンジェラ・トラヴァース………ダリア叔母さんの娘。タッピーと婚約中。

トム・トラヴァース………ダリア叔母さんの夫。胃弱。古銀器蒐集家。

1．ジーヴスと朝のあつれき

朝食テーブルの椅子にすべり込んでジーヴスが腕によりをかけてくれたおいしいエッグス・アンド・ベーコンに取りかかりながら、僕は奇妙な昂揚感《こうようかん》を覚えていた。と、こういう言葉で正しければだが。この状態はすごくいいように思われた。ここに僕はいて、昔なじみの懐かしき我が家に戻り、トトレイ・タワーズ、サー・ワトキン・バセット、その娘マデライン、何よりかにより筆舌に尽くしがたきスポード、あるいは本人称するところシドカップ卿をこれにて見納めにしたとの思いは、身体組織の機能を高めて心地よい満足感を与えるという特許薬成人用中量一服分みたいに効いた。

「このたまごだが、ジーヴス」僕は言った。「すごくおいしい。実に結構だ」

「さようでございますか、ご主人様？」

「間違いなく、満足したメンドリから生まれたにちがいない。それにコーヒーも完璧だ。またベーコンへの賛辞を怠《おこた》ってはなるまい。今朝の僕について何か気がついたことはないかと思っているんだが」

「あなた様におかれましては意気衝天《しょうてん》のご様子と拝見申し上げます」

「そのとおりだ、ジーヴス。今日の僕はしあわせなんだ」

「さように伺いまして大層うれしく存じます、ご主人様」

「僕は世界のてっぺんに座って、首のまわりに虹を巻きつけている［映画'Singing Fool'（一九二八）でアル・ジョルソンが歌った歌］と君なら言うところかもしれない」

「たいそうご満足の趣《おもむき》とお慶び申し上げます、ご主人様」

「君がときどき使うのを聞いたことのあるあの言葉は何だったかなあ……た、で始まる」

「多幸症でございましょうか、ご主人様？」

「そいつだ。こんなにも激しい多幸症の発作に見舞われたのは初めてなんだ。僕は全身隈《くま》なくビタミンBが満ち満ちているのを感じる。とはいえだ、これがどれだけ続くものかはわからない。シュワシュワ最高ご機嫌気分でいるときに、嵐雲が一仕事始めてくれるってことがあんまりにも多すぎるんだからな」

「おおせのとおりでございます、ご主人様。光輝ある朝が王侯の目もて山頂を飾り、緑なす草地を黄金のかんばせ口づけ、天恵の錬金術蒼《あお》き小川を走らせるが、ほどなく神々《こうごう》しきかんばせに卑しき雲の醜くかかり、よるべなきこの世より御《おん》すがたを隠したれば、この不面目に姿隠し西へ動き去る様を見ることあまりに夥《おびただ》し［シェークスピア『ソネット』三三］、でございます」

「まさしくそのとおり」僕は言った。僕にだってこんなにうまくは言えない。「天気の変化はいつだって見越してなきゃいけない。とはいえだ、いられる間はできるだけ幸せでいるべきだからな」

「まさしくさようでございます、ご主人様。カルペ・ディエム、すなわち現在を楽しめと、ローマの詩人ホラティウスは助言しております［『オード』一・十一・十七］。英国の詩人ヘリックは、集められるときに薔薇《ばら》の蕾《つぼみ》を集めるべきであると提言した折に同様の所感を表明したところでございました。あなた様のお肘《ひじ》がバターに触れておいでございます、ご主人様」

「ああ、ありがとう、ジーヴス」

ふむ、これまではよしだ。スタートは快調。しかし今ここで僕は一旦停止をしなければならない。これからどんどんと始める任務、すなわちバートラム・ウースター物語の最新作を記録するにあたって、過去に深入りしてこれまでのお話であった出来事に触れ、誰が誰でいつどこで誰が何をなぜしたかを説明することを、どうしたら避けられるものか僕には見当がつかないからである。またそれは、最初からこれまで僕と行動を共にしてくださった皆さんにとっては我慢ならないことであろう。「またその話か」と、皆さんは叫ばれることだろう。あるいはフランス語で言うと「デジャ・ヴュ」か。

その一方、僕はご新規のお客様のことを考えなければならない。気の毒なうるさがたの皆さんに、ただ謎解きをさせて放っておくわけにはいかない。もしそんなことをしたら、本件において僕たちの会話は次のようなものになるだろう。

僕　トトレイ・タワーズから逃げおおせた安堵《あんど》は途轍《とてつ》もなく大きかった。

新規客　トトレイ・タワーズってのは何だ？

僕　なにしろ僕はもう少しでマデラインと結婚することになりそうだったのだから。
新規客　マデラインってのは誰だ？
僕　ご存じのとおり、ガッシー・フィンク＝ノトルはコックと駆け落ちした。
新規客　ガッシー・フィンク＝ノトルってのは誰だ？
僕　だがたいそう幸運なことにスポードが現れて彼女を拾い上げ、僕を処刑台から救出してくれたんだった。
新規客　スポードってのは誰だ？

おわかりだろう。絶望的だ。混乱がはびこる、という言い方もできようか。僕に思いつく唯一の方法は、昔からのおなじみさんご一同様にはしばらくの間、別のことをして注意をそらしてもらうということだけだ——やることはいくらだってある、洗車をする、クロスワードパズルを解く、犬を散歩に連れ出す——その間に僕が新規顧客の皆さんに事実をつまびらかにすることにしよう。
ではは手短かにいこう。ここでは説明不要な事情ゆえ、グロスターシャー、トトレイ・タワーズのサー・ワトキン・バセットの娘マデライン・バセットは僕が彼女を絶望的に愛しており、もし彼女が婚約者ガッシー・フィンク＝ノトルをご返品するようなことになったら彼女に結婚してもらえる料簡《りょうけん》でいると長らく思い込んでいる。それは僕の計画とはまったく整合しない。彼女は身体的にはピンナップ・ガール級であるものの、かつてビスケットを砕いたことのある者じゅうで一番のじめじめ感傷的な人物であり、お星様は神様のヒナギクの首飾りで妖精さんがちっちゃなお鼻をかむたびに赤ちゃんが生まれてくると固く信じている。容易にご想像いただけるように、家庭内には一番置きたくないタイプである。

したがってガッシーが予期せずコックと駆け落ちした時、バートラムはのっぴきならない窮境《きゅうきょう》におちいったかに見えた。もし女の子があなたは私を愛しているのねと考えて私はあなたと結婚してあげるわと言ったとするならば、そんな目に遭うならドブに落っこちて死んだ方がましだとの希望を声に出して言えるものではない。つまり、あなたが自分をいわゆるプリュー・シュヴァリエ、というか勇敢な騎士――僕は常にかくあろうとしている――とみなしたいと思うかぎり、ということだ。

しかし、僕が今まさにズタ袋布と灰の注文を入れて痛恨の意を表明しようとしたところに、先ほど述べたとおり、ただいまはシドカップ卿なる仮の名の下にうろつきまわっているスポードがひょっこり現れたのだ。奴は彼女がこんなに小さいころから彼女を愛していたのだが、しかしそのことを口にできずにいた。そしていま奴が彼女にそれを告げると、たちまち二人は意気投合したのだった。そして彼女が無事流通を離れてもはや脅威であることをやめたというのが、おそらく僕のただいまの多幸症の主原因であろう。

これでどんなに劣等な知力の持ち主にだってすべては明瞭《めいりょう》になったことと思う。どうだろう？よしきたホーだ。では話を進めるとする。どこまで話したっけか？ ああそうだ。僕が世界のてっぺんに座って首の周りに虹を巻きつけているとジーヴスに言っていたところだった。それでこんな状態がいつまで続くんだろうかとの懸念を表明していた。またどんなにかこの懸念が確たる根拠に基づいていたことか。というのはつまり、それからエッグス・アンド・ベーコンをほんのフォークにひとつ食べたかどうかのところで、人生は僕が思っているような素晴らしき賛歌ではなく、厳しく真面目［ロングフェロー「人生賛歌」］でデコボコだらけであるということを僕は深く思い知らされたからだ。

「僕の気のせいだろうか、ジーヴス」コーヒーを啜《すす》りつつ他愛のない会話をしながら僕は言った。

「今朝眠りの狭霧《さぎり》が晴れゆくにつれ、君のタイプライターの鳴る音が聞こえたように思うんだが？」

「はい、ご主人様。わたくしは作文をいたしておりました」

「チャーリー・シルヴァースミス宛ての忠実な手紙か？」僕は言った。デヴリル・ホールにて執事の任務にある彼の叔父さんの名に言及しつつだ。我々はかつてその館の愉快な訪問者であった。

「あるいは薔薇《ばら》の蕾《つぼみ》を集めるよう推奨した奴《やっこ》さん流の抒情詩かい？」

「いいえ、ご主人様。わたくしはクラブ・ブックがため、トトレイ・タワーズにおける最近の出来事を記録いたしておりましたのでございます」

　そしてここでまた、コン畜生だ、僕としては古なじみの皆さんには他のことに注意を遊ばせていただき、その間にご新規の皆さんにご説明申し上げることにしたい。

　ジーヴスはカーゾン街の方にある執事と紳士様お側つき紳士のためのクラブに所属しているということをまずご承知おきいただかねばならない（僕は新規のお客様に向かって言っている）。その規則のひとつは、全メンバーは各人の雇用主に関する最新情報をクラブ・ブックに寄稿せねばならないというもので、それで雇用先を探す者に然《しか》るべき情報を提供しようというのである。もしメンバーが誰かと契約しようと考えているとすると、彼はそのクラブ・ブックを参照する。それでもしその御仁《ごじん》が毎朝小鳥たちにパンくずを与え、金髪の子供が車に轢《ひ》かれそうなところをのべつ助けて日夜過ごしていると知れば、彼は自分が好人物に当たったと了解して躊躇《ちゅうちょ》なく職務を引き受けられるわけだ。他方クラブ・ブックが、その御仁は腹をすかせた犬をけとばし、召使に朝食のポリッジを投げつけることで一日を始めるのが常であると述べていたならば、事前警告のお蔭をもってあらかじめそいつを避けられるわけである。

すべて大変結構であるしその趣旨はよく理解できる。しかし僕の意見ではこういう本は純然たるダイナマイトであって存在を許されるべきではない。ジーヴスの報告によれば、同書には十一頁に及ぶ僕に関する記述が収録されているそうであるし、またそれで僕は彼に訊《き》きたいのだが、もしそいつが僕のアガサ伯母さん——彼女の中で僕の地位はすでに低い——の手に落ちるようなことがあったら一体どうするのか、ということなのだ。数年前、——僕の意志に反し——僕が自分の寝室で二十三匹のねことといっしょにいるところを発見された折、また、彼女の邸宅の湖の小島に閣僚のA・B・フィルマーを置き去りにしたとして非難された——言うまでもなく、不当にである——時、彼女は思うところを忌憚《きたん》なく語ってくれた。トトレイ・タワーズで僕が経験した艱難辛苦《かんなんしんく》について知らされたあかつきには、彼女はどれほどの雄弁の高みに上《のぼ》りつめてしまうことだろうか？　想像力の方で恐れをふるうというものだ、ジーヴス、と、僕は彼に告げた。

それに対して彼は、同書が僕のアガサ伯母さんの手に落ちることはない、なぜなら彼女がジュニア・ガニュメデス・クラブ——同クラブの名称はこういうのだ——に立ち寄ることはないだろうから、と答え、そこで話は落ち着いた。彼の論法はもっともらしく、僕の震えはおおよそ静まった。

だが依然僕は不安を覚えずにいられなかったし、また彼に話しかける僕の態度には、少なからぬ動揺があった。

「なんてこった！」僕は絶叫を放った、と、この言い方で正しければだが。「君はほんとうにトトレイでの出来事を書いているのか？」

「はい、ご主人様」

「僕がバセット御大《おんたい》の琥珀《こはく》の小彫像をくすね盗《と》ったとされるあの一件に関するすべてをか？」

「はい、ご主人様」

「そして僕が監獄の独房で過ごした一夜のこともか？　そんな必要はあるのか？　どうして死に去りし過去は死んだままにしておいてくれない？　どうしてすべて忘れ去ったことにしてはくれないんだ？」

「不可能でございます、ご主人様」

「どうして不可能なんだ？　君にはものを忘れられないなんて言わないでくれよ。君はゾウじゃないんだからな」

こう言って僕は一本取ったつもりだったのだが、しかしちがった。

「わたくしはジュニア・ガニュメデス・クラブの会員であるがゆえに、あなた様のおおせに従うことができないのでございます、ご主人様。クラブ・ブックに関する規則はきわめて厳格で、それへの寄稿を懈《け》怠《たい》したならばきわめて厳重な処罰を受けるのでございます。時には除名という結果が招《しょう》来《らい》されることもございます」

「わかった」僕は言った。それが彼をたいへん微妙な立場に追いやるとは理解できた。彼の封建精神は若主人様に忠義を尽くしたいと切望はするものの、愛するクラブから叩き出されたくないという当然の感情は若主人様の頭を煮えたぎらせるのである。これはいわゆる妥協として知られる事柄が要求される状況と僕には思われた。

「うーん。そいつをちょっと水で薄めてもらうわけにはいかないかなあ？　いちばん刺激的なエピソードはひとつふたつ省略してもらってさ？」

「遺憾《いかん》ながらさようなことはいたしかねます、ご主人様。完全なる事実が要求されるのでございます。委員会はその点を強く主張いたしております」

おそらく僕はそこでそのクソいまいましい委員会とやらがバナナの皮に滑って転んでコン畜生な首を折ればいいとの希望を表明するべきではなかったのだろう。なぜなら彼の顔に一瞬走った苦痛の表情を僕は認めたからだ。しかし彼は寛大な人物であるから、そこのところは見逃してくれた。

「あなた様のお腹立ちもごもっともでございます、ご主人様。しかしながら、クラブ側の見解もまた理解できるところでございます。ジュニア・ガニュメデス・クラブ・ブックは歴史的文書でございます。それには八十年以上の歴史があるのでございます」

「家一軒分くらいの大きさがあるんだろうな」

「いいえ、ご主人様。同記録は数巻におよんでおります。現在の巻はおよそ十二年前より記されておるものでございます。またすべての雇用者が大量の紙数を要求するわけではないこともご想起いただかねばなりません」

「要求するだって！」

「〈必要とする〉と申しておりますべきでございました。数行にて足りるのが通例でございます。あなた様の十八頁はきわめて異例でございます」

「十八頁だって？　十一頁だと思ったが」

「あなた様におかれましては、ほぼ完成いたしましたトトレイ・タワーズにおけるご災難の記録をご計上されていらっしゃいません。こちらはおよそ七頁に及ぶと予測されるところでございます。お許しを頂けますならば、お背中をぽんぽん叩かせていただきましょう」

彼がこの親切な申し出を行なったのは、僕がコーヒーにむせ返ったからだ。何べんかぽんぽんしてもらって我に返った僕は、彼の著述行為について話し合う時いつもそうなるように、少なからず激昂《げっこう》していた。つまりだ、十八頁、それももし大衆に公開されたら僕の威信《いしん》を最大限に失墜させるにちがいない、そういう内容が全頁に満ち満ちている十八頁である。責任当事者のズボンのお尻にキックをお見舞いしたいという強烈な欲求を意識しつつ、大いに熱を込めて僕は語った。

「うむ、あるまじき行為と呼ばせてもらおう。他に言いあらわしようがない。君のところのクソいまいましい委員会がどういう厄介事《やっかいごと》を呼び寄せているか、君にはわかるか？　恐喝だ。そういうものを呼び寄せてるんだ。邪悪な意志の持ち主があの本を手に入れたとする。そしたらその結末はどうなる？　破滅だ、ジーヴス。そういう結末にあいなるんだ」

彼がすっくりと身を起こしたかどうかはわからない。なぜなら僕はその時タバコに火をつけていて、見ていなかったからだ。だが彼はそうしたにちがいないと思う。なぜなら話し始めた彼の声は、すっくりと身を起こしている人物に特有の冷たい声であったからだ。

「ジュニア・ガニュメデス・クラブ内に邪悪な意志の持ち主は一人《いちにん》もおりません、ご主人様」

彼の発言に僕は熱く反論した。

「君はそう思ってるかもしれない。だがブリンクレイはどうなんだ？」僕が言及したのは、数年前、僕がバンジョレレを弾くのをいやがったジーヴスが一時的に僕の許《もと》を去った際、仲介屋が僕のところに送ってよこした男のことである。「奴もメンバーなんだろう、どうだ？」

「地方在住会員でございます、ご主人様。あの者がクラブに来ることは滅多にございません。ちなみに、ご主人様、あの者の名前はブリンクレイではございません。ビングレイでございます」

僕は我慢ならないというようにシガレット・ホルダーを振った。僕はつまらない言い争いをしたい気分ではなかった。それとも枝葉末節にこだわる言い争い、と言うべきだったろうか？

「奴の名前なんてものは本質的な問題じゃあない、ジーヴス。本質的なのは奴が午後の半日休暇をとって帰ってきたら重篤《じゅうとく》な酩酊《めいてい》状態にあって家に放火して僕を肉切りナイフでバラバラにしようとしたってことだ」

「きわめてご不快なご経験でございました、ご主人様」

「階下の物音を聞いて、僕が部屋から出てゆくとあいつがグランド・ファーザー・クロックと格闘しているのに出くわした。奴との間に意見衝突があったんだな。奴はそれからランプを殴り倒すと僕目がけて階段を駆け上ってきた。肉切りナイフ完全装備にてだ。奇跡的に僕は故バートラム・ウースターになることを回避できたが、だがあくまでも奇跡のお蔭さまでだ。だのに君はジュニア・

ガニュメデス・クラブには邪悪な意志の持ち主は一人もいないなんて言うんだ。チッ！　だ」僕は言った。僕はこういう言葉は滅多に口にしないのだが、しかしこういう状況においてはこういう言葉が求められるのだ。

ことは困難になった。怒れる情熱がこみあげ、苛立《いらだ》ちがふつふつと湧《わ》き上がってきた。この時、電話がリンリン鳴って場面転換をしてくれたのは幸運だった。

「トラヴァース夫人でございます、ご主人様」電話口のジーヴスが言った。

2. お呼びだ、パーティー

電話線の向こうにいるのが誰かを、僕はすでに推測していた。僕の善良で感心なダリア叔母さんは、アメリカ西部諸州で飼いブタにこっちに来いとかあれを食べろとか呼びかけるブタ呼び人の陽気で熱烈な調子にて電話口で話す習慣がある。彼女は若かりし頃クゥオーンやピッチリー狩猟クラブでたくさん狩りをやって、こういうふうになったのだ。隙あらばウサギを追っかけまわそうとする猟犬やら猟犬やらに馬上から呼びかけるということを続けていると、やがて狩猟好きの女の子は人に聞こえる声を発声できるようになる。おそらく本気を出した時には、彼女の声は隣接諸州にも轟《とどろ》いたものと思われる。

僕は大いによろこびつつ、電話に向かって歩を進めた。男女を問わず、今は亡きわが父のこの快活な妹くらいごいっしょしてうれしい相手はいない。また彼女と最後に会ってからはずいぶんになる。彼女はウースターシャーのマーケット・スノッズベリーの町近くに住まいしており、そこの田舎《いなか》の邸宅にぴたりとはりついている。一方僕は、ジーヴスが例のクラブ・ブックに記録したように、近頃別のところで長期間過ごしてきたところなのだ。受話器を手に取る僕は陽気にほほ笑んでいた。むろんそうしたとてたいした意味はない。彼女に僕の顔は見えないわけだから。とはいえ大事なのは心意気である。

「ハロー、齢重《よわい》ねたご親戚」

「あんたにもハローね、この一族の面汚《つらよご》しちゃん。あんたシラフでいる?」

朝十時にアルコール影響下にありうると考えられていることに当然ながら反感を覚えはしたものの、しかしおばさんとは所詮《しょせん》おばさんであるのだと僕は自分に言い聞かせた。僕はしばしばこう言うのだ。おばさんを一人見せてもらいたい。そしたら僕は自分のオビテル・ディクタというか付随《ふずい》的意見がどれほど甥《おい》の感受性を傷付けるかなんてことには洟《はな》もひっかけない人物をご覧にいれよう、と。ほんの少しの尊大さを込めながら、僕は彼女の提起した疑問には肯定で答え、どういうかたちで彼女に奉仕すればよろしいかと訊《たず》ねた。

「昼食はどう?」

「あたしロンドンにいるんじゃないの。家にいるのよ。で、あんたがこっちに来てくれたら、あたしに奉仕できてよ。できれば今日中にね」

「貴女《あなた》の言葉は僕の耳には音楽に聞こえるよ、ご先祖様。僕にとってそれ以上うれしいことはないんだから」僕は言った。なぜなら彼女の歓待をよろこんで引き受け、彼女の雇うフレンチ・シェフ、神よりの胃液への賜《たまわ》り物アナトールのつくってくれた無敵の料理と旧交を温めるのは僕はいつだって万々歳だからだ。彼に好きにしてもらえる胃袋の持ち合わせがひとつしかないことを僕はしばしば残念に思う。

「どれくらいいいればいいの？」

「いたいだけいて頂戴、あたしのかわいい坊やちゃん。放りだしたくなったらそう言うから。大事なのは、あんたにここに来てもらうってことなの」

僕は感動していた。しない者があろうか？　僕との再会を切望する彼女の熱意に対してだ。僕を自宅に招く際、僕周囲の人々においては、自分としては僕の滞在予定はあくまでもこの週末だけであると理解しているという事実を強調し、月曜朝に帝都に戻る列車の優秀さをひたむきに讃《たた》える傾向があまりにも強すぎる。僕の陽気なほほ笑みは三、四センチは拡大した。

「ご招待ほんとうにありがとう、善良なご親戚」

「ほんとよね」

「貴女にお会いするのが本当に楽しみだよ」

「そうじゃない人がいるかしら？」

「会えるまでの一刻一秒が、一時間にも感じられるんだ。アナトールはどうしてる？」

「がっついた子ブタちゃん。あんたいつだってアナトールのことを考えてるのよね」

「考えずにいられるもんか。あの味が忘れられないんだ。彼の至芸《しげい》は近頃どうだい？」

「最高期だわね」

「そりゃあよかった」

「彼の作品は自分には天啓《てんけい》だってジンジャーが言ってるわ」

もういっぺん言ってくれと僕は彼女に頼んだ。「彼の作品は自分には天啓だってジンジャー《しょうが》が言ってるわ」と彼女が言ったように聞こえたが、そんなはずはないと思ったからだ。しかし、聞こえたとおりでよかった。

「ジンジャーだって？」話についてゆけず、僕は言った。

「ハロルド・ウィンシップよ。ジンジャーって呼んでくれって言われてるの。うちに泊まってるのよ。あんたの友達だって言ってるけど、どうせいずれはわかることだって承知してるんじゃなきゃ、そんなこと自分から認めたりしないでしょ？　あんた彼のこと知ってるんでしょ？　あんたとはオックスフォードでいっしょだったって言ってるわよ」

　僕は歓喜の悲鳴を発し、するともういっぺんそいつをやったら裁判に訴えると彼女は言った。もうちょっとで鼓膜が破れるところだったというのだ。ストーブ上のなべがやかんを黒いといってあざ笑うというたとえの好例である。つまり自分を棚に上げて人を笑うと諺《ことわざ》に言うところだ。つまりこの会話のはじまりから、彼女は僕の鼓膜を破り続けてきたというのに。

「奴を知ってるかだって？」僕は言った。「もちろん知ってるさ。僕らは……ジーヴス！」

「はい、ご主人様？」

「あの二人は誰だったかなあ？」

「さて、ご主人様？」

「ギリシャ人だ。僕の記憶が正しければだが。無二の親友と言ったらいつだって出てくるやつだ」

「あなた様のお訊ねは、ダモンとピティアス［古代ギリシャの親友。『走れメロス』の素材となった］のことでございましょうか、ご主人様？」

「それだ。僕たちはダモンとピティアスみたいなもんなんだ、ご先祖様。だけど奴が貴女のお宅で何をしてるんだい？　貴女と奴が会ったことはなかったと思うんだけど？」

「前に会ったことはないわ。でもあの子の母上があたしの学生時代の親友なの」

「なるほど」

「それであの子がマーケット・スノッズベリーの補欠選挙で国会議員に立候補するって聞いて、あの子のところに手紙を書いて、うちを基地にしなさいって言ったのよ。パブに泊まるよりずっと快適だからって」

「ああ、マーケット・スノッズベリーじゃあ補欠選挙があるんだ？」

「総力全開でね」

「で、ジンジャーが候補者の一人なんだな？」

「保守党候補よ。あんた驚いてるみたいね」

「ああ。びっくり仰天してると言ってもらってもいい。奴がそういうのが好きだなんて思いもしなかった。奴の調子はどうなんだい？」

「今のところ何とも言えないわね。とにかくあの子には可能な限りありとあらゆる助けが必要だから、あんたに来てもらって戸別訪問をやってもらいたいの」

こう訊《き》いて僕は一瞬下唇を噛《か》んだ。こういうときには注意力を発揮しなければならない。でないとどうなることか。

「どういうことをするのかなあ？」警戒しつつ、僕は訊いた。「赤ん坊にキスするのは勘弁してもらえるんだよね、どう?」

「もちろんよ。この底なしのバカったら」

「そういう仕事には赤ん坊にキスするってことが盛大に含まれるって聞いてるからさ」

「そうよ。だけどそれは候補者の仕事でしょ、この可哀そうなおバカさんったら。あんたがしなきゃいけないのは、家々を一軒一軒訪ね歩いてジンジャーに清き一票をってそこの住人をせっついてまわることだけよ」

「それならまかせてくれ。そんな任務ならゆうに僕の能力の範囲内だ。ああ、愛すべきジンジャーの奴!」感傷的になって、僕は言った。「奴に会ったら僕のハートの何とか言ったやつ、も温まって、楽しく心なごむことだろうなあ」

「んまあ、あんたたち今日の午後にはハートのそれを温められてよ。あの子今日一日ロンドンに行ってて、あんたといっしょに昼ごはんを食べたがってるから」

「えっ、そうなの! そりゃあいい。何時に?」

「一時半よ」

「どこで?」

「バリボー・ホテルのグリルルームで」

「参上するよ。ジーヴス」電話を切ると、僕は言った。「ジンジャー・ウィンシップのことは憶《おぼ》えてるだろ? 僕がピティアスであいつがダモンでさ」

「はい、ご主人様」

「マーケット・スノッズベリーで選挙があって、あいつが保守党から立候補してるんだそうだ」

「さようと奥方様はお話しであられたと理解いたしております、ご主人様」

「ああ、彼女の話してるのが聞こえたんだな?」

「困難はほぼ皆無《かいむ》でございました、ご主人様。奥方様はよくとおるお声をお持ちでいらっしゃいます」

「確かによくとおるとも」受話器に近づけていた耳をマッサージしながら、僕は言った。「すごい肺活量だ」

「たいそうなお力でございます、ご主人様」

「ゆりかごで寝てた時、僕に子守歌を歌ってくれたことがあったんだろうかって思うんだ。もしそうなら、僕はびっくりして寄り目になってたにちがいない。ボイラーが爆発したのかって勘違いしてさ。しかしながら、そんなことは問題の本質じゃあない。肝心なのは今日の午後、僕らは彼女の住まいに向かって出発するってことだ。僕はジンジャーと昼ごはんを食べる。でかけてる間に靴下何足かと歯ブラシを荷造りしておいてくれ」

「かしこまりました、ご主人様」彼は答えた。そして我々がふたたびクラブ・ブックの話題に戻ることはなかった。

3．ジンジャーの恋の季節

数時間後、約束の場所にでかける僕の姿は、少なからぬ活気やら生気やらに満ち満ちていた。このジンジャーというのは僕の一番古い友達の一人で、キッパー・ヘリングやキャッツミート・ポッター＝パーブライトみたいなプレップ・スクール、パブリック・スクール、大学といっしょだった竹馬《ちくば》の友ほど古くはないにしろ、でも断然古いのだ。オックスフォードで僕たちの部屋は隣り同士で、奴がソーダサイフォンを借りに僕の部屋を覗《のぞ》いたその瞬間から、僕たちは何よりかにより兄弟みたいなものになって、その関係は二人が学びの園《その》を離れてからも続いたのだった。

ずいぶん長い間、奴はドローンズ・クラブの卓越《たくえつ》したメンバーであり、陽気な溌剌《はつらつ》さと快活さで広く知られていた。しかしまったく突然、奴は退会を申し出て、田舎《いなか》へ暮らしに行ってしまった。それもおかしなことにサセックス州のスティープル・バンプレイにだ。そこには僕のアガサ伯母さんがねぐらを構えている。また、誰かに聞いたところによると、奴がそうしたのはドローンズ・クラブを非難する強烈な性格の女の子と婚約したせいらしい。そういう女の子はいるものだ。また僕の意見では、そういう女性は避けて通るのが一番いい。

さてと、そうしたわけで自然と僕たち二人は疎遠になった。奴はめったにロンドンに来ないし、むろん僕はぜったいにスティープル・バンプレイには行かない。本当にそうせざるを得なくならない限り、僕がアガサ伯母さんに近づくことはないのだ。関わり合いになっても意味がない。だが僕は奴に会えなくてひどくさびしかった。消え去りし手の感触［テニスンの詩「砕け、砕けよ、砕け散れ」］、とおっしゃる方もおいでだろう。

バリボー・ホテルに到着すると、奴はロビーにいた。グリルルームに向かう前に昼食前の一杯をいただく場所である。それで長らく消え去っていた二つの手が接触再開した時に付き物の、最初のヤッホーとほんとに久しぶりだなあの後、奴は一杯飲むかと僕に訊《き》いた。

「俺は付き合えないんだ」奴は言った。「完全に禁酒中ってわけじゃあない。ディナーの時に軽いワインをちょっぴりいただく時はある。だが俺のフィアンセがカクテルはやめるよう言うんだ。動脈硬化の元になるっていうんだな」

もしこう聞いて僕が唇をちょっぴりすぼめはしなかったかとお訊《たず》ねならば、まさしくそのとおりだったとお答えしよう。奴は適正な精神の完全に欠落した女の子と結婚する羽目になったということを、そのことは示しているようだった。また彼女が強烈な性格の持ち主であるという噂を、そいつは裏書きしていた。でなければこんなふうに奴の唇から盃《さかずき》を奪い取れるものではない。またどうやら奴はそれを嫌がってはいないようだ。なぜなら奴は彼女のことを、鉄のかかとの下で踏みつけにされた者の不機嫌な苦々しさではなく、すべての音節に献身的愛情をみなぎらせつつ語ったからだ。あきらかに奴は鼻の上までそいつに浸《つ》かっており、ボス風を吹かされることに何の反感も抱いていない様子だった。

パーシー伯父さんのボス面《づら》の娘、フローレンス・クレイと婚約していた時の僕とはどれほど違うことかと、僕は考えた。その婚約は長続きしなかった。なぜなら彼女は僕を放り出し、ヴェール・リーブルというか自由詩を書く、ゴリンジなる男と婚約したからだ。だが婚約が続いていた間、ずっと僕はクレオパトラにこき使われるエチオピアの奴隷《どれい》みたいな気分でいた。また僕は少なからずイライラしてもいた。他方、ジンジャーは明らかにイラ立ち始めてすらいない。イライラしている者を判別するのは難しいことではないが、奴にそういう症状はまったく見られなかった。カクテルに大統領拒否権を行使することは、その女の子がどんなにか慈悲深い天使で、いつだって自分のためを思ってくれていることを示す証左《しょうさ》であると、奴は考えているらしかった。

ウースター家の者は一人で飲酒することを嫌う。とりわけあなたの動脈は硬化しているのではないかと批判的に観察する目を前にする時はだ。したがって僕はカクテルの申し出を謝絶《しゃぜつ》し——不本意ながらだ、なぜって僕は咽喉《のど》が乾いていた——、予定表の主要項目に直行した。バリボーに向かう道すがら、ご推測のとおり、奴が国会議員に立候補するという問題について僕は熟考を重ねてきた。また僕はこの行為の背後にある動機を知りたかった。僕にはバカげたことに思えたのだ。

「ダリア叔母さんが、お前が叔母さんのところに滞在してるのは、有権者の皆さんにおためごかしを言ってとりいってる間、マーケット・スノッズベリーに行くのに便利なようにだって言っていた」僕は言った。

「ああそうだ。彼女はたいそうご親切にも俺を招待してくれた。うちの母親と学校でいっしょだったんだそうだ」

「叔母さんからそう聞いてる。昔もあんなに顔が赤かったのかなあ。あそこは気に入ったかい？」

「素晴らしいところだ」

「第一級だ。砂利土、本下水、広大な敷地、自家水道あり。それにもちろん、アナトールの料理だ」

「ああ！」奴は言った。また奴は帽子を脱ぎそうな勢いだと僕は思った。ただ奴は帽子をかぶっていなかったのだ。「実に才能に満ちた男だ」

「魔術師なんだ」僕は同意した。「彼のディナーを食べたら、これから立ち向かわなきゃならない任務に向けて力も出るんじゃないか。選挙はどんな具合だ？」

「大丈夫だ」

「最近赤ん坊にキスはしたか？」

「ああ！」奴はまた言った。今度は身震いしながらだ。自分がむき出しの神経に触れてしまったのが僕にはわかった。「赤ん坊ってのはなんていやらしいんだろうなあ、バーティー。よだれを垂らしてる。口の端からだ。とはいえ、なさねばならぬなんだ。選挙に勝ちたかったらいかなる石もひっくり返し残しちゃいけないって俺の代理人が言うんだ」

「だけどどうしてお前は選挙に勝ちたがる？　国会なんてお前は、長竿《ながざお》の先で触るのだってまっぴらご免だって僕は思ってたんだぞ」僕は言った。つまりその場にご参集の皆様の中には女性の姿もあったからだ。「どうしてこんな早まった真似をしたんだ？」

「俺のフィアンセがそう望んだんだ」奴は言った。また「フィアンセ」と発音するかたちを奴の唇がかたちづくるとき、その声にはオスのキジバトがメスのキジバトにクークー言う時のトレモロがあった。「彼女は、俺は自分でキャリアを切り開くべきだと考えてるんだ」

「お前、キャリアが欲しいのか？」

「あんまり欲しくはない。だが彼女が是非にって言うんだ」

その娘が奴にカクテルをやめさせたと聞いた時に感じた不安はますます深まった。奴の発言ひとつひとつごとに、奴がホットすぎて制御不能なシロモノにぶつかってしまったことが、僕みたいに経験豊富な男にはますます明瞭《めいりよう》になってくるのだった。また一瞬、僕は奴に、彼女宛てにすべてはおしまいだと告げる電報を打って、スーツケースに荷造りしてオーストラリア行きの次の船に飛び乗れと忠告してやろうかと考えた。しかしそう言ったら奴に対する侮辱になるかもしれないと思い、国会議員に立候補する――あるいはアメリカ流に言うと、選挙に出る――にはどういう手続きがいるのかと訊ねるだけにした。僕としては特にそれが知りたかったわけではない。だが奴の恐るべきフィアンセについて語る以外の話のネタにはなる。

奴の顔に影が差した。先に述べておくべきだったが、彼の顔というのは実に鑑賞に値する顔で、目は涼しく澄み、ほおは日焼けしてあごは固く、髪の色はジンジャー色で鼻の形は整っている。それだけでなく、筋骨隆々《きんこつりゆうりゆう》として引き締まった身体《からだ》の方もじっくり見る甲斐《かい》がある。実際、奴の容姿全体は、ジーヴスのチャーリー・シルヴァースミス叔父さんが週給袋を稼いでいるデヴリル・ホールの当主、エズモンド・ハドックのそれと似通っていた。二人とも同じ詩人的表情の持ち主で、隙《ひま》さえあれば六月《ジューン》と月《ムーン》に韻を踏ませようとしているかのように見えるが、しかしエズモンドがそうであったように、その気になれば一撃にて牡牛を倒せるという印象を人に与えもする。奴が実際にそういうことをしたことがあるかどうかは知らない。なぜなら人はそうめったに牡牛に出会うものではないからだ。しかし大学時代、奴はボクシング、ヘヴィーウェイト級の大学代表として人々を右に左になぎ倒していた。だから犠牲者の中には牡牛もいたかもしれないのだ。

「地獄の中を通り抜けるみたいなもんだ」奴は言った。過去を振り返るにつけ、奴のひたいは更に曇った。「カルカッタの黒い穴［一七五六年、カルカッタで起きた捕虜大量死亡事件。二十五平米の高温の地下牢で一夜にしてイギリス人捕虜一四六名中一二三名が死亡したと言われる］くらいに混み合って息もできない部屋に座って、夜中まで歓迎演説を聞いてなきゃならなかった。その後は演説をして回ってるんだ」

「ふむ、今はどうしてお前は向こうで演説して回ってないんだ？　一日休暇をもらったのか？」

「秘書を雇いに来たんだ」

「向こうに秘書なしで行ったわけじゃないだろう？」

「ああ。ちゃんと一人雇ってたんだが、俺のフィアンセが彼女をクビにしたんだ。あの二人の間に何か意見の相違があったんだな」

　奴がフィアンセとカクテルについて話した際、僕は大いに唇をすぼめた。そして今、僕はますます大規模に唇をすぼめていた。奴が婚約したということの女の子について聞けば聞くほど、僕は彼女のことが気に入らなくなった。彼女がもしフローレンス・クレイとたまたま出会うようなことがあったら、どんなに意気投合することだろうと僕は考えていた。つまり、対《つい》なす魂というやつである。

どちらも僕がかつて知っていた女中が、いばりんぼのなべやかんと呼んでいたあれである。

むろん僕はそうは言わなかった。人のことをいばりんぼのなべやかん呼ばわりして良い時もあるが悪い時もある。愛する女の子への批判は奴の感情を害する――という表現でよかったと思うが――ことになるかもしれず、また人は元オックスフォードのボクシング・ブルーの感情を害したくはないものだ。

「誰か当てはあるのか?」僕は訊いた。「それとも秘書紹介所を訪ねて、在庫の中から選ぶのかい?」

「ロンドンを発つ前にちょっと会ったアメリカ人の女の子と連絡がつけばと思ってるんだ。ボコ・フィトルワースが小説を書いてる時に奴とフラットをシェアしてた時があって、その子が毎日やってきて奴の仕事を手伝ってたんだ。ボコの口述筆記をしてたんだが、彼女は速記《そっき》タイピストとしては最高だって奴が言ってた。彼女の住所は持ってるんだが、まだそこに住んでるかどうかはわからないんだ。昼食の後そっちに行ってみようと思ってる。彼女の名前はマグノリア・グレンデノンっていうんだ」

「そんなわけがない」

「どうしていけない?」

「マグノリアなんて名前の子がいるわけがない」

「サウスカロライナ出身だとそういうことも起こり得るんだ。彼女がそうだ。アメリカの南部諸州じゃあ、石を投げればマグノリアに当たるんだ。だが俺は国会議員に立候補する手続きの話をしてたんだった。もちろんまず最初に、指名を受けなきゃいけない」

「そこのところはどうやったんだ？」

「俺のフィアンセが手配してくれた。彼女は閣僚を一人知っていて、彼が手をまわしてくれたんだ。フィルマーって男だ」

「A・B・フィルマーじゃないだろうな？」

「ああそうだ。お前の友達か？」

「友達とは言えないかな。怒れる白鳥に追いかけられて、ある種のあずまやの屋根の上にいっしょに追い詰められたせいで多少知り合いになったんだ。その時はだいぶご親密になったけど、ほんとうの意味でのなかよしにはならなかった」

「それはどこであった話だ？」

「スティープル・バンプレイにある僕のアガサ伯母さんの邸宅の湖の島であったことだ。スティープル・バンプレイに住んでるなら、お前も行ったことがあるんじゃないか？」

奴はさかんな憶測で僕を見た。ジーヴスが話してくれたダリエンの山頂で互いを見つめあった兵士たちがやったみたいにだ「キーツ「はじめてチャップマン訳のホメロスを披見して」」。ダリエンがどこかは知らないが。

「レディー・ウォープルスドンはお前の伯母上なのか？」

「もちろん」

「そんな話は一度もしてくれなかった」

「しないんだ。彼女としては口をつぐんでいたいんだな」

「それじゃあ、なんてこった、彼女はお前のいとこじゃないか」

「ちがう、伯母さんだ。両方いっしょにはできないんだ」

「フローレンスのことだ。俺のフィアンセのフローレンス・クレイだ」

それは衝撃だったと言うに僕はやぶさかではない。もし椅子に座っていなかったら、よろめき倒れていたことだろう。とはいえ驚くまでもないことだった。フローレンスは常に誰かと婚約してはやまない女の子で、最初はスティルトン・チーズライト、次は僕、最後に彼女の小説、『スピンドリフト』を舞台化したパーシー・ゴリンジとチームを組んだのだった。ところでその舞台はデューク・オヴ・ヨーク劇場で公開され、たちまち大失敗してその週の土曜日に打ち切りとなった。批評家の一人は、おそらく自分は不利な条件でそれを観たのかもしれない、なぜなら自分が見た時には舞台の幕が上がっていたから、と述べた。これがフローレンスの誇り高き精神にどんな影響を及ぼしたことかと、僕はずいぶん考えたものだ。

「お前、フローレンスと婚約してるのか？」僕はキャンと悲鳴を発した。さかんな憶測で奴を見ながらだ。

「ああそうだ。知らなかったのか？」

「誰も何にも言ってくれなかった。フローレンスと婚約してるだって？　へぇ？　さてさてさて」

バートラム・ウースターよりも機転のきかない男だったら、そこで更に「ひゃあ、運の悪いこった！」とかなんとかその線の言葉を付け加えていたことだろう。つまりこの不幸な男が窮地《きゅうち》に陥《おちい》っていることに疑問の余地はないからだ。だが、ウースター家の者がたっぷり持ち合わせているものがひとつあるとしたら、それは機知である。僕はただ奴の手を握り締め、握手して奴の幸福を願った。奴は礼を言った。

「お前は運がいいな」僕は言った。仮面をかぶりつつだ。

「わかってるとも！」

「彼女はチャーミングな女性だ」僕は言った。依然として上記仮面をかぶりながらだ。

「まさしくそのとおり」

「知的でもある」

「際立ってだ。小説を書くんだ」

「いつだってそうしてる」

「お前は『スピンドリフト』を読んだのか？」

「措《お》くことあたわずだ」僕は言った。手に取らなかったという事実を巧妙にも明かさずにだ。

「舞台は観たのか？」

「二度観た。打ち切りになって残念だった。ゴリンジの脚本はバカの仕業だ」

「奴に会った瞬間にあいつはバカだってわかった」

「フローレンスにそれがわからなかったのは残念なことだ」

「ああ。ところで、ゴリンジはどうなったんだい？　僕が知ってる限り、彼女は奴と婚約してたはずだが」

「彼女が婚約を解消したんだ」

「実に賢明だ。あいつには長いもみあげがあった」

「舞台の失敗は奴のせいだと彼女は考えて、奴にそう言ったんだ」

「彼女らしい」

「彼女らしいとはどういう意味だ?」

「彼女の性格はとっても率直で、正直で、歯に衣《きぬ》着せないんだ」

「そのとおりだ」

「彼女は思うところをずばりと言う」

「常に変わらずそうなんだ」

「称賛すべき性格だ」

「ああ、実にそのとおりだ」

「フローレンスみたいな女の子にインチキは通用しない」

「ああ」

僕らは沈黙に陥った。奴は指をもじもじさせ、奴の態度にはなんとかかんとか言うやつが入り込んできた。あたかも何か言いたいことがあるがそれを言うのに苦労しているみたいにだ。トトレイ・タワーズに来てくれと勇気を出して僕に頼もうとした時のスティンカー・ピンカー牧師の態度に、これとよく似た気おくれを見て取ったことを僕は思いだした。ひざに前足を載せてあなたの顔を見上げるが声は出さない犬の場合にも同様の気おくれが見うけられる。双方ともあきらかに切り出したい話題がある様子なのだ。

「バーティー」とうとう奴が言った。

「ハロー?」

「バーティー」

「何だ?」

「バーティー」

「ここにいるぞ。こんなことを訊いて悪いんだが、お前にはひびの入ったグラモフォン・レコードの血が流れてるんじゃないか? たぶんお前の母上がそいつにびっくりさせられたとかさ?」

それからコルクがポンと抜けたみたいに、すべてが奔流《ほんりゅう》となって一時に流れ出した。

「バーティー、フローレンスのことで言っておかなきゃならないことがある。彼女のいとこだからおそらくもう知ってることだろうが。彼女は素晴らしい女性だしありとあらゆる面においてほぼ完璧だ。だが彼女を愛し、彼女と婚約している者にとって厄介な性格を彼女は持っているんだ。俺が彼女を批判してるだなんて、思わないでくれよ」

「もちろんだ」

「ただ事実を述べているだけなんだ」

「まさしくそのとおり」

「うん、彼女は負け犬には興味がないんだ。彼女に評価され続けるためには、常に勝者でいなくちゃならない。彼女はおとぎ話に出てくる、男たちに無理難題を言いつけるお姫様みたいなものなんだ。やれガラスの山を削り取ってこいだの、タルタリーの大男のひげを抜いてこいだの

［シェークスピア『から騒ぎ』二幕一場］、それで成功できないとはねつけるんだ」
奴が話しているお姫様のことは憶《おぼ》えているし、いつだってああいう連中のことを僕は大間抜けだと考えてきた。つまりだ、幸福な結婚の条件が花婿がガラスの山を削り取ってくる能力だなんて、どんな根拠があって言っているのか？　そんな能力が求められるのは、せいぜいが十年に一度くらいのものではないだろうか。

「ゴリンジは」ジンジャーは続けて言った。「負け犬だ。それでお払い箱になった。また聞いたところでは、ずいぶん前に彼女は紳士の騎手と婚約していて、それで彼がグランド・ナショナルのカナル・ターンで落馬したから放り出したんだそうだ。彼女は完璧主義者だ。むろん、だからこそ俺は彼女を崇拝してやまないんだが」

「もちろんだとも」

「彼女みたいな女性には高い基準を持つ権利がある」

「まったくそのとおり」

「だが、言ったように、そういうことは俺には重荷なんだ。彼女は俺をマーケット・スノッズベリーの選挙で勝利させようと心に決めている。なぜかはわからない。彼女が政治に関心を持ってるだなんて俺は思ってもみなかったからだ。それでもし敗北したら、俺は彼女を失う。だから……」

「今こそ善良な者みな集《つど》いて隣人の助けをする時は来たりぬ、ってことだな？」

「まさしくそのとおり。お前は俺のために戸別訪問をしてくれる。だから途轍《とてつ》もない勢いで戸別訪問をやってもらいたい。また、ジーヴスにもおんなじことを頼む。とにかく俺は、勝たなきゃならないんだ」

「僕らのことを頼りにしてもらって構わない」

「ありがとう、バーティー。もちろんそうするとも。それじゃあ中に入って、ちょいと昼食をいただこうか」

4．ジーヴスの封建精神

バリボー・ホテルが常に提供する最善最高の滋養物にて身体組織を再活性化させ、ジンジャーに夕方車で迎えに来てもらえるよう段どったところで――僕の愛車のスポーツ・モデルは神経性の病気でどうぶつ病院に行っているのだ――我々は別れ、奴はマグノリア・グレンデノンを探し求めにゆき、僕はウースターG・H・Q・に歩いて帰ることにした。

ご想像いただけるように、ロンドンの大通りを歩む僕はもの思いに沈んでいた。前に読んだサスペンス小説では、ヒロインが目玉に一、二発くらって、くらくらする思考の迷宮にさまよい込んだと述べられていた。その描写は今の僕に壁紙みたいにぴたりとあてはまった。

僕のハートは重たかった。自分の旧友でそれも心からの親友である男がフローレンス・クレイと婚約したと聞いて、僕は落ち込んだ。自分がその不快な立場に置かれた時の感情を思いだしたのだ。『秘密の九人』の地下アジトに捕らわれの身になった誰かになったみたいな気がしたものだ。

しかし念のために言っておくが、彼女の見た目に関して、僕が文句を言うべきことは何もない。彼女がスティルトン・チーズライトと婚約していた頃、僕はこの年代記に、彼女は長身で細身で、素晴らしい横顔と絢爛《けんらん》豪華なプラチナブロンドの持ち主だと記録した記憶がある。容姿に関する限り、身分高きスルタンのハーレムでスター美女をやっていられるような娘である。僕は彼女と長いこと会っていないが、その状態に変化はないと予想されよう。ジンジャーが彼女のことを語る際、いともやすやすとキジバトの真似を始めたという事実はそのことを証明している。

しかしながら、容姿がすべてではない。彼女がピンナップガールみたいであるという点に対抗し、彼女に不利な証拠として、結婚した男にハリウッドのイエスマンみたいにふるまうことを期待する彼女のボス気取りな態度を持ちださねばならない。子供時代からずっと彼女は……言葉が思い出せない……せ、で始まる……駄目だ、消えてしまった……だが言いたいことはおわかりいただけよう。僕が私立学校に行っていた時、僕は聖書の知識で賞を取ったことがある。また当然ながらそのためには聖書をたくさん勉強しなければならなかった。で、その勉強の過程で、僕は「来い」と言えば人は来、「去れ」と言えば人が去る、そういう軍人の話に出会った〔『マタイによる福音書』八・九〕。フローレンスは要するにそれなのだと僕はいつも思っている。彼女が「来い」と行った時に去ってゆく、あるいはその反対の者は、誰であれ軽くあしらう。専制的、僕が求めていた言葉はそれだ。彼女は交通警官くらいに専制的なのだ。僕のハートが重たかったとしても不思議はない。ジンジャーは愛の庭園で、桃と間違えてレモンを摘んでしまったのだと僕には思えた。

それから僕の黙想《もくそう》はもっと陰気でない方向に向かった。結構な昼食をいただいた後にはそういうことがしばしば起こる。たとえカクテルをいただかなかったとしたってでだ。多くの妻帯者は細君の尻の下に敷かれることを積極的によろこぶものであるという事実を、僕は思いだした。おそらくジンジャーはそういう夫の一人になることだろう。細君が奴におすわり、おねがい、をさせて鼻先で砂糖のかたまりをぱきんと割ったとしても、そういうのはみんな本当は称賛なのだ、なぜならつまりそれは彼女が関心を持ってくれていることを意味するのだから、という見解を奴は持っているかもしれない。

ちょっぴり陽気な気分になって、僕はシガレット・ケースを取り出してそいつを開けようとした。と、バカなことに僕はそいつを取り落として道路に落っことしてしまった。それで歩道から一歩踏み出してそいつを拾おうとしたところで、突然背後からクラクションの音がし、そしてくらくらする頭の中、時計があと二回カチカチいう間に自分はタクシーに正面から轢《ひ》き殺されてしまうのだと僕は感じたのだった。

ご存じでない方のために言っておくと、頭がくらくらする時の問題は、アダージョ・ダンサーでない限り、人は足がこんがらがって転倒しがちであるというところにある。また僕が続けてやったのがこれだった。僕の左足は僕の右足の踵《かかと》とこんがらがって、僕はよろめき、ふらつき、短い間を置いた後、きこりの斧《おの》の下に倒れる高貴な木のごとく崩れ落ちたのだった。それでくらくらする思考の迷宮に迷い込んだまま僕はそこに座り込んだ。と、見えざる手が僕の腕をつかみ、安全な地へと引っぱり戻してくれたのだった。タクシーは走り去り、角を曲がっていった。

うむ、もちろんこういう場合に感性の人が最初にすることは、勇敢なる命の恩人に感謝の意を表明することである。僕はそうしようと振り向いた。でその命の恩人がほかならぬジーヴスでなかったら、僕のことを強烈にぶん殴っていただきたい。これは完全な驚きだった。こんな所で彼が何をしているものか、皆目見当《かいもく》がつかなかった。でまた一瞬、これは彼の霊体ではなかろうかとの思いが僕を襲った。

「ジーヴス！」僕は絶叫を放った。この言葉でいいはずである。まあいい、そういうことにしよう。

「こんにちは、ご主人様。あまり大きなご衝撃でなかったならばよろしいのですが。ただいまはいささか危ないところでございました」

「そうだとも。僕の全人生が走馬灯《そうまとう》のように目の前を駆けめぐったとは言わない。だが全人生の大部分は駆けめぐっていった。君がいなかったら――」

「滅相《めっそう》もないことでございます、ご主人様」

「滅相もある。君が、ひとえに君だけが、僕が明日の訃報《ふほう》欄に載ることから救ってくれたんだ」

「わたくしのよろこびといたすところでございます、ご主人様」

「絶体絶命の瞬間に君が合衆国水兵隊みたいにいつも登場してくれるのには、ほんとに驚いた。僕とA・B・フィルマーがあの白鳥と闘っていた時に君がどうしてくれたかを、僕はしっかりと憶《おぼ》えている。他にだって多すぎて挙げきれないくらいだ。うむ、今度僕が祈りの言葉を捧げる時には、必ずや君は激賞を贈られることだろう。だがどうして君はたまたまここにいたんだ？　ところでここはどこなんだ？」

「ここはカーゾン街でございます、ご主人様」

「もちろんそうだった。考えごとをしてなかったら気づいてたはずだ」

「お考えごとをされていらっしゃったのでございましょうか、ご主人様？」

「深く考え込んでいた。その話は後でしよう。ここは君のクラブのある通りだな」

「さようでございます、ご主人様。すぐ先の角を折れたところにございます。あなた様のお留守の間に荷造りを終えましたもので、ここにて昼食をとろうと決意いたしたのでございます」

「そうしてくれて天に感謝だ。もししてなかったら、僕は今頃……君の言ってたギャグはどういうんだったかな？　車輪がどうのというやつだ」

「汝の馬車の車輪の下の塵《ちり》に及ばず〔ローレンス・ホープの歌「インドの愛の歌」〕でございます、ご主人様」

「と言うよりむしろ、タクシーの車輪だ。どうして君は僕をそんなに鋭い目で見るんだ、ジーヴス？」

「ただいまのご災難ゆえ、あなた様のご着衣が乱れております。ご提案を申し上げてよろしければ、いっときジュニア・ガニュメデス・クラブに向かわれるがよろしかろうかと思料《しりょう》いたします」

「君の言いたいことはわかった。そこでごしごし洗ってブラシをかけてくれると、そう言うんだな？」

「さようでございます、ご主人様」

「それとおそらくウイスキー・アンド・ソーダもだな？」

「もちろんでございます、ご主人様」

「僕にはそいつがひどく必要なんだ。ジンジャーはほとんど禁酒中で、昼食前のカクテルはなしだったんだ。それでどうして奴がほとんど禁酒中でいるかわかるか？　なぜなら奴が婚約している女の子がそういう愚かしい道を選ばせたからだ。それで奴が婚約してる女の子が誰かを君は知っているか？　僕のいとこのフローレンス・クレイなんだ」

「さようでございますか、ご主人様？」

うむ、僕は彼が目玉をぐるぐる回してぴょんぴょん跳んでまわろうとは予想していなかった。なぜなら彼はどんなにセンセーショナルなニュースに接しようとそういうことはしないからだ。しかし彼の眉毛の片方がぴくぴくしておそらくは三ミリくらい上げられた様子から、彼が興味を持ったことが僕にはわかった。またその「さようでございますか、ご主人様？」は、いわゆる豊饒《ほうじょう》な意味にどっさり満ち満ちていた。彼は、これはバートラム様にとってはちょっぴり幸運なことではあるまいか、なぜならあなた様がかつてご婚約されておいでであられた女性はどなたかと婚約されない限りつねに潜在的脅威であり、いつ帰ってきてよりを戻そうとなさらないとは限らないのだから、という私見をそこに込めていたのである。僕はこのメッセージを受け取り、彼に全面的に同意した。とはいえ当然ながらそうは言わなかったが。

ご存じのとおり、ジーヴスは僕が異性とこんがらがりになる度にいつだって僕を救出してくれる。また彼は、もうちょっとで僕を祭壇前に引きずりだすところだった数々の女性たちのことをすべて知っている。だがもちろん、僕らが彼女たちのことを話題にすることはない。そうすることはすなわち女性の名前を不用意にあげつらうという標題の下に来ることだとわれわれは思うし、ウースター家の者は女性の名前を不用意にあげつらったりはしないからだ。また、ジーヴス家の者たちもそうだ。彼のチャーリー・シルヴァースミス叔父さんのことを僕はよくは知らないが、しかし彼もまたこの点に関しては彼なりの倫理的掟《おきて》を持っているはずと想像される。そういうことは一般に一族の血の中に流れているものなのだ。

そういうわけで僕はただ彼女がジンジャーを国会に立候補させた件とこれから我々が行なう戸別訪問についてもう少し詳細に教えるのみにとどめ、そしてジーヴスには有権者たちに正しい線で思考するべく求めるよう最善を尽くすようにと強く勧めた。そして彼は「はい、ご主人様」、「かしこまりました、ご主人様」、「承知いたしました、ご主人様」と言い、われわれはジュニア・ガニュメデス・クラブへと向かったのだった。

そこは実に居心地のよいクラブだった。ここで彼が余暇時間を過ごしたがるのも無理はないと僕は思った。そこはドローンズ・クラブの陽気さに欠けてはいた。昼食時にパン投げや砂糖投げが行なわれることはあまりあるまい。またその会員が年配執事や熟年紳士様お側つき紳士により構成されていることに思い当たれば、そういうことが起こりうべくもないことは理解できる。だが、居心地のよさという点では、文句のつけようがない。先ほどの転倒によって僕の肉質部位はさわると痛くなっていたのだが、ごしごし洗われブラシをかけられ身ぎれいになった後、喫煙室のふかふかした椅子に沈み込んだのは安堵《あんど》だった。

ウイスキー・アンド・ソーダを啜《すす》りながら、僕はふたたび話題をジンジャーと選挙の話にもっていった。当然ながらこの話題が今日という日の一面トップ記事であったからだ。

「奴に勝算はあると思うか、ジーヴス？」

彼は一瞬その質問を考量《こうりょう》した。どこに自分の金を賭けようか逡巡《しゅんじゅん》するかのようにだ。

「申し上げることは困難でございます、ご主人様。マーケット・スノッズベリーは多くの英国の田《いな》舎《か》町と同じく、堅物《かたぶつ》であると述べて差支えはなかろうかと思料いたします。さような町は、ご立派さを重んずるものでございます」

「ふむ、ジンジャーはじゅうぶんご立派な人物だぞ」

「おおせのとおりでございます、ご主人様。しかしながら、あなた様もご承知のとおり、あの方には過去がございます」

「たいした過去はないはずだが」

「もしさような過去が知られたあかつきには有権者に偏見を与えるに十分な過去でございます」

「知られる可能性なんてまったくないだろう。奴のことは例のクラブ・ブックに載っているんだろうが――」

「十一頁でございます、ご主人様」

「――だが、クラブ・ブックの内容が明るみに出ることはないって君は請け合ってくれたじゃないか」

「決してございません、ご主人様。さような側面におきましては、ウィンシップ様のお恐れにならるべきことは一切ございません」

彼の言葉で僕はずいぶんと息が楽になった。

「ジーヴス」僕は言った。「君の言葉で僕はずいぶんと息が楽になった。君も承知のとおり、僕はいつだってあのクラブ・ブックのことではちょっぴり不安でいるんだ。そいつは鍵を掛けてしまってあるんだろうな？」

「必ずしも施錠されておるわけではございません、ご主人様。しかしながらそれは事務長のオフィスに安全に保管されております」

「それなら心配することは何もないな」

「わたくしはさようとは申しません、ご主人様。ウィンシップ様は脱線行為の際にはお仲間とごいっしょであったに相違なく、またさようなお仲間には必ずや照会がゆくものでございます。報道各紙のゴシップ欄、またマーケット・スノッズベリーの新聞においてもさような報道はなされることでございましょう。マーケット・スノッズベリーには二紙ございまして、一方はウィンシップ様がご代表あそばされる保守勢力に頑《かたく》なに対抗いたしております。さような可能性は常にございますし、またその結果は破滅的でございましょう。わたくしはウィンシップ様の対立候補者がどなた様であられるかをただいまは存じませんが、しかしながらその方は、いかなる厳重な詮索《せんさく》によってもゆるがし得ぬご立派な過去をお持ちであるに相違ございません」

「君はずいぶんと悲観的だなあ、ジーヴス。どうして君は薔薇《ばら》の蕾《つぼみ》を集めないんだ？　詩人ヘリックは首を横に振ることだろう」

「申し訳ないことでございます、ご主人様。あなた様がウィンシップ様のご幸運をそれほどまでお心に懸けておいでとは存じませんでした。承知しておりましたらばいささかは言葉を慎んでおりましたでしょうに。選挙にご勝利されることがあの方にとってそれほどまでに重要なのでございましょうか？」

「生きるか死ぬかの一大事なんだ。あいつは勝たないとフローレンスに愛想を尽かされるんだ」

「さようでございますか、ご主人様？」

「奴はそう言うんだ。奴の言うとおりなんだろう。この件に関する奴の所見はきわめて説得力あるものだった。奴は彼女は完璧主義者で負け犬には用がないと言う。パーシー・ゴリンジが手掛けた彼女の小説の舞台化が三日でコケたんで、それで彼女が奴に解雇通知を手渡したって話は確固たる事実だ」

「さようでございますか、ご主人様」

「じゅうぶん裏付けされた事実だ」

「さようならば、わたくしの不安が杞憂《きゆう》に終わりますことを願うことにいたしましょう、ご主人様」

彼の不安が杞憂に終わることを願いながら、われわれは座っていた。と、僕のウイスキー・アンド・ソーダに影が差し、われわれのいる場にジュニア・ガニュメデス・クラブの他メンバーが同席していることに僕は気づいたのだった。街よりは田舎で着るのによりふさわしい服装をして、英国衛兵隊に所属する――とはいえそれが事実だとは思わないが――ことを意味するネクタイをした、小柄で、小太りで、お気の毒さまなメンバーである。彼の態度について言えば、その時の僕には「親しげな」という言葉しか思いつかなかったのだが、後でジーヴスの『類語辞典』を引いてみたら、それは過度に親密げで、あまりにも自由で、ずうずうしく、適切な遠慮を欠き、適正な敬意が欠乏しており、なれなれしく、厚かましく、差し出がましいものだった。うむ、最初にそいつがジーヴスにしたことが、武骨な人差指でジーヴスのあばら骨に突きを入れることであったと言ったら、おおよそご理解いただけよう。

「いやあ、レジー」彼は言った。僕は椅子の中で凍りついた。ジーヴスのファーストネームがレジナルドであったという驚くべき新事実に驚愕《きょうがく》してだ。彼にファーストネームがあるだなんて僕は考えたことすらなかった。もしこれがパーティーだったらどんなに気まずかったことかと、僕は思わずにいられなかった。

「こんにちは」ジーヴスが言った。この男が彼の親しい友人仲間ではないのが僕にはわかった。彼の声は冷たく、適切な遠慮を欠いていたり適正な敬意の欠乏していない者だったら誰だって、これを感じ取って後ずさりしていたことだろう。

このお気の毒さまな男はおかしな空気にはなんにも気づかなかったようだ。彼の態度は依然、ずっと昔からの旧友に会った男のそれだった。

「元気か、レジー？」

「まあまあ健康です、ありがとう」

「ちょっとやせたんじゃないのか？　お前も俺みたいに田舎暮らしをして結構な田舎のバターをいただくべきだぜ」彼は僕に顔を向けた。「あんたも出歩く時にはもっと気をつけた方がいいな、若造。道路の真ん中であんなふうに踊ってまわるなんてなあ。俺はあのタクシーに乗っていて、あんたがてっきりお陀仏《だぶつ》になったもんだと思った。あんたウースターだろ？」

「そうだ」僕は言った。びっくりしながらだ。僕がそんな有名人だとは知らなかった。

「そうだと思った。俺は人の顔は忘れないんだ。さてと、いつまでもおしゃべりしてるわけにはいかない。事務長に用事があるんだ。それじゃあ、会えてよかった、レジー」

「さようなら」

「お目にかかってうれしかったぜ、ウースターさん」

僕は彼に謝辞を述べ、彼は去っていった。僕はジーヴスの方に向き直った。先ほど述べたさかんな憶測は十二気筒《きとう》エンジン全開でフル活動していたのだ。

「あの男は誰だ？」

彼はすぐには答えなかった。明らかに怒りのあまり口が利けなかったのだ。彼はリキュール・ブランデーを一口啜《すす》り、それから気を取り直した。話し始めた彼の態度は、できればすべてはなかったことにしたがっている男のそれだった。

「あなた様がご朝食のテーブルにてご言及あそばされた人物でございます、ご主人様。ビングレイでございます」彼はその名を、口が汚《けが》れるとでも言いたげに発音した。

僕は驚愕した。楊枝《ようじ》一本でだってノックアウトされてたくらいだ。

「ビングレイだって？　ぜんぜんわからなかった。すっかり変わったなあ。僕が知ってた頃あいつはだいぶやせてたんだ。それにすごく陰気だった。不吉なくらいにだ。いつも黙って来たるべき革命についてじっと思案してるみたいだった。革命になったら血の滴《したた》るナイフを持ってパークレーンで僕を追いかけ回せる、ってな」

ブランデーはジーヴスに本来の姿を取り戻させたようだった。今や彼は常の冷静な調子で語っていた。

「あなた様の雇用下におりました折には、あの者の政治的見解は極左でございました。資産家になりましてより、その志向性は変化したのでございます」

「資産家だって、あの男が？」

「食料品販売業を営んでおりましたあの者の叔父が死去し、あの者に家屋と快適な生活を送れるだけの金額を遺《のこ》したのでございます」

「ビングレイみたいな男が金を持った途端に宗旨替えするなんてことは、よくあるんだろうな」

「きわめて頻繁《ひんぱん》にございます。彼らは来たるべき革命を別の観点より見ることになるのでございます」

「君の言ってることはわかる。血の滴るナイフを持った男に、自分がパークレーンを追っかけられるのはいやだってことだな。あいつはまだ紳士様お側つき紳士をやってるのか？」

「引退いたしました。あの者はマーケット・スノッズベリーにて有閑《ゆうかん》生活を過ごしております」

「マーケット・スノッズベリーだって？　それはおかしいな？」

「さて、ご主人様？」

「変だって意味だ。あの男がマーケット・スノッズベリーに住むなんてなあ」

「多くの人々がかの地にて暮らしております」

「だけどそこは僕らがこれから行く場所なんだぞ。ある種の偶然だ。するとあいつの叔父さんの家がそこにあったんだな」

「さようと拝察いたします」

「向こうで会うかもしれないぞ」

「さようなことのなきよう願っております、ご主人様。わたくしはビングレイを嫌悪いたしております。あの者は不正直でございます。信用に足る男ではございません」

「どうしてそんなふうに思う?」

「さような印象を受けるというだけでございます」

うむ、僕の知ったことではない。僕みたいに多忙な男に、ビングレイを信用してまわっている時間はない。僕がビングレイに望むことは、もし僕らの人生行路が交差するようなことがあったら、その時には彼にはシラフでいてもらって、肉切り包丁からは遠ざかっていてもらいたいと、それだけだ。お互いに干渉せずに生きるのがウースター家のモットーである。僕はウイスキー・アンド・ソーダを飲み終えると、立ち上がった。

「さてと」僕は言った。「ひとついいことがある。強烈な保守思想の持ち主なら、奴にジンジャーに投票させるのは簡単だろう。そろそろ行かなきゃならない。ジンジャーが車に乗せてってくれることになったんだが、いつ迎えに来るかわからないんだ。王侯のごときもてなしをありがとう、ジーヴス。君は疲れ果てた身体に、新たな生命を吹き込んでくれた」

「滅相《めっそう》もないことでございます、ご主人様」

5．ブリンクレイ・コートは荒れ模様

やがてジンジャーが到着した。車に向かうと、奴がマグノリアをうまいこと捕まえたのがわかった。なぜなら後部座席に座っている女の子がいて、僕らを紹介する際、奴が「ウースター氏です、グレンデノン嬢」と言ったからだ。

彼女は僕には素敵な女の子に見えたし、また見た目もたいへんよろしい。彼女の顔を千艘《そう》の船を進水させた顔「トロイのヘレネのこと。クリストファー・マーロウの劇『ファウスト博士』より」――ジーヴスのギャグを引用すればだ――であるとは言わないが、それはむしろ結構なことだ。つまり、もしジンジャーが通行人に口笛を吹かれずにはいられないようなシロモノを引き連れて帰ってきたら、フローレンスとしては何かしら言いたがるはずである。奴みたいな立場にある者は、秘書の選択にあたって細心の注意を払わねばならない。最近のミス・アメリカ・コンテストに出場したら健闘していただろうみたいなモノはぜんぶ排除でゆくということだ。しかし彼女の容姿を断然好ましいと言うことはできる。彼女は物静かで同情心に富んだ、秘密の環境で安心して手を握られ頭をよしよししてもらいながら、自分の心配事を打ち明けられる女の子だという印象を僕は得た。彼女のところにいって、「あのさあ、たった今殺人を犯してきちゃって、それで心配になっちゃったんだけど」と言ったら、彼女は「まあ、だいじょうぶ大丈夫、そんなこと考えなくていいのよ。誰にだってあることなんだから」とか答えてくれそうだ。要するに、小さいおかあさんである。そのうえ速記とタイプは抜群の腕前と来ている。ジンジャーの問題を託すのにこれ以上の人物はあるまい。

ジーヴスはスーツケースを運んで来て、それを車に乗せた。新しい秘書と検討しないといけない仕事がたくさんあるからといって、ジンジャーは僕に運転を頼んできた。彼女に職務上の機密情報を伝えるとかなんとかそんなところだろう。そういうわけでジーヴスと僕が前部座席に座り、われわれは出発した。また移動途中に特筆すべき興味深い出来事は何ひとつ起こらなかった。アナトールの料理に間もなく立ち向かえるという時にはいつだってそうなるのだが、道中ずっと僕は上機嫌だった。ジーヴスもおんなじように感じているらしかった。なぜなら彼も僕と同じく、あのフライパン遣いの達人のもっとも熱烈な賛美者の一人であるからだ。だが道中僕がだいぶ歌を歌ったのに対し、彼はいつも通り、はく製のカエルみたいなもの言わぬ抑制を維持し続け、熱心に誘ったにもかかわらずコーラスに加わることはなかった。

旅路の果てに到着し、われわれはそれぞれ解散した。ジーヴスは荷物の世話をし、ジンジャーはマグノリア・グレンデノンを奴のオフィスに案内し、僕は居間へと向かった。居間はからっぽだった。午後遅くにカントリー・ハウスに到着するとしばしばあることだが、そこには誰もいない様子だった。ダリア叔母さんの気配はない。彼女の連れ合いのトム叔父さんの気配もだ。後者が彼の古銀器コレクションがしまってある部屋にいるかどうか見てこようかとの思いを僕は胸にもてあそびもしたのだが、やめておいた方がいいと判断した。トム叔父さんはいわゆる熱狂的蒐集家《しゅうしゅうか》で、隙《ひま》さえあらば人をとっ捕まえて数時間身柄を拘束し、壁付け燭台とか葉形装飾、高浮彫り《たかうきぼ》のリボンリースとか丸ひだ装飾の縁飾りとかについて話し続けるのだ。可能な限りそういうことはご勘弁願いたいものである。

アナトールのところを表敬訪問してもよかったのだが、それまたやめておいた方がいいと僕は判断した。彼にもまた、相手を捕まえると長い独白を開始する傾向がある。彼のお気に入りの話題は彼の身体内部のことである。彼は本人言うところのマル・オウ・フォアというか胸焼けの不快に苦しんでおり、彼との会話は僕みたいな一般人よりは医療従事者にとっていっそう興味あるものであろう。なぜかはわからないが、誰かが自分の肝臓の話を始めた途端に、僕には本当の意味でその会話を楽しむことができなくなってしまうのだ。

全体的に見て、僕がすべきことは広大な庭園および家屋敷をのんびりそぞろ歩くことであるように思われた。

その日の午後は重ったるく蒸し暑く、大自然が「さてと、それじゃあ大カミナリでも落としてみんなを慌てふためかせて驚かしてやろうかな」とひとり言を言っているみたいだったが、しかし僕は思い切ってでかけることにした。家からそんなに遠くないところに木々の茂った一角があって、僕はいつもそこが好きだったからだ。それでそこに向かって僕は出発した。その木々の茂った一角には座って瞑想《めいそう》にふけりたい人の便宜《べんぎ》のためにひとつ、ふたつ田舎《いなか》風のベンチがあり、その場におもむいたところでまず最初に高価そうなカメラが置かれているのが僕の目に入った。

それを見て僕はいささか驚いた。つまりダリア叔母さんが写真に凝ってるだなんて思ってもみなかったからだ。とはいえもちろん、叔母さんというものが次から次に何をしようなんてことは誰にもわかりようがない。ほぼたちどころに僕が考えたのは、もし雷が落ちるなら、それには雨が伴おう、またカメラが雨に濡《ぬ》れたらよくない、ということだった。したがって僕はそいつを取りあげ、家に持ち帰ろうとその場を立ち去りかけた。齢《よわい》重ねた親戚は僕の深い配慮に感謝することだろう、おそらくは目に涙をたたえて、と思いながらだ。と、その時突然どなり声がして、一個人が低木の茂みの中から出てきた。僕はかなり驚愕《きょうがく》したと言うにやぶさかではない。

その彼は大きなピンク色の顔とピンクのリボンのついたパナマ帽をかぶった、恐ろしく恰幅のよろしい一個人だった。僕にはまったく一面識もない人物だったし、いったいこの彼はここで何をしているものかと僕は怪しんだ。この彼はダリア叔母さんが招待して滞在させるようなお仲間には見えなかったし、トム叔父さんだったら尚更だ。叔父さんは客人というものにアレルギーを持っていて、彼らの接近を警告されると、高飛びして姿を消すのが常だからである。後にはぺんぺん草も残さず［シェークスピア『あらし』四幕一場］、と、ジーヴスが言うのを聞いたことがある言い方で言えばだ。しかしながら先ほど述べたように、叔母さんが次に何をしでかしてくれるものかは誰にもわからないのだし、おそらくあのご先祖様にはこの男にうちに来ていっしょに遊びましょうと言うだけの、もっともな理由があったにちがいないのだ。そういうわけで僕は礼儀正しくにっこりし、ほがらかな「やあこんにちは」で、会話を開始した。

「いい天気ですねえ」礼儀正しいにっこりを続けながら、僕は言った。「いやそれとも、そんなにものすごくいい日じゃあなかったかな。雷雨になりそうな天気ですね」

何かが彼の気にさわった様子だった。彼の顔のピンク色はパナマ帽のリボンの色くらいに濃くなった。また、彼の両頬は、わずかに震えていた。

「雷雨なんぞコン畜生じゃ！」彼は応えて言った――無愛想、という言い方でいいのだと思う――それで僕も雷雨は好きではありませんと僕は言った。特に嫌ってやまないのは稲妻だと、付け加えながらだ。

「同じ場所には二度落ちないと言うんですが、だけどそう決まったわけじゃないとは思うんですよね」

「稲妻なんぞコン畜生じゃ！　わしのカメラを持ってお前何をしとる？」

当然ながらこれで新たな思考の線が開けた。

「ああ、これはあなたのカメラだったんですか？」

「そうだとも」

「ああそうか、持っていくところだったか？」

「家に持っていくところだったんです」

「濡らしたくなかったんです」

「ああ？　それでお前は誰じゃ？」

こう訊《き》いてもらってよかった。僕のような鋭敏な頭脳の持ち主には、この人物の態度全般から僕が彼の私有財産を持ち逃げする行為中を自分は取り押さえたのであるという心証で彼がいることは明らかであったし、僕としては自分の信用証明を明示する機会を得て嬉しかったからだ。この愉快な誤解をネタに二人して笑える時が来るまでには、いくらか予備作業が必要だということが僕にはわかっていた。

「ウースターというのが僕の名前です」僕は言った。「僕は僕の叔母の甥《おい》です。というかつまり」僕は続けて言った。つまり最後の言葉はあまり説明になっていないような気がしたからだ。「トラヴァース夫人は僕の叔母なんです」

「お前はこの家に滞在しておるのか？」

「はい。今着いたところです」

「ああ？」彼はまたこう言った。だが今度はいわゆる敵意の減じた調子でだ。

「はい」繰り返して僕は言った。

続いて沈黙があった。おそらく彼は頭の中で物事を僕の発言に照らして考え直し、それらを深く吟味検討しているものであろう。それから彼は「ああ？」とまた言い、とぼとぼと歩き去っていった。

僕は彼についていこうとはしなかった。彼とごいっしょしたわずかなこのひとときだけで僕には十分だった。同じ家に滞在しているのだから、われわれは必ずやまたあい見《まみ》えることだろう。だが、僕の方で先に彼を見つけた時にはその限りではない、と僕は決意していた。このエピソード全体が、サー・ワトキン・バセットとの初めての邂逅《かいこう》と彼の傘に関する誤解を思い出させた。あれは僕に衝撃を与えた。今回もそうである。田舎風のベンチが空いていてよかった。そこに座って僕の神経系の原状回復を試みることができたからだ。空の色はますます墨を流したごとくまっ黒になり、と、こういう言い方でよかったと思うのだが、雷雨になる可能性はますます強まっていた。だが僕はまだその場に留まり続けた。木製の橋の上をトラック五十七台が通り過ぎるような音がしてようやく、僕は迅速に移動するのが賢明だと感じたのだった。僕は立ち上がり、たちまちスピードを上げた。そして居間のフランス窓に到着し、ひょいとそこを通り抜けようとしたところで、中から人の声が聞こえてきたのだった。で、また考え直したのだが、「人の」というところは削除していただきたい。なぜならそれはカメラについて語り合った先ほどのお知り合いの声だったからだ。

僕は停止した。ひと頃よく風呂の中で歌っていた歌があるのだが、そのリフレインというかバーゼンというか繰り返しは、「僕は止まり、見た、聞いた」〔アーヴィング・バーリンが一九一五年に作った歌の題名〕という言葉で始まる。僕が今していたのがそれだった。見ること以外はだ。雨はもう降っていなかったし、木橋の上をトラックが渡る音の繰り返しはなしになった。あたかも大自然が「ああ、もう知ったことか」とひとりごちて雷雨を降らせる手間をあんまりにも面倒くさすぎると決めたみたいだった。そういうわけで僕は稲妻に打たれることも濡れることすらなく、現状維持していられたのだった。

カメラ男は誰かしら見えざる相手に話しかけていた。それで彼が言っていたのがこれだ。

「ウースターと、そういう名前だった。トラヴァース夫人の甥だと言うんじゃ」

会話の真っただ中に僕が到着してしまったのは明らかだった。今のセリフの前にはおそらく、

「ああ、ところで君は背が高くて細身でハンサムな――うっとりするほど魅力的、と言ってもいいくらいじゃ――若者はご存じかな？　いま表で顔を合わせたんだが」という質問があったにちがい

ない。無論そうではない可能性もあるが、いずれにせよ、大要《たいよう》はそんなところだったはずだ。で、第二当事者の答は「いや、申し訳ない、よくわからない」とか、そんなような趣旨だったのだろうと僕は思った。それに対してカメラ男が右記のように言ったのだろう。彼がそう言うと静かな室内にフンという鼻息が鳴り響いた。恐怖と嫌悪をありありと表す声が「ウースターですと！」と叫び、そして僕は頭の先から靴の底まで震えあがったのだった。はっと喘《あえ》ぎ声すら発したかもしれない。だが幸運にもその声はフランス窓の向こう側に届くほど大きくはなかった。

なぜならそれはシドカップ卿――というか、何個称号を相続しようが、僕にとってあいつはいつだってスポードである――の声だったからだ。よろしいだろうか、スポード、すなわちウースター足からトトレイ・タワーズの埃《ほこり》を払った後、一生あい見《まみ》えることはあるまいと思いまたそう切に願ってやまなかった人物である。スポード、むさぼり喰らう餌食を探してうろつきまわり、ごく幼少期より真っ当な考えを持った男たちにとって非難の決まり文句でありつづけてきた男である。一瞬すべてが真っ暗になり、倒れないよう僕が通りがかりのバラの茂みにしがみつかねばならなかったのも驚いたことではない。

わが回想録の前巻までをお読みいただいていない新規のお客様のご便宜のために説明しなければならないのだが、このスポードというのは、僕とは人生行路の途中であい見えることの多かりき人物で、という表現でよかったと思うが、また常にその結果は不快であった。僕とカメラ男の間にうるわしき友情がはぐくまれる蓋然性《がいぜんせい》のなさについてはすでに述べたが、ジーヴスが使うのを聞いたことのある言い方を用いれば、そんなような魂の融合が僕とスポードとの間に起こり得る可能性ははるかに少ない。互いに対するわれわれ双方の見解は明確である。イギリスが英雄たちにとって住みやすい国となるために必要なのは、もっと少ない、もっと良いウースターたちがいることである、というのが奴の見解であるし、一方僕の方は、スポードの頭の上にレンガが大量に落っこちてくれることで解決しないイギリスの問題はないと考えている。

「君は彼を知っているのかの？」カメラ男が言った。

「残念ながらそうだと言わねばなりません」モリアーティー教授を知っているかと訊かれたシャーロック・ホームズみたいに、スポードが言った。「彼とはどういう会い方をされたのですか？」

「あいつがわしのカメラを持って歩いて行こうとするところを捕まえたんじゃ」

「ハッ！」

「当然ながらわしはそいつがカメラを盗もうとしているのだと思った。だが彼が本当にトラヴァース夫人の甥御さんだというなら、わしの間違いだったんじゃろう」

スポードはこの推論を歯牙《しが》にもかけなかった。僕にはずいぶん健全な推論と思われたのだが。奴は一回目よりはるかに余韻の残る鼻鳴らしのフンをやった。

「トラヴァース夫人の甥だからといって何事も意味することにはなりません。奴が大司教様の甥だったとしたって、あのとおりの行動様式でいたことでしょう。誰にも見つからないでやれるとなったら、ウースターは釘打ちしてない物なら何だって盗むのです。あなたがそこにいらっしゃったことを、あいつは知らなかったのでしょう？」

「ああ、わしは茂みの後ろにいたからの」

「それであなたのカメラは上等に見えたのですね」

「たいそう高価じゃった」

「それならもちろんあいつはそれを盗もうとしていたのですよ。こいつはちょっと運がいいやと思ったにちがいないのです。自分にウースターの話をさせてください。初めてあいつに会ったのは骨《こっ》董《とう》品屋でのことでした。自分はそこにわが未来の舅《しゅうと》サー・ワトキン・バセットといっしょにでかけたのでした。舅様は古銀器を蒐集しておいでです。サー・ワトキンは持ってきた傘をそこの家具に立てかけられたのでした。ウースターはそこにいた。だがコソコソ隠れていたのです。だから我々には見えなかった」

「どこぞの暗がりの隅っこに、ということじゃな？」

「あるいは何かしらの背後にでしょう。最初にわれわれが奴の姿を見た時、奴はサー・ワトキンの傘を持ってこっそりずらかるところでした」

「実に厚顔《こうがん》じゃな」

「ええ、奴は厚顔です。ああいう連中はそうじゃなきゃいられない」

「そうなんじゃろう。氷の神経が要《い》ることじゃろうのう」

僕は正当な義憤《ぎふん》に煮えくりかえったと言っても過言ではない。別のところに記してあるように、僕の行動は容易に説明可能なものであったのだ。僕はその朝、傘を持たずに外出した。それでそういうことを完全に忘れてしまって、バセット御大《おんたい》の傘をつかんでしまったのだ。花がそのかんばせを太陽に向けるように、傘を持たぬ男が目についた一番手近な傘に手を伸ばしてしまう、太古の本能に従ったということだ。言うなれば、無意識のうちにである。

スポードが会話を再開した。二人は一瞬黙り込んでいたのだ。間違いなく僕の非行についてじっと考え込むためであろう。奴の声は語りの聞かせどころに今まさに入ろうとする者のそれだった。

「こう聞いてにわかにお信じはいただけますまいが、それからすぐに奴はサー・ワトキンのグロスターシャーの館、トトレイ・タワーズに現れたのです」

「信じられない！」

「そうおっしゃられると思いました」

「むろん変装してじゃろう？　鬘《かつら》に？　付けひげか？　ほっぺたはクルミの汁で汚して？」

「いいえ、自分の未来の妻に招待され、奴は公然とやってきたのです。彼女には奴に対する一種の感傷的な憐情《れんじょう》があるのです。奴を更生させたいと願っているのだと思います」

「女の子は、しょせん女の子じゃからのう」

「ええ、だがそうでなければよいのにと自分は願っています」

「あんたは未来の奥方を叱《しか》りつけられたのですかの？」

「当時自分はそのような立場にはなかったのです」

「どっちにしてもそうしないのが賢明じゃったろう。わしは一度結婚したいと思った女の子を叱りつけたことがあったんじゃが、彼女はおさらばして株屋とくっつきおった。それからどうなったのかの？」

「あの男は高価な銀器を盗んだのです。一種のクリーム差しで、ウシ型クリーマーと呼ばれるものでした」

「わしの医者はクリームは禁止じゃと言い張りおる。無論あの男のことは、逮捕させたのじゃろうな？」

「できなかったのです。証拠がありませんでした」

「じゃがあやつが盗《と》ったのは間違いないんじゃろう？」

「その点に確信はあります」

「ふうむ、そういうものかの。その後あやつとは会われたのかの？」

「今度こそお信じにはなられますまい。あいつはまた、トトレイ・タワーズにやって来たのです」

「あり得んことじゃ！」

「またもや自分の未来の妻の招待を受けてのことでした」

「それは昨晩到着されたバセット嬢のことかの？」

「ええ、彼女がマデラインです」

「かわいいお嬢さんじゃ。朝食前に庭で会いましてな。早朝の新鮮な空気を吸うようわしの医者が勧めるものでの。草の葉っぱの上にできる露の玉はエルフたちのブライダルベールじゃと、あのお嬢さんがお考えなのはご存じかの？」

「彼女にはとても風変わりな空想癖《へき》があるのです」

「どうしようもないことなんじゃろうのう。ところで貴君はウースターの二度目のトトレイ・タワーズ訪問の話をされておいでじゃったの？　その時にも何か盗んだのかの？」

「一千ポンドの値打ちのある琥珀《こはく》の小彫像でした」

「たいした仕事ぶりじゃ」カメラ男は、嫌々ながら称賛しているようにと僕には聞こえる言い方で言った。「今度こそ逮捕させたんでしょうな?」

「させました。奴は地元の監獄で一晩過ごしました。だが翌朝、サー・ワトキンがご態度を軟化させて奴を釈放させてしまわれたのです」

「誤った親切心じゃな」

「自分もそう思いました」

カメラ男はその点についてのコメントはそれ以上しなかった。とはいえ彼はおそらく、自分の知り得る限りありとあらゆるお涙ちょうだい一家中で、このバセット家は総合優勝だと思っていたことだろう。

「ふむ、深謝《しんしゃ》いたしますぞ」彼は言った。「この、ウースターという男のことをお話し頂いて要注意であることを教えてくださったことにの。わしはきわめて高価な古銀器をこちらに持ってきておりますのじゃ。トラヴァース氏に売却したいと考えておりましての。ウースターがもしこのことを知ったら、必ずやそれを盗もうとすることじゃろうし、もしそうしたら、監獄で一晩なんてたわ言は一切なしで行くことを保証しますぞ。法の提供しうる限り最高の重罰をあやつは受けることじゃろうて。それではさてと、夕食前にちょっとビリヤードを一ゲームいかがかの? わしの医者が軽い運動を勧めるものでの?」

「よろこんでごいっしょしましょう」

「では参りましょうかな」

二人がいなくなる頃合いを見計らって、僕は部屋に入るとソファに沈み込んだ。僕は大いに心かき乱されていた。なぜってスポードが僕について言っていたようなことを聞いて人が大喜びすると思ったら大間違いだ。僕の脈拍は速まり、ひたいは正直な汗に濡れていた。村の鍛冶屋［ロングフェローの詩］みたいにだ。僕はアルコール飲料を切実に必要としていた。それで、僕の舌がとび出して根元のところがじりじり黒ずみ始めたところで、僕の度肝を抜いたことに、な、なんとジーヴスがすべての材料が揃ったトレイを捧げ持って左手中央から入室してきたのだった。おそらく読者諸賢におかれては、セントバーナード犬というものをご存じでおいでだろう。彼らもアルプスで同じように行動し、その結果きわめて高い評価を得ている犬種である。

彼の姿を見て覚えた恍惚《こうこつ》的歓喜とない混ぜに僕の胸に生じたのは、彼が盆捧げ持ち人として活動しているという事実に対する驚きであった。これはダリア叔母さんの執事、セッピングスの職掌《しょくしょう》たるべき業務である。

「ハロー、ジーヴス！」僕は絶叫した。

「こんばんは、ご主人様。あなた様のお手回り品の荷ほどきは完了いたしました。ウイスキー・アンド・ソーダをお注《つ》ぎ申し上げてよろしゅうございましょうか？」

「もちろんいいとも。だが、君は執事役なんかして、何やってるんだ？　僕は大いに当惑しているぞ。セッピングスはどこだ？」

「ベッドにて寝《やす》んでおります、ご主人様。昼食時にムッシュー・アナトールの料理をあまりに大量に食した結果、消化不良の発作に見舞われたのでございます。当座《とうざ》の間、わたくしがセッピングス氏の職務を代行いたしております」

「実に見上げた心意気だ。またまさしくこの瞬間に登場してくれたことも実に見上げた心意気である。僕はショックを受けてるんだ、ジーヴス」

「さようとお伺いいたしましてたいそう遺憾《いかん》に存じます、ご主人様」

「君はスポードがここにいることを知っているか？」

「はい、ご主人様」

「それとバセット嬢もだ」

「はい、ご主人様」

「これじゃあみんなしてトトレイ・タワーズにいるみたいなもんじゃないか」

「あなた様のご悲嘆は深く理解申し上げるところでございます、ご主人様。しかしながら他のご滞在客との接触を回避することは簡単容易でございます」

「ああ、そうだ。と言って避けてみたところでどうなる？　パナマ帽をかぶった男に、お前はラッフルズ［E・W・ホーナングの創作した怪盗紳士］と鉄道駅の鞄くすね盗り男を足して二で割ったようなモノだって言いふらしてまわられるんだ」僕は言った。そしてスポードの発言を簡潔明瞭《めいりょう》に摘要して彼に告げた。

「きわめて不快でございます、ご主人様」

「ものすごくだ。トトレイで僕がしたこと全部の動機がどんなに健全なものだったかを、君は知ってるし僕も知っている。だがもしスポードがこれをアガサ伯母さんに言いつけたらどうなる？」

「蓋然性《がいぜんせい》低き事態と存じます、ご主人様」

「そうなんだろうな」

「しかしながらあなた様のお気持ちは十分お察し申し上げます、ご主人様。わが財布を盗む者はゴミ芥《あくた》を盗んでいる。それは何ものでもない。わがものでもあり、彼のものでもあり、千の主人に仕えてきた奴隷なのだ。しかしわが名誉を貶《おとし》めるものは、その行為より何ものも得ず、わたしを貧しくする［『オセロ』三幕三場］」

「うまいぞ。君の作か？」

「いいえ、ご主人様。シェークスピアでございます」

「シェークスピアもなかなかいいことを言うなあ」

「人みな等しく満足を得るところと理解いたしております、ご主人様。もう一杯おつくり申し上げましょうか？」

「ぜひたのむ、ジーヴス。おあつらえ向きのスピードでぜひたのむ」

彼はセント・バーナード犬活動を完了し、下がっていった。そして僕は一杯目よりもいくらかゆっくり二杯目を飲んでいた。と、ドアが開き、陽気さに満ち満ち、バラ色の顔をしたダリア叔母さんが跳んで入ってきた。

6．ダリア叔母さんの夏の稲妻作戦

この親戚を見るたび僕は、姉妹の一方が――姉妹Aと呼ぼう――もう一方の姉妹――姉妹Bと呼ぼう――とこんなにも違うということがあり得るのは何と不思議なことだろうかと思わずにはいられない。例えば僕のアガサ伯母さんは、長身でやせぎすで、どちらかというとゴビ砂漠のハゲワシに似ている。一方ダリア叔母さんは背は低くどっしりとして、ラグビー・フットボールのスクラムハーフみたいだ。性格においても二人は大きく異なる。アガサ伯母さんは冷たくて高慢である。とはいえ広く噂されているように、満月の晩に人身御供《ひとみごくう》を捧げる時にはいくらかくつろいだ態度をとるらしい。また僕に対する彼女の態度は常に厳格な女家庭教師のそれで、僕が六歳の子供でジャム戸棚からジャムを盗んだところを見つかったみたいな気分にいつだってさせられる。一方、ダリア叔母さんはクリスマスのパントマイムのパントマイム・デイムみたいに陽気で温厚である。

僕は彼女を盛大なる「ハロー」で歓迎した。すべての音節に、甥《おい》の愛と尊敬が容易にうかがわれる言い方にてだ。また更に進んで彼女のひたいに愛情を込めた接吻を押し付けさえした。この家をスポードやらマデライン・バセットやら膨満《ぼうまん》したパナマ帽の不作法者やらで満杯にしたことについていずれ彼女を難詰《なんきつ》するつもりではあったが、そういうことは後に回せる。

彼女は僕のあいさつに、彼女流の粗野な狩場《かりば》の叫びを返した。「ヨーイックス」だった。僕の記憶が正しければだが。クゥオーンやピッチリー狩猟クラブに長いこといると、どうやら人は基本英語から逸脱する習慣におちいるものらしい。

「さてと、来たのねバーティーちゃん」

「お言葉のとおりさ。意欲満々、いかなる運命をも甘受する心意気にてだ」

「いつもながらお咽喉《のど》はカラカラみたいね。あんたがお酒をがぶ飲みしてるはずって思ったのよ」

「純粋に治療的必要からだ。僕はショックを受けてるんだ」

「何のショックよ？」

「嫌われ者のスポードが滞在客のお仲間だっていう事実を突然知らされたショックさ」僕は言った。非難の逆襲を開始するのに、これ以上のキューはあるまいと感じながらだ。「あんな人間のかたちをした悪魔を、いったい全体どういう料簡《りょうけん》で招待したんだい？」僕は言った。つまり僕は彼女が第七代シドカップ伯爵に対して僕と同意見を共有していることを知っていたからだ。「貴女《あなた》はあいつのことを大自然最大の大失敗だって何度も僕に言ったじゃないか。それなのに貴女は、あいつらにご交際を乞《こ》い願ったりなんかして。ご交際を乞い願うって言い方で正しければだけどさ。貴女は頭がどうかしちゃったにちがいないよ、ご先祖様」

これは厳しい叱責《しっせき》であったし、であれば彼女のほおを恥辱《ちじょく》の紅潮が覆ったこととご想像されよう。とはいえ目で見てそれとわかるわけではない。なぜなら彼女の顔色は幾度となく狩場で冬を過ごしてきた者特有の顔色であったからだ。しかし彼女は自責の念に関してはどうやら不なんとか――不感症、それだ――に、なっているらしかった。彼女は、アナトールだったらキュウリみたいにクールと言ったであろう佇《たたず》まいを崩さなかった。

「ジンジャーに頼まれたの。あの子はスポードに今度の選挙で応援演説をしてもらいたがってるの。あの子、あいつのことをちょっとだけ知っていたのね」

「スポードとの知り合い方としては、それが最善だな」

「あの子にはありとあらゆる援助が必要なの。それでまたスポードはいわゆる本で読むような雄弁な演説家ってやつなのよ。途轍《とてつ》もないおしゃべりの才能を持ってるの。あいつなら苦もなく下院議員になれるわ」

おそらく彼女の言うことは正しいのだろう。しかし僕はスポードに対するありとあらゆる賛辞に反感を覚えたものだ。ぶっきらぼうに返事をすることで、僕は不快の意を表明した。

「じゃあどうしてあいつが自分でそうしないのさ？」

「できないの。可哀そうなおバカちゃん。あいつは貴族でしょ」

「貴族は下院議員になれないの？」

「そうよ」

「わかった」僕は言った。下院がどこかできっちり線引きしてくれているということの証左《しょうさ》に深く感銘を受けつつだ。「うむ、となると思ってたほど貴女を責められなくなるな。貴女はどうやってあいつと暮らしているんだい？」

「可能な限りあの男を避けてるわ」

「実に賢明だ。僕も同じにする。さてと、次はマデライン・バセットだ。彼女もここにいる。なぜなんだい？」

「ああ、マデラインはとりあえずいっしょについてきちゃったの。スポードの側にいたいんですって。とんでもないことを考えるもんだわよね。病的、って言い方もできるかしら。もちろんフローレンス・クレイはジンジャーの選挙キャンペーンを手伝いに来てるのよ」

僕は目に見えてびっくり仰天した。実際、僕は十五センチくらい跳び上がった。あたかも焼き串か編み針が椅子の座を突き抜けてきたみたいにだ。

「まさかフローレンスもここに来てるって言うんじゃないよね？」

「鈴をつけてね。あんた動揺してるみたいだわね」

「途轍もなく動揺してるとも。ここに来た時、ある種の人口爆発に遭遇しようだなんて僕は思ってもみなかったんだ」

「いったい誰があんたに人口爆発の話なんかしたの？」

「ジーヴスだ。そういうのは彼のお気に入りの話題なんだ。彼が言うには、何かが迅速になされない限り――」

「適切な経路を経て適切な手段が迅速にとられぬ限りって、彼言ったに決まってるわ」

「実を言うと、そう言ったんだ。適切な経路を経て適切な手段が迅速にとられない限り、世界の半分はもう半分の肩に乗っかって立つことになるだろう、って彼は言った」

「上の段に乗ってる限りは大丈夫ね」

「ああ、もちろんそれもあった」

「とは言っても、それにしたって不便でしょうねえ。バランスとるのが大変だわよ」

「そのとおり」

「それに足を伸ばしたいって時に散歩に行くのも大変よ。狩りもあんまりできないでしょうしね」

「そんなにはね」

　僕たちはわれわれの前途に待ち受けることどもにしばし思いを馳《は》せていた。また、たとえスポードとマデラインとフローレンスが屋敷内にいるとしたって、現在の状況は人にはまだ適切であると考えたのを僕は覚えている。そこからトム叔父さんのことを考えるまではほんの一歩だった。あの哀れな親爺《おやじ》さんは神経衰弱の瀬戸際にいるにちがいないと僕には思えた。叔父さんにとっては、客人一人だって多すぎなのだ。

「いったいどうやって」僕は訊《き》いた。「アンクルトムの小屋が侵略されるのを、叔父さんはどう我慢してるんだい？」

　彼女は信じられないというように、あるいは信じないというようにだったか、目を瞠《みは》った。

「あんたトムがここでバンジョーを弾いてるとでも思ってたの？　あたしの可哀そうなお間抜け坊やちゃん、あの人は危険が迫ってるって知った瞬間に南フランスにとんずらしちゃったわ。昨日絵はがきが届いたわよ。最高に楽しく過ごしていてあたしがここにいたらいいのにって思ってますって」

「それでこういう疫病神《やくびょうがみ》連中に屋敷中を蹂躙《じゅうりん》されて、貴女はいやじゃないの？」

「連中にはよそに行ってもらった方がいいけど、でもあたし聖人のごとき忍耐でおもてなしをしてるんだもの。それがジンジャーを助けることになるんだからって思って」

「そっち方面の状況はどんな具合なの？」

「五分五分、ってとこかしらね。ほんのちょっとしたことで展開が左右される感じだわ。あの子と対立候補は明日か明後日に討論会をするんだけど、すべてはその出来次第って言えるかしらね」

「対立候補って誰なの？」

「地元の人よ。弁護士なの」

「ジーヴスが言ってたけど、マーケット・スノッズベリーはすごく堅物《かたぶつ》揃いだから、もし有権者たちがジンジャーの過去を知ったら、奴に帽子も渡さないで放りだすはずだって」

「あの子には過去があるの？」

「そうは言わない。たんなる日常茶飯《さはん》って僕なら言うな。フローレンスの呪《のろ》いの虜《とりこ》になる前、奴はともすればたまごを換気扇に投げつけてレストランから放り出されがちな傾向があった。またボート・レースの夜に警官のヘルメットをくすね盗《と》ったかどでムショ入りしないで済むことはめったになかった。そんなことで票を失ったりするものなのかなあ？」

「失うかですって？　もしそんなことがマーケット・スノッズベリーで知られたら、一票取れるかどうかだって怪しいわ。そういうことは荒れ地の町［『創世記』のソドムとゴモラのこと］じゃあ見逃してもらえるかもしれないけど、マーケット・スノッズベリーじゃだめなの。お願いだからそういうことを会う人ごとに言い触らして歩かないでちょうだいね」

「愛するご先祖様、僕がそんなことをすると思うの？」

「とってもやりそうだって言うべきでしょうね。あんたのオツムがどんなにぶよぶよ間抜けかってことはわかってるでしょ？」

この中傷に怒りに燃えてなんとかかんとかいった言葉を返してもよかったのだが、彼女の使用した形容詞を聞いて、こんなに長いこと話していながら、まだあのカメラ男のことを訊いてなかったのを僕は思い出した。

「ところで」僕は言った。「ぶよぶよ男って誰なんだろう？」

「でんぷん質の食べ物が好きでカロリーに注意しない人だと思うわ。いったい全体、あんた何の話をしてるの？」

僕の質問が唐突に過ぎたと理解し、あわてて僕は説明した。

「ついさっき庭園を散歩してたらピンクのリボンのパナマ帽をかぶった肥満体の爺《じい》さんと遭遇したんだ。それで僕としてはそいつが誰でどういうわけでここに滞在するに至ったか不思議に思ってるんだ。あいつは貴女が〈歓迎〉って書いた玄関マットを差し出しそうな男には見えなかった。第一級の悪党って印象を受けたけどな」

僕の言葉は彼女の心の琴線《きんせん》に触れた様子だった。すばやく立ち上がると、彼女はドアに向かって行ってそれを開け、それからフランス窓のところに行って外を覗《のぞ》いた。明らかに誰も――もちろん僕の他にはという意味だ――聞いていないことを確認するためにだ。スパイ小説に出てくるスパイたちも、機密情報をやり取りする時におんなじようにする。

「あんたには、あいつの話をしといた方がいいわね」彼女は言った。

僕は熱心な聴衆になるつもりでいる旨《むね》を態度であらわした。

「あいつはL・P・ランクルっていうの。それであたしとしてはあんたにあの男にあらん限りの魅力を振り撒《ま》いてほしいのよ。あいつにはゴマをすって取り入ってやらなきゃいけないの」

「どうして？　あいつは特別な人物なの？」

「そうよ特別な人物ですとも。大実業家なの。ランクルズ・エンタープライズ。お金がうんうんうなってるのよ」

「金をもらおうっていうの？」

「あたしの目的はそれ。でもあたしのためじゃないの。タッピー・グロソップのためにあの男からまとまったお金をもらいたいって思ってるの」

彼女が言っているのは高名な神経専門医のキチガイ医者、サー・ロデリック・グロソップの甥のことである。かつて叔父上の方はバートラムにとって恐怖と憂慮《ゆうりょ》の源泉であったが、今は一番のなかよしの一人になっている。彼は僕をバーティーと呼ぶし、僕は彼をロディと呼ぶ。タッピーも僕の一番親しい友人の輪の一員である。かつて奴はドローンズ・クラブのプールで、僕がプール上に渡した輪をつたって渡りきれない方に賭け、それで僕が最後の輪っかまでたどり着こうとした時に奴がそいつを引き戻すのが見えて、僕は完全無欠のイブニング礼装着用のまま水中に落っこちることを余儀なくされたのだった。このことはずいぶん長らく僕の胸に突き刺さった短剣のようなものであり続けたが、やがて偉大な癒《いや》し手たる時が解決してくれ、僕は彼を許したのだった。奴はダリア叔母さんの娘のアンジェラと長らく婚約しており、またこの二人がどうしてウエディングベルを鳴らし放題にしようとしないものか、僕はどうにも理解できないでいた。結婚祝い品の銀の魚ナイフを買う仲間に加わるようにといつお声がかかるものか、ずっと毎日心待ちにしているのだが、いっこうにお呼びがかかる気配はない。

当然ながら僕はタッピーが素寒貧《すかんぴん》で困っているのかと訊いた。すると彼女は、パンを乞《こ》い、たばこの吸い殻を求めてドブを探し回るほどには困っていないが、結婚するのに十分なほどは持ち合わせていないのだと言った。

「L・P・ランクルのお蔭さまでなの。あんたにぜんぶ話してあげる」

「たのむ」

「タッピーの今は亡きお父さまに会ったことはあって？」

「一度ある。心ここになき教授型の夢想家の親爺さんだったと記憶してるけど」

「化学の研究者っていうか、呼び方なんてどうだっていいんだけど、ランクルズ・エンタープライズに雇われてたの。映画に出てくるでしょ、白衣を着て試験管を覗き込んでる連中の一人よ。それである日、彼は後に『ランクルのマジックミジェット』として知られることになる頭痛薬の錠剤を発明したの。多分あんたも知ってるでしょ？」

「よく知ってる。二日酔いにすごく効くんだ。もちろんジーヴスの特許おめざとは比べものにならないけどね。ドローンズでもとっても人気なんだ。あれを頼りにしてる連中を一ダースは知ってる。

とんでもなく儲《もう》かってるにちがいないな」

「そうなの。アイスランドであったかい毛糸の冬用下着が売れてるくらいに大売れなの」

「それじゃあどうしてタッピーは現金不足なのさ？　相続しなかったのかい？」

「ぜんぜんまったくよ」

「わからないなあ。貴女は謎かけみたいな話し方をしているよ、齢《よわい》重ねたご親戚」僕は言った。また僕の声にはいくらかいら立ちが含まれていた。なぜなら、僕をいらいらさせるものがひとつあるとしたら、それは謎かけ話をする叔母さんであるからだ。「もしそのミジェットとやらがタッピーの父上のものだったなら――」

「L・P・ランクルはそうじゃないって主張してるの。タッピーのお父さまは給料をもらって働いてたのね。それで契約書に小さな字で、ランクルズ・エンタープライズ在勤中の発明はすべてランクルズ・エンタープライズの所有となるって書いてあったの。だからグロソップ父さんが亡くなった時、息子に残してやる財産はあんまりなかったのよ。その一方、L・P・ランクルは緑の月桂樹の木みたいに繁栄し続けているんだわ」

僕は緑の月桂樹の木を見たことはない。だが彼女が言わんとしていることは理解した。

「タッピーは訴訟を起こせないの？」

「勝ち目はないの。契約は契約だもの」

彼女の言いたいことはわかった。彼女が『ミレディス・ブドワール』という週刊誌を経営していた時のことと似ていなくはない。僕は同誌に「お洒落な男はいま何を着ているか」と題する小論、あるいは時に「作品」と呼ばれるものを寄稿したことがある。彼女は原稿料として僕にタバコ一箱をくれた。それでその作品は彼女の所有となった。僕は実際にフランス、ドイツ、イタリア、カナダ、アメリカ合衆国から原稿掲載の申し入れを受けたわけではないのだが、もし受けたとしてもそれを受諾《じゅだく》することはできなかったことになる。僕の友達のボコ・フィトルワースはペン一本で生計を立てている男だが、僕は彼女に初出連載権だけを売り渡すべきだったのだと教えてくれた。だが僕はその時そんなことなんか考えもしなかったのだ。人はこういう過ちを犯しがちなものである。もちろん、人にはエージェントが必要なのだ。

まったくおんなじだ。しかしL・P・ランクルはちょっぴり譲歩してタッピーの父さんの取り分をいくらか譲るべきだったと僕は思う。僕がその旨を齢《よわい》重ねた親戚に告げると、彼女は僕に同意して言った。

「もちろんそうしてるべきよ。道徳的義務ってやつね」

「これでランクルはクサレ野郎だって僕の説が確認されたな」

「第一級のクサレ野郎だわ。それであいつの話じゃ、新年の叙勲《じょくん》でナイトの爵位を授かる内示をもらってるんですってよ」

「どうしてあんな男を叙勲できるんだ?」

「まさしく叙勲されるような男なのよ。傑出した実業家だもの。大したもんよ。英国の輸出業への貢献ってことね」

「だけどクサレ野郎だ」

「異論の余地なくクサレ野郎だわ」

「じゃあそんな奴がここで何をしてるのさ？　貴女はいつもクサレ野郎はご歓待しないって流儀は曲げないじゃない。スポードはしょうがない。貴女があいつを家屋敷じゅうにはびこらせてるのは、いやだけど理解はできる。奴はジンジャーのために演説をしてくれて、しかも貴女によればなかなかの名手だっていうんだからな。だけどランクルはどうしてさ？」

彼女は「ああ！」と言った。それで彼女が「ああ！」と言った理由を僕が訊《たず》ねると、己《おの》が巧妙な狡猾《こうかつ》さのことを考えていたのだと彼女は答えた。それで僕が己が巧妙な狡猾さっていうのはどういう意味かと訊ねると、彼女はまた「ああ！」と言った。このままこんな調子が永遠に続くかと思われたのだが、しばらくして、ドアのところにとことことんでいってそれを開け、フランス窓のところに行って外を覗いた後、彼女はおもむろに説明を開始した。

「ランクルはトムになんとかいう古銀器を売りつけたくってここに来たの。それでトムがとんずらしちゃっていて、あの男は遠路はるばる来てくれたわけだから、あたしとしては一晩ご歓待してやらなきゃいけなかったのね。そしたらディナーの時にあたし突然インスピレーションを授かっちゃったの。このままあいつをここに滞在させて、朝な夕なにアナトールの料理を詰め込んでやったら、あいつの心もとろけるんじゃないかしらって」

彼女は謎かけ言葉で話すのをやめた。今度は僕も彼女の話についてゆけた。

「奴が不当にもひとりじめしてる金を、いくらかタッピーに渡すよう説得できるようにってことだね？」

「そのとおり。あたしはチャンスを狙《ねら》ってるの。その時が来たら、稲妻みたいに行動してやるわ。トムは一日か二日で帰ってくるってあの男には言ってあるの。本当はそんなことないのよ。なぜってあたしが敵機去レリの合図を送るまで、あの人この家の半径八十キロ圏内にはぜったい入ってこないんだから。そういうわけでランクルは居続けしてるってわけなのよ」

「それで調子はどうなんだい？」

「見通しは良好だわね。あの男、毎食ごとにどんどん心とろけていってるわ。昨日の晩、アナトールはミニョネット・ド・プール・プティ・デュックを出してくれたの。そしたらあいつ、何週間もダイエットしてたサナダムシみたいにがつがつ貪《むさぼ》り食ってたわ。最後の一口を呑《の》みこんだ時、あの男の目に見えたかすかなきらめきは見間違えようがないわ。あとディナー何回かで、きっとうまくいくはずなの」

彼女はこの後間もなく僕を置いてディナーのために着替えに行ってしまった。僕は十分で礼装に着替えられる自信があったから、まだそこに留まり、思考に没入していた。

今日僕がどんなにこういうことをのべつしどおしであるか、驚いたことである。今どきの生活がどんな具合かがわかろうというものだ。昔だったら僕は月に一ぺん以上思考に没入していたとは思わないのだ。

7. 再会

齢《よわい》重ねた血族が説明してくれたタッピーの苦境が、僕の胸に突き刺さったことは言うまでもない。僕がドローンズのスイミングプール上の輪っかをつたい渡ることができない方に賭けた上、最後の輪っかを引っ張るような男なんかは配慮に値しないとお考えの向きもおありかもしれない。だがすでに述べたように、あのエピソードの苦痛はずいぶん前に和《やわ》らいでいたし、奴が置かれた苦境を思う苦しみは深かった。なぜなら、うちのご先祖様のL・P・ランクル懐柔《かいじゅう》計画が優れものだと考えているふりを装ってはいたものの、それが本当にうまくいくだなんて僕は思ってはいなかったからだ。あんなパナマ帽をかぶるような男にいくら結構な食事を詰め込んでみたところでどうにかなるものではない。L・P・ランクルタイプの男に現金を手放させる唯一の方法は、誘拐してさびしい工場床下の地下室に連れ込んで足の指の間に火のついたマッチを差し入れてやることだ。その時ですら、おそらく奴は偽小切手を渡してくることだろう。

タッピーが金に困っているとの情報は、まったくの驚きだった。いつも顔を会わせている仲間というのがどんなものかはおわかりだろう。彼らの財政状態を考えるとき、大丈夫なんだろうなとなんとはなしに決めてかかっている。タッピーが深刻な金貨不足でいるだなんて、僕は考えてもみなかった。だが司教様と牧師補を全員集合させて結婚式に取り掛かる段取りがこんなにも遅れている理由が今やわかった。おそらく、青信号が出れば金ならトム叔父さんが出してくれるだろう。叔父さんのところには金貨の袋がどっさり積み上がっているのだから。だがタッピーにはプライドがあるし、実に真っ当なことに奴は義理の父親に支援してもらうのがいやなのだ。もちろん銀行口座がそんなふうに不安定な状態でアンジェラと結婚すべきではない。しかし、愛は愛だ。誰かさんが言ったように、愛はすべてに勝つのである。

タッピーのことを考えておよそ五分くらいもの思いにふけった後、僕はギアを変えてアンジェラのことを考え込みだした。僕は彼女に対していつだって従兄弟《いとこ》らしい愛情を抱いている。絶対的にいい子だし良き妻になるタイプだ。しかしもちろん問題は、相手に自分と結婚するのに十分な金がなかったら、良き妻になんかなりようがないということだ。彼女にできることといったらその辺をうろうろして指をもじもじひねくり回して最善を願うくらいがせいぜいだ。要するに待ちくたびれている、ということだ。また、状況全体はアンジェラにとって胆汁《たんじゅう》とニガヨモギ［『哀歌』三・十九］というか、つらく苦しく、彼女は溢《あふ》れるしょっぱい涙で毎夜枕を濡《ぬ》らしていることだろう。

僕はいつも物思いにふける時には、両手に顔をうずめるにしくはなしと思っている。なぜならそれによって思考に集中し、思いがよそに飛ぶのを防ぐことができるからだ。僕は今これをやり、またなかなかうまくやっていたと思う。と、突然、ここにいるのは自分一人ではないといういわく言い難い感覚を僕は覚えた。誰かの存在を感じ取った、という言い方をお好みならばそうも言える。

また僕は間違ってはいなかった。両手を離して見上げると、僕はマデライン・バセットがそこにいるのを視認したのだった。

それはいやらしいショックだった。彼女のことを、僕が一番会いたくない人物だとは言わない。もちろんスポードが一番上だし僅差《きんさ》でL・P・ランクルが首位を争っている。だが僕としては彼女との同席をご免こうむれたならば大層うれしい。とはいえしかし、僕はうやうやしく立ち上がった。また僕の態度に、僕が彼女にレンガをぶつけてやりたいと思っていることを伺わせるところは何もなかったと思う。なぜなら僕はいつだって心の内を伺わせない男であるからだ。とはいえ冷静な僕の表情の裏側には、彼女と会うといつも僕をわしづかみにするあの不安が潜《ひそ》んでいたのだった。

僕が彼女をどうしようもなく愛しており、やせ衰えて死にかかっているという誤った認識を持つがゆえに、このバセットは僕と会うたび、僕のことを一種のやさしき憐《あわ》れみの目で見ずにはいられないのだった。また彼女がいま僕に投げかけているのがそういう目だ。彼女のまなざしはあんまりにもとろけるようだったから、彼女は無事スポードと婚約してくれているのだと思い起こすことでなんとか僕は冷静沈着を守れたのだった。彼女がガッシー・フィンク゠ノトルと婚約していた時、彼女が僕に乗り換えるのではあるまいかという危険は常にあった。ガッシーは女の子がいつ何時考え直したってぜんぜんおかしくないメガネ顔のイモリ蒐集家《しゅうしゅうか》の変態だったからだ。だが彼女がスポードと婚約しているということにはじつに心強いものがある。なぜなら奴のことをどういうふうに思おうと、奴が第七代シドカップ伯爵であるという事実は消えないし、シュロップシャーに城をひとつと年収二万ポンド持っている第七代伯爵をひっかけるのに成功した女の子は、そう簡単に彼への思いを変えるものではないからだ。

僕にまなざしをくれた後、彼女は話しだした。彼女の声は蜜《みつ》つぼから溢れ出す糖蜜みたいに甘ったるかった。

「ああ、バーティー、あなたに会えてなんて嬉しいこと。お元気？」

「ああ元気だ。君はどう？」

「元気よ」

「それはよかった。お父上は元気かい？」

「元気よ」

そう聞いて残念だった。僕とサー・ワトキン・バセットとの関係は、彼が腺《せん》ペストに罹《かか》って回復の見込みなしというニュースの方がもっと大歓迎、というものであったからだ。

「君がここにいるって聞いたんだ」僕は言った。

「ええ、私ここにいるわ」

「そう聞いてた。元気そうだね」

「ええ、私とっても、とっても元気で、とっても幸せよ」

「それはよかった」

「私、毎朝新しい一日の目が覚めると、今日は生まれてから一番の最高に素敵な日になるわって思うの。私、今朝は朝食の前に芝生の上で踊ったのよ。それから庭じゅうのお花さんたちにおはようを言ってまわったの。花壇にかわいい黒ネコちゃんが眠っていたわ。私、その子をだっこしていっしょに踊ったのよ」

彼女にそうは言わなかったが、実はそれ以上の社交的失策もなかったのだ。オーガスタス――彼女が言っていたねこというのは彼のことだ――が嫌ってやまないことがひとつあるとしたら、それは眠りを邪魔されることである。彼は大いに罵《ののし》りの言葉を吐いたにちがいない。とはいえそれはおそらく眠たげな小声であったのだ。彼女はきっと彼が咽喉《のど》をゴロゴロ鳴らしていると思ったことだろう。

彼女は言葉を止めた。彼女の間抜けな行動に何かしらコメントを期待している様子だったから、僕はこう言った。

「多幸症だ」

「なんですって？」

「そういうんだ。ジーヴスが言ってた。そういうふうに感じることをさ」

「ええ、わかったわ。私はただそういうのを、しあわせ、しあわせ、しあわせっていうの」

そう言い終えたところで、彼女はびくりとし、震え、あたかもスクリーンテストを受けて痛恨の念を表現するよう言われたかのように、片手を顔にあてた。

「ああ、バーティー！」

「ハロー？」

「ごめんなさい」

「へっ？」

「私のしあわせについてこんなにしゃべってしまって私、ほんとに無神経だったわ。あなたにとっては全然ちがうんだってことを、考えなければいけなかったの。私が入ってくる時、あなたの顔が苦痛にゆがむのが見えて、それが私のせいって思ったらごめんなさいが言えなくって。人生って簡単じゃないわ」

「あんまりはね」

「難しいの」

「時にはね」

「勇敢でいるしかないんだわ」

「そのとおり」

「勇気を失っちゃいけないの。誰にわかって？　安らぎがどこかであなたを待ちうけてるかもしれないのよ。いつかあなたは、かつて私を愛していたことすら忘れさせてくれるような人に出会うんだわ。いいえ、そうじゃない。私はきっとあなたにとっていつまでもかぐわしき思い出のままでい続けるの。あなたが夏の夕暮れに日没を見ていて、小鳥さんたちが茂みの中でおやすみなさいの歌を歌っている時、いつだってあなたの心の底深くに、やさしい、親切な幽霊さんみたいにそこにいるんだわ」

「だとしても僕は驚かないな」僕は言った。なぜなら人は礼儀正しいことを言わなければいけないものだからだ。「君、ちょっと濡れてるみたいだけど」話題を変えて、僕は言った。「外にいた時、雨が降ってたのかい？」

「ちょっぴりね。だけど気にしないの。だって私、お花さんたちにおやすみなさいを言っていたんですもの」

「ああ、君はおやすみなさいも言ってたんだ？」

「もちろんよ。言わなかったら、可哀そうなお花さんたちの気持ちが傷つくでしょ」

「戻ってきたのは賢明だった。腰痛が出るかもしれないんだからね」

「それで戻ってきたんじゃないわ。あなたの姿が窓越しに見えたの。それであなたに質問がしたくて来たのよ。とても、とっても大事な質問なの」

「ああ、何かな？」

「でもどういうふうに言ったらいいかとっても難しいの。本の中の人たちみたいに訊《き》くべきなんでしょうけど。本の中でみんなが何て言うかは知ってるでしょう」

「本の中では誰が何て言うんだい？」

「探偵とかそういう人たちよ。パーティー、あなたは今まっすぐに暮らしてる？」

「ごめん、どういう意味かなあ？」

「私の言ってる意味はわかるはずよ。あなた、物を盗むのはやめにした？」

僕は陽気で屈託のない笑いを放った。

「ああ、絶対的にさ」

「ああよかった。もうそういう衝動は感じないのね？　渇望は克服したのね？　私、パパにあれは一種の病気だって言ったの。あなたにはどうしようもないんだって」

彼女がこの説を彼に告げていた時のことを、僕は思い出した……あの時、僕はソファの後ろに隠れていたのだ。またそれは僕が望むより頻繁《ひんぱん》にそうすることを余儀なくされてきた状況であった……そしてサー・ワトキンは、僕が手を出せるものなら何でもかんでもどうしようもなく手にしてしまうというそのことこそ、自分が批判していることに他ならないのだと、僕に言わせれば趣味の疑わしい返事を返したのだった。

他の女の子だったらそのことはそれまでにしておいてくれたかもしれない。だがM・バセットはちがった。彼女は好奇心でいっぱいだった。

「精神科の治療を受けたの？　それとも意志の力なのかしら？」

「意志の力だとも」

「なんて素晴らしいことでしょう。私、あなたのことを誇りに思ってよ。だって大変な努力がいったんでしょ」

「まあまあかな」

「私、パパにお手紙書いて伝えるわ」

と、ここで彼女は片手を左の目に当てた。また認識力に優れた僕のような男には、何があったかを理解するのは容易だった。フランス窓が開け放たれ、ブヨがかなり大量に飛んで入って行ったり来たりしていたのだ。イギリスの田舎《いなか》ではいつだって覚悟していなければいけないことである。アメリカにはもちろんこういう飛行物体を途方に暮れさせる網戸というものがある。しかしイギリスにおいて網戸はまったく一般的でないから、ブヨたちはだいたいのところ好き放題にやらかしている。また連中はバカ騒ぎをやった末に時々人々の目に入るものなのだ。明らかに、今そういうブヨが一匹、マデラインの目の中に入ったのだ。

僕はバートラム・ウースターには限界があるということを一番否定しない人間である。だがある一分野において、僕は他に卓越しているのだ。目から異物を取り出すことにかけて、僕は誰に一歩たりとも譲るものではない。何と言い何をすべきかを、僕はじゅうじゅう承知している。

こすってはいけないよと助言し、僕は片手にハンカチを持って彼女に近寄った。トトレイでガッシー・フィンク＝ノトルが、現在はスティンカー・ピンカー牧師夫人であるステファニー・ビングの目からハエを取り出した時、僕は奴とこの技法について議論したことがあるのを憶《おぼ》えている。その際僕たちは患者のほおの下に片手をあてがって頭部を安定させることによってのみ、成功は達成されるという点で合意した。この準備手続きを怠《おこた》ると努力は無駄になる。したがって僕の最初の行動はそれをすることであったし、またスポードがまさしくこの瞬間を選んで登場したのはじつに奴らしいことだった。われわれ二人がいわゆる近接併置状況にあった場面に、ということだ。

僕にはこの時よりくつろいでいた時もあったと告白しよう。スポードは特大サイズのゴリラの線で構築されているのにかてて加えて、ジャングルの短気なトラの性格と、ジーヴスが自分の食らう肉をあざ笑う緑目の怪物［『オセロ』三幕三場］と呼ぶのを聞いたことがあるもの——すなわち、嫉妬《しっと》だ——のとらわれとなりやすいいやらしい心性を持ち合わせている。こういう男は愛する娘の頭を僕が固定しているところを見つけたら、いつだって僕の内臓の色を確認しようとし始める傾向性がきわめて強いのだ。そういうことを回避するため、僕は可能な限り何でもないふうを装い、奴にあいさつした。

「いやあ、ハロー、親愛なるスポード君。あれれ、親愛なるシドカップ卿だったか。また顔を合わせたなあ。ジーヴスが君がここにいるって教えてくれたんだ。それにダリア叔母さんが、君が保守党のために雄弁を揮《ふる》って有権者の頭をノックアウトしてくれてるって話してくれた。そんな真似ができるなんて本当に素晴らしいなあ。無論持って生まれた才能なんだろう。持ってる奴もいれば持ってない奴もいる。瀕死《ひんし》のおばあちゃんを喜ばせるためにだって、僕には政治集会で演説するなんてはなれ技はできない。立ちすくんで金魚みたいに口をパクパクさせるだけがせいぜいだ。ところが君ときたら、咳払いをひとつするやいなや黄金の言葉が糖蜜のごとくあふれ出るんだ。君の偉大さに、僕は感服させられるばかりだなあ」

懐柔的だ、と、お思いだろう。これ以上おべんちゃらを盛大に振り撒《ま》くのは無理だったと思う。また人は奴がニヤニヤ笑いをし、足をもじもじさせ、「そんなふうに言ってくれてなんとご親切なことだ」とか何かそんなような台詞《せりふ》を言いそうなものだと期待しよう。しかしそうする代わりに奴がしたことは、オペラのバス歌手がさかなの骨をのどにつっかえたみたいなガルルル音と僕には聞こえた音を発しながら僕に殴りかかってくることだったから、僕は会話の重責を自分で担わなければならなくなった。

「僕はマデラインの目からブヨを取っていたんだ」

「はあっ？」

「危険な悪魔だ、ブヨたちときたらな。熟練の手を必要とするんだ」

「はあっ？」

「もうぜんぶ正常に戻ったと思うよ」

「ええ、本当にありがとう、バーティー」

こう言ったのはマデラインだった。スポードではない。奴は相変わらず厳しい目で僕をねめつけていた。彼女は同じ趣旨を更にくどくどくどしく繰り返して言った。

「バーティーはとっても賢いのよ」

「はあっ？」

「彼がいなかったら私、どうなっていたかわからないんだもの」

「はあ？」

「彼は素晴らしい冷静沈着さを見せてくれたのよ」

「はあ？」

「でもかわいそうな小さいブヨさんのことは、とっても可哀そうだと思うけど」

「自業自得さ」僕は指摘した。「あいつが攻撃を仕掛けてきたんだからな」

「ええ、そのとおりだと思うのよ。でも、でも……」マントルピース上の時計が、今やブヨを取り除かれた彼女の眼に映った。そして彼女は動揺してキャッと悲鳴を上げた。「まあ、なんてことでしょ。もうこんな時間？　急がなくっちゃ」

彼女はとっとと消え去った。そして僕も同じことをしようとした。と、スポードが無愛想な「ちょっと待て」でもって僕を引きとめた。でまた、この「ちょっと待て」は悪質な種類のもので、その声のうちには不快なガリガリ音が感じられた。

「貴様と話がある、ウースター」

僕がスポードとおしゃべりしたくてたまらなかったことは一度もない。とはいえしかし奴がただ「はあ?」と言い続けるのが確実なら、よろこんで聞いてやっていたはずだ。しかしながら、奴は自分がより広い語彙《ごい》を有する証拠を見せようとしている様子だと何かが僕に告げたから、僕はドアの方へとにじり寄った。

「いつかまた別の機会に、ってことでどうかな?」

「いつかまた別の機会なんてのはコン畜生。今こそその時だ」

「ディナーに遅れそうなんだ」

「自分にしてみれば貴様なんぞどんなに遅れてくれたところで遅れ過ぎなんてことはない。自分がこれから言うことをしっかり聞かないと、貴様の歯は叩きへし折られて咽喉《のど》の奥へ下ってくことになるんだが、そしたらディナーなんぞは食えなくなるだろう」

これはもっともな発言と思われたから、僕は奴の話に耳を傾けることに決めた。と、こういう言い方でよかったと思うが。「続けてくれ」僕は言い、奴は続けた。ガルルルいううなり声にまで声を低く落とし、そのためひどく聞き取りにくくなってはいたが。とはいえ僕はそこから、「読む」という言葉と、「本」という言葉を聞きとって、ほんのり気持ちが明るくなった。もしこれから文学論が始まるなら、意見を交換し合うことに僕だってやぶさかではない。

「本だって？」僕は言った。

「本だ」

「僕に面白い本を紹介してくれっていうのか？　うーん、もちろん君が何を好きかによるんだが。たとえばジーヴスはスピノザかシェークスピアを持って丸くなってる時くらいに幸せな時もないんだ。一方、僕はと言うとほとんどがフーダニットとサスペンス小説専門だ。フーダニットじゃあアガサ・クリスティがいつだって大当たり確実だな。サスペンス小説はって言うと……」

　ここで僕は言葉を止めた。なぜなら奴は僕を口汚くののしり、無駄口を叩くのはやめるようにと言ったからだ。また身長が二メートル五十センチもあって横幅もおんなじように広い男が無駄口を叩くのをやめろと言ったら、たちまちそのとおりにするのが僕の方針である。僕は沈黙し、奴は話を続けた。

「自分には貴様のことが本を読むようにわかると言ったんだ、ウースター。貴様のもくろみはわかっている」

「君の言う意味がわからないな、シドカップ卿」

「それじゃあ貴様は見たとおりの大間抜けだってことだ。大変な大間抜けに見えるからなあ実際。自分が言ってるのは自分のフィアンセに対する貴様の態度のことだ。自分がこの部屋に入ってきたとき、貴様は彼女の顔を愛撫《あいぶ》していた」

　僕はこの点を訂正しなければならなかった。こういうことはいつだってきちんとしておきたいものである。

「ほっぺただけだ」

「チッ！」あるいはそう聞こえたようなことを何かしら奴は言った。

「それにブヨを彼女の目から取り出すためには、ほおを固定する必要があったんだ。僕はただしっかりと押さえていただけだ」

「お前はうっとり見とれながらしっかり押さえていた」

「そんなことはない！」

「失礼。だが自分には男がうっとり見とれながらしっかり押さえている時とそうじゃない時を見分けられる目がある。貴様はそのうすぎたない指で彼女のほおを汚《けが》す口実を見つけて、明らかに喜んでいた」

「お前は間違っている、シドカップ卿」

「今言ったように、自分には貴様のたくらみが何だかわかっている。貴様は自分をないがしろにしようとしている。貴様のその陰険な狡猾《こうかつ》さで、彼女を自分から奪い取ろうとしているんだ。それで持てる限りの力でもって自分が強調しておきたいことは、もしこんなことがまた起こるようなら、できるだけ早いうちにいい保険屋で事故傷害保険を買っておいた方がいいぞってことだ。叔母さんの家で客人をやってるからには、前庭の芝生で貴様をのしてやってバラバラの肉片の上で鋲《びょう》ぐぎ付きの靴を履いて踊ってやることに、自分が二の足を踏むと思ってるんだろう。そうしたら心の底から楽しいことだろうなあ。たまたま偶然なんだが、自分は鋲ぐぎ付きの靴をこっちに持ってきているんだ！」

それだけ言うと、ここが引き時と了解して奴は大股で去っていった。それから緊張した瞑想《めいそう》の一時の後、僕は奴に続いて部屋を出た。寝室に戻ると、ジーヴスはそこにいて非難がましい目をしていた。僕がディナー用の正装に十分で着替えられるのを彼は承知しているが、しかし彼は急ぐことを嫌う。なぜならその結果、たとえまあまあ適切ではあったとしても、完璧なるバタフライノットの基準に達することができなくなると彼は考えるからだ。

彼の目に浮かぶ静かなる譴責《けんせき》の色を僕は無視した。スポードの目とご対面した後では、ジーヴスの目くらいで僕は威圧されたりなんかしない。

「ジーヴス」僕は言った。「君は昔と今の賛美歌によく通じていることだろうと思う。賛美歌に出てくる、さまよいさまよい回った連中は誰だったかな?」

「ミディアンの大群でございます、ご主人様」

「そうだった。スポードはその中の一人として名前が挙がってるんだろうか?」

「さて、ご主人様?」

「まるでミディアンが奴の故郷だみたいに、あいつがさまよいさまよい回っているからこう訊くんだ。ぜんぶ話をさせてくれ」

「遺憾《いかん》ながら実現不能と存じます、ご主人様。すでに銅鑼《どら》が鳴っております」

「そうだった。誰が鳴らしてるんだ? セッピングスは寝ていると君は言っていたろう」

「パーラーメイドでございます、ご主人様。セッピングス氏の代理を務めております」

「彼女の手首の技は見事だなあ。それじゃあ話は後にする」

「かしこまりました、ご主人様。ご寛恕《かんじょ》を願います。あなた様のネクタイでございます」

「どこがいけない？」

「すべてでございます、ご主人様。わたくしにお許しを頂けますならば」

「よし、やってくれ。だがこんな時にタイがほんとに問題なんだろうかと僕は自問せずにはいられないんだ」

「タイが問題でない時はございません、ご主人様」

ディナーに向かう僕の気分は憂鬱《ゆううつ》だった。僕は考えていた。アナトールは必ずや最善最高の料理を提供してくれることだろう。あるいはタンバル・ド・リ・ド・ヴォー・トゥールーゼーヌ、もしくはシルフィード・ア・ラ・クレーム・デクルヴィスだ。しかしスポードがそこにいてマデラインがそこにいてフローレンスがそこにいてＬ・Ｐ・ランクルがそこにいるのである。

僕は考えた。いつだって何かがあるのだ。

8. それゆけ、戸別訪問

バートラム・ウースターは鋤《すき》に手をかけた時にも、ヒナギクを摘むために立ち止まったり、足下に草を生い茂らせることはない、とはたびたび言われるところである。僕の立場に置かれ、国会議員になりたくてたまらない友人のために戸別訪問することを引き受けた男の多くが、二、三時間やそこら違ったからってまあどれほどのことかとひとりごちつつ、スヌーカーを一、二ゲームしにビリヤード室に向かい、昼食過ぎまで活動開始を待つことだろう。これとはきわめて対照的に、と、ジーヴスが前に言うのを聞いた言い方をすればだが、僕は朝食後すぐにでかけた。キッパー数匹とトースト、マーマレードおよびコーヒー三杯によって心身を強化した僕が、モ・ジュストというか適語を選ぶ才能のある者ならばリヴァー・ロウと名付けるであろう川沿いに家々が並ぶ通りに近づく姿が遠望されたのは、十時四十五分を大きく過ぎてはいない時間であった。この町を昔から知っている僕は、この辺りがマーケット・スノッズベリーの高級住宅街であることを承知していた。保守党の大義を信奉する世帯主がひしめきあっている地域であり、それが僕がこの地を最初の寄港地とした理由である。つまりだ、もっと値段の安い、みんなして労働党に投票しがちで人の議論に耳を貸さず、おまけに人にはレンガを投げつけてよこすかもしれない地域から始めたってしょうがない。きっとジンジャーはタフな有権者用には口の端からしゃべって唾を吐くような特別部隊を擁《よう》していて、有権者中のレンガ投げ連中は彼らにあたらせるのだろう。

ジーヴスは僕の隣に付き添っていた。しかし僕は目的地として一番地を選んだのに対し、彼の意図は二番地に進行するところにあった。話し合いの結果、僕たちが複動式で行動していっしょに一軒の家に入ったなら、私服警官の訪問かと思われて過度に住民を興奮させてしまうことになるかもしれないとわれわれは判断した。リヴァー・ロウのような地域に住む人々の多くは優雅な生活の結果として卒中発作を起こしやすく、ショックのため床で息を引き取った有権者一名はすなわち投票人名簿に載る有権者の一名減少を意味する。こういうことはきちんと考えなければいけない。

「僕は思うんだが、ジーヴス」僕は言った。なぜなら僕は思索的な気分でいたからだ。「どうして人はぜんぜん知らない赤の他人が自分の家に上がり込んでくるのを嫌がらないんだろう……何とかすることもなく、って、何て言ったっけ。舌の先まで出かかってるんだが」

「お許しを得る、あるいはご免を被《こうむ》ることもなく、でございましょうか？」

「そいつだ。お許しを得る、あるいはご免を被ることなく、どちらに投票すべきかを語るんだ。僭《せん》越《えつ》な真似だと、僕には思える」

「それが選挙時の慣習でございます、ご主人様。慣習はわれわれをあらゆる物事と融和させるとは、賢人がかつて語ったところでございます」

「シェークスピアか？」

「バーク〔十八世紀英国の政治思想家〕でございます、ご主人様。この格言は彼の『崇高と美』の中にございます。長年戸別訪問に慣れ親しんだ有権者たちは、もしどなたもご訪問なさらなかったならば失望することと思料《しりょう》いたします」

「すると僕たちは連中の殺風景な日常に一条の陽光を運んでるってことか？」

「何事かさような方向のことでございましょう、ご主人様」

「うむ、君の言うとおりかもしれない。前にこういうことをやったことがあるのかい？」

「あなた様の雇用下に入ります前に幾度かございます、ご主人様」

「君の方法論はどういうのだ？」

「わたくしは主張の要点を可能な限り手短かに述べまして、聞き手に別れを告げ、立ち去るものでございます」

「予備手続きはなしか？」

「はて、ご主人様？」

「要点に取り掛かる前に何か演説はしなかったのか？　バークやシェークスピアや詩人バーンズについて言及はなしか？」

「なしでございます、ご主人様。聴き手側の怒りを招来いたすやもしれません」

　僕は彼の言うことに反対だった。彼のやり方は徹頭徹尾大間違いだし二番地において勝利というような性格のことは何一つ期待できないだろうと僕は感じた。おそらくバークと彼の『崇高と美』

に関する最新情報くらいに有権者が楽しんでやまないものもないだろうに、ここなる彼は自らが学び得た成果を故意に隠ぺいしている。僕としては学校時代に賞を獲《と》った聖書の知識の研究をした際に慣れ親しんだ「タラントンの寓話」［『マタイによる福音書』二五・十五］に彼の注意を喚起したかったくらいだ。しかしながら時がどんどん流れていたから、そいつは見送ることにした。だが彼は間違っていると思うとは告げておいた。予備手続きこそが肝要なのだと僕は主張したのだ。アイスブレイク、というのだったと思う。つまりだ、突然赤の他人の家に押しかけていって唐突に「ホーイ、こんにちは。皆さんが私たちの立候補者に投票してくださることを望みます！」で始めることなどできはしない。「おはようございます、旦那様。あなた様が教養人でいらっしゃることは一瞥《いちべつ》して了解いたしました。おそらくはバークをお読みあそばされる時以上にしあわせな時もないことでございましょう。彼の『崇高と美』はお読みでいらっしゃいますか？」と言った方がどんなにいいことだろう。それならナイスなスタートが切れるというものだ。

「接近方法ってものがなきゃいけないんだ」僕は言った。「僕自身としては陽気で和《なご》やかでいるっていうのに大賛成だ。世帯主に会ったらまず陽気な『やあ、ハロー、なんとかかんとかさん、いやあ、ハロー』で始めて最初から好印象を与える。それから何か面白い話をするんだ。それから、その後で、本題に取り掛かる——もちろん彼の笑いが止まるまで待ってだ。しくじりようはない」

「さようであろうと拝察いたします、ご主人様。かような方式はわたくし向きではございません。しかしながらさようなことは個々人の趣味の問題に過ぎませぬゆえ」

「個々人の心理ってことだな？」

「おおせのとおりでございます、ご主人様。人には人の秀でたる道あり、でございます」

「バークか？」

「チャールズ・チャーチルでございます、ご主人様。十八世紀初頭に活躍した詩人でございます。なお、本引用は『ウィリアム・ホガースへの書簡』よりでございました」

僕たちは歩みを止めた。ハイペースで歩いてきたため、一番地のドア前に到着したのだ。僕がベルを押した。

「行動開始だ、ジーヴス」僕は厳粛に言った。

「はい、ご主人様」

「それゆけだ」

「かしこまりました、ご主人様」

「天の力が君の戸別訪問を応援してくれるように」

「有難うございます、ご主人様」

「それと、僕のもだ」

「はい、ご主人様」

彼は前進して二番地の玄関の階段を上《のぼ》った。残された僕はケントにある聖職者の叔父さんの家で過ごした若かりし頃、ご公現の第一日曜日までに声変わりしていない者皆すべて出場可能な、少年聖歌隊員自転車ハンディキャップ競走に参加しようとした時みたいな感覚を覚えていた――緊張し、しかし勝利への意志には満ち満ちて、ということだ。

僕は中に入ったら披露しようと思っていたおもしろおかしい話のさわりのところをおさらいしていた。と、ドアが開き、メイドが一人立っていた。で、それが前回ダリア叔母さんのもてなしを享受した際に彼女のところで雇われていた人物であることに気づいた僕の驚きをご想像いただきたい。古参の皆さんはご想起されようが、ねこのオーガスタスならびに走り回ってねずみを捕るかわりに眠って一日を過ごす彼の傾向性という主題で、かつておしゃべりしたメイドである。

愛想のよい彼女の顔は僕には強壮剤みたいに効いた。ジーヴスが去っていってから沈み気味だった僕の士気は、急カーブで上昇してほぼ平常値を回復した。もしこれから会う男が僕を階下に蹴《け》り落としたとしても、彼女がそこにいて僕を送り出してくれて、こういうことは私たちをもっとスピリチュアルにするための試練として与えられたのですわと言ってくれることだろうと僕は感じた。

「おはようございます、旦那様」

「あれれ、ハロー！」僕は言った。

「また会ったたね」

「はい、旦那様」

「僕のことは憶《おぼ》えてるかい？」

「ええ、はい、旦那様」

「それとねこのオーガスタスのことは忘れちゃあいないね？」

「ええ、はい、旦那様」

「奴は相変わらずの嗜眠症《しみんしょう》でいるよ。今朝も朝食の時いっしょだった。自分の分のキッパーを食べてる間だけは、なんとか眠らないでいた。それから頭をだらりと下げてベットの端っこで夢も見ない眠りに落ちていったよ。じゃあ君は前に会った後、ダリア叔母さんに辞表を出したんだね？　残念だ。僕ら一同君がいなくて残念に思うよ。ここは気に入ってるのかい？」

「ええ、はい、旦那様」

「その意気だ。さてと、本題に取り掛かるとして、僕はきわめて重要な問題の件で君のボスに会いに来たんだ。君のボスはどんな男なんだい？　訪問客がくると不機嫌になるとか、そういうことがないといいんだけど？」

「紳士様ではございません、旦那様。ご婦人でいらっしゃいます。マッコーカデール夫人でございます」

　これは僕が感じていた多幸感をちょっぴりそぎ落としてくれた。僕はかねて用意の華々しい大成功間違いなしの話を、大いに頼りにしていたのだ。招待なしに訪問した先の男が、はてさてご来駕《らいが》にあずかるどういう恩義がございましたかなという顔であなたを見つめる最初の気まずい瞬間を、必ずやこいつが無事に乗り切らせてくれることだろうと。これは僕がドローンズでキャッツミート・ポッター＝パーブライトから聞いた話で、本質的にその精神的ふるさとはロンドンのクラブの喫煙室やアメリカの列車の男性用トイレであるようなコントである――要するに、ご婦人向きの話では断然ない。地元の監視委員会を運営しているような女性にはとりわけである。

　したがって、メイドが居間に案内したバートラム・ウースターは、いささか意気消沈《いきしょうちん》したウースターであった。また当家の女主人を一目見ても、僕の士気はいささかも向上することはなかった。

マッコーカデール夫人は、僕がいかめしい女性と呼ぶところの女性であった。おそらく僕のアガサ伯母さんほどいかめしくはなかったろう。つまりそんなのはおよそ誰にも期待できないことであるからだ。しかしヘベルの妻ヤエル［『士師記』四・二一］や、フランス革命時にギロチン台の足元に座って編み物をしたマダムなんとかかんとか［ディケンズ『二都物語』のマダム・デファルジュ］くらいのクラスには優に匹敵する。彼女はかぎ鼻と、固く結んだ薄い唇の持ち主で、また彼女の目はボルネオのチーク林で丸太を割るのに使えそうな勢いだった。彼女を着実に総体として見た時、という表現でよかったと思うが、人は彼女と結婚したマッコーカデール氏の大胆不敵さに驚嘆を覚えずにはいられない――明らかに彼は何ものをも恐れぬ人物であったのだろう。

　しかしながら僕はここに陽気かつ朗《ほが》らかになりに来ているのだ。また陽気かつ朗らかであろうと僕は意を決した。役者だったら、こういう魂がひどく興奮して神経系がお母さんの手作りみたいでなくなっている時になすべきは、深呼吸だと言うだろう。僕は三回深呼吸して、たちまちずっと気分がよくなった。

「おはよう、おはよう、おはようございます」僕は言った。「おはようございます」更にたたみかけて僕は言った。つまり、出し惜しみしないのが僕のポリシーであるからだ。

「おはようございます」彼女は答えた。これまでのところはこれでよしと思われよう。しかし彼女が愛想よくそう言ったと述べたなら、僕は読者諸賢を欺《あざむ》くことになる。僕の得た印象は、僕を一目見たことで彼女の繊細な部分が傷ついた、というものだった。明らかにこの女性は、イギリスを英雄たちが住まうにふさわしい国とするため必要なことがらに関し、スポードと見解を一《いっ》にしている。

例の話を披露することができず、また彼女が僕を見る目が一服の塩のごとく僕の身体を貫く様が、すでに弱っていた僕の冷静沈着さには少なからずつらく感じられたわけだから、会話進行にいささか困難を覚えたとておかしくはなかったのだが、しかし幸いなことに僕には手持ちの面白い話題がどっさりあった。前夜、食後のタバコを一服しながら、ジンジャーは仕事にかかったら自分が何をするつもりかを僕にてんこ盛りで聞かせてくれたのだ。奴によれば、彼らは税金を骨の髄まで削減し、外交政策を正し、輸出を倍増させ、誰もかれもが車庫に二台の車と鍋の中には二羽のニワトリを持てるようになり、英ポンドには長らく求められてきた起爆剤が与えられる、ということだった。これより素敵なことはない、と、僕ら二人とも意を同じくしたところだし、このマッコーカデール・ガーゴイル女史がおんなじように思わない理由はないだろう。したがって、僕は彼女に選挙権はお持ちかと伺い、もちろん持っておりますわと彼女は言い、すると僕はそれはよかった、なぜならもしお持ちでないとすると僕の議論の意義は大いに失われてしまうから、と言った。

「女性が選挙権を持つことは素晴らしいことだと僕はずっと考えてきました」僕は真ごころ込めてこう続けた。するとずいぶんいじわるげだと僕には思える言い方で彼女は言った。僕が是認してくれて嬉しい、と。「投票される時は、投票、という言葉でよかったと思うんですが、ジンジャー・ウィンシップに清き一票を投じられることを強くおすすめします」

「あら、そのご助言の根拠はなあに？」

これ以上のキューはなかった。皿にのせてウォータークレスを巻いて手渡してくれたようなものだ。閃光《せんこう》のごとく、僕はセールストークを開始した。税制、我が国外交政策、我が国の貿易輸出、車庫の車、鍋のニワトリ、気の毒なポンドの奴への救急処置に対するジンジャーの態度について述べながらだ。それで彼女の側にまったく熱狂が欠落しているのを目の当《ま》たりにして、僕はショックを受けた。彼女の険しい岩だらけの顔には、さざ波ひとつ立たなかった。彼女はウースター少年がクリケットボールが当たって割れた居間のガラス窓について説明するのを聞く時のアガサ伯母さんみたいに見えた。

僕は彼女を激しく押した。それとも鋭くだったか。

「貴女《あなた》は減税にご賛成でいらっしゃらないんですか？」

「賛成よ」

「外交政策の梃入《てこい》れには？」

「もちろん賛成するわ」

「それで輸出は倍増させてポンドにはダイナマイトの起爆剤をやるんですよ？　もちろんご賛成でいらっしゃいますよね。それじゃあジンジャー・ウィンシップに投票してください。善き女王ベスの堂々たる時代を呼び戻し、英国を繁栄と幸福へと導く国家という船の舵取りをしてくれる男です」これはジーヴスが僕のためにあらすじを練ってくれたトークだった。この王権を与えられたる島、もう一つのエデン、デミなんとかに関するかなりいけてる話［シェークスピア『リチャード二世』二幕一場、ジョン・オヴ・ゴーフトの演説］もあったのだが忘れた。「これがよくないなんておっしゃれないでしょう」僕は言った。

一瞬の後、彼女がこれまで以上にアガサ伯母さん似に見えるだなんてことが可能だなんて僕は思いもしなかったのだが、彼女はその息呑《の》むような離《はな》れ業《わざ》をやってのけてみせたのだった。彼女は鼻をフンと鳴らしはしなかったものの、僕を鼻であしらうと、次のように述べた。

「お若い方、バカを言うんじゃありませんよ。国家という船の舵取りをするですって、まったく！ウィンシップ氏がこの選挙で勝つなんていう奇跡を起こせたとしても――起こせるわけはないんですけど――きっとただの普通の後方席のヒラ議員になるのがせいぜいですわ。上役が話してる時に『ヒア、ヒア』と言って、野党が話してる時には『ああ』と『質問』っていうほかに大したことは何にもしないでね。わたくしが」彼女は続けて言った。「この選挙を勝ったらそうなるのとおんなじですわ」

僕は目をぱちぱちさせた。鋭い「貴女何て言ったんですか？」が僕の唇をもれ、すると彼女はさらに続けて説明――あるいは、ジーヴスならばこう言うであろう――解明してくれた。

「あなたはあんまりものわかりのいい方じゃないでしょ？　でなけりゃマーケット・スノッズベリーじゅうに『マッコーカデールに投票を！』って書いたポスターがどっさり貼《は》られてるのを見てるはずよ。唐突な文句だけど、意味はじゅうぶん伝わるポスターだわ」

それは激しい衝撃であったと僕は告白しよう。その衝撃の下、ポプラのごとく僕は揺れた。もし揺れるのがポプラでよければだが。ウースター家の者はくじ運のいい方である。だがそれだけのことだ。その時僕が考えられた中で一番まともだったのは、戸別訪問に出ていって一番最初にぶち当たったのがライバル候補だなんて、僕はずいぶん引きが強いなあと、そういうことだった。また僕は、もしジーヴスが二番地でなく一番地を選んでいたら、彼はおそらくマッコーカデール夫人を説得してジンジャーに投票させていたことだろう、とも思った。

おそらくナポレオンに向かって、どうやってあなたはモスクワから脱出したのですかと訊《き》いたら、彼はあいまいにお茶を濁したことだろうし、また僕も同じだった。気がつけば、どうやってそこにたどり着いたものやらうすらぼんやりしかわからない状態で、僕は玄関の上り階段に立っていた。また僕の心身状態は最悪だった。こっぱみじんに粉砕された身体システムを回復させようと、僕はタバコに火を点けた。と、陽気な声が僕に呼びかけてき、何かしら異質の物体が僕と同じ階段上にいるのに僕は気づいた。「ハロー、ウースター」とそれは言っており、眼前の狭霧《さぎり》が晴れてみれば、それはビングレイであった。

僕はこの嫌な男に冷ややかな目をやった。この人間界の汚点がマーケット・スノッズベリーに住んでいることは知っており、遅かれ早かれ会うだろうとは予想していたから、奴に会って驚きはしなかった。だが断じてうれしくはない。マッコーカデールに追いやられたこのデリケートな心身状態で僕が一番したくなかったことは、僕のコテージに火を放ち、肉切り包丁を持って、食べ物を与えてくれたその手をあちこち追い回した男との会話である。

奴はジュニア・ガニュメデス・クラブでそうであったように、あまりにも馴《な》れ馴れしく、厚かましく、差し出がましく、ずうずうしく、また適切な尊敬の念に欠けていた。奴は僕の背中を愛想よくペシャリと叩いてきたし、またそう思いつきさえしたら僕の脇腹をつついてもきたことだろう。僕たちの間にかつて肉切り包丁が存在したなどとは、およそ想像もつくまい。

「それでお前さん、この辺りで何をしてるんだい、えっヒヨっ子？」奴は訊いた。

僕はこの近くに家がある叔母のトラヴァース夫人のもとを訪問中であると言い、すると奴はそこなら知っている、僕の言うそのばあさんとは一度も会ったことはないが、と言った。

「そのばあさんなら見かけたことがある。赤ら顔のばあさんだろ、ちがうか?」

「だいぶ深紅色《しんこうしょく》だな」

「たぶん血圧が高いんだろうな」

「あるいはたくさん狩りに行ってああなったんだ。あれは顔を焼けさせるから」

「バーメイドとは違うんだな。連中は男を焼かすんだから」

こんな下品なユーモアでたとえ作り笑いであれ僕から引っぱり出せると思ったなら、奴は落胆したはずだ。僕は水曜日のマチネー客の冷たいよそよそしさを堅持し、奴は続けて言った。

「ああ、そうかもしれない。スポーツ好きに見える。長いこと滞在するのか?」

「わからない」僕は言った。なぜなら僕が愛するご先祖様のところに滞在する期間はいつも未定であるからだ。すべては彼女が僕を放りだすかどうかに掛かっている。「実は、僕は保守党候補のために戸別訪問をしにここに来ている。彼は僕の友達なんだ」

奴は鋭く口笛を吹いた。それまで奴は不快で陽気に見えていた。今や奴は不快で陰気に見えていた。自分が社交的なジェスチャーを省略していたことに気がついたらしく、奴は僕の脇腹をつついてきた。

「お前さんは時間を浪費してるぞ、ウースター」奴は言った。「あいつにゃあこれっぽっちだって勝ち目はない」

「ないだって?」僕の声は震えていた。むろんそんなのは奴個人の見解にすぎない。だが奴がそう言った真剣さはまぎれもなく印象的だったのだ。「どうしてそう思うんだ？」

「どうしてそう思うかなんてことはどうだっていい。俺の言葉を信じるんだな。もしお前に分別があったら、賭け屋に電話してマッコーカデールにどっさり賭けるんだ。ぜったい後悔しないぜ。後でお前さんは俺のとこにやってきて、情報をありがとうって目に涙を浮かべて感謝する——」

この口頭による公式の意見交換——ジーヴスの類語辞典によればこう言うのだ——の間のどこかで奴はベルを押したにちがいない。つまりこの瞬間にドアが開き、僕のなかよしのメイドが現れたからだ。急いで「はずだ」と付け加えると、奴は彼女の方に向いた。

「マッコーカデール夫人はご在宅かい、お嬢さん？」奴は訊いた。そして肯定形で返事があると、僕を置いて去りゆき、僕は家へと向かった。もちろん僕はリヴァー・ロウに沿って仕事を続け、ジーヴスが偶数番地を、僕が奇数番地を訪問するべきであったのだが、もう乗り気がしなかったのだ。

僕は不安だった。ビングレイみたいなイボ人間の洞見——もしこういう言葉をご存じでいらっしゃればだが——などというものはまったく信用に値しないとあなたはおっしゃるかもしれない。だが奴はあんなにも確信に満ちた言い方をしていたし、そういうわけで何かを聞いた誰だったかみたいに、僕はそれを軽く笑い流すことができなかったのだ。

じっと考え込みながら、僕は懐かしき我が家に到着し、ご先祖様が長椅子に寝そべって『オブザーヴァー』紙のクロスワード・パズルを解いているのを見つけたのだった。

9. バーティーの帰還

この感心な家庭の主婦が『オブザーヴァー』紙のクロスワード・パズルに立ち向かい、鼻をフンと鳴らして髪の毛をかきむしり、狩場《かりば》の仲間たちから学んだ奇妙な悪罵《あくば》の言葉で大気中を満たしていた時代もあった。しかし、その八分の一以上を解くことが恒常的に不可能であるという事実は一種のどんよりした諦観《ていかん》といったようなものを彼女にもたらし、今日彼女はただ座ってそれを見つめるだけで、どれだけ鉛筆の先を舐《な》めようとも、成果はほとんどまったくなしか、あるいは絶無であることをじゅうじゅう承知でいる。

入ってゆくと、彼女がシェークスピアに出てくる誰かみたいに独白しながら「なんてことでしょ、セント・ポールズ寺院の周りの聖人の規則正しい足音ですって」とつぶやく声が聞こえた。おそらく何だかホットなやつにぶつかったらしい。それで僕は思ったのだが、自分のお気に入りの甥《おい》が傍にいて、良心に恥じることなく不快な仕事を投げ捨てさせてくれるのに気づくのは、彼女にとっては安堵《あんど》であったろう。なぜなら彼女は目を上げると僕に陽気に挨拶《あいさつ》したからだ。彼女はべっこう縁の読書用メガネをかけており、それは彼女を水族館のさかなみたいに見せていた。彼女はメガネごしに僕を見た。

「ハロー、あたしの元気なバーティーちゃん」

「おはよう、齢《よわい》重ねたご先祖様」

「もう起きてるの？」

「もうずっと前から起きてる」

「それじゃあどうしてでかけていって戸別訪問をやらないのよ？　またどうしてあんた、ねこが持ち込んできた何かしらみたいな顔をしてるの？」

僕はたじろいだ。彼女に近過去の出来事を打ち明けるつもりはなかったのだが、しかし叔母というものの洞察力により、彼女は何らかの方法で僕が灼熱《しゃくねつ》の炉の中を通りすぎてきたことに気づいたのであって、僕がすっかり吐くまでは徹底的な捜査と尋問をやめないだろう。被疑者尋問に関しては、有能な叔母だったら誰だってスコットランドヤードの捜査官に一歩先んじているものだし、情報を秘匿《ひとく》しようとのあらゆる努力が無効に終わることが僕にはわかっていた。無効じゃなくて無益だったか？　ジーヴスに確認しないといけない。

「僕がねこが持ち込んできた何かみたいに見えるのは、僕がねこが持ち込んできた何かみたいな気分でいるからだ」僕は言った。「齢重ねたご親戚、僕は奇妙な話をしなきゃならない。マッコーカデール夫人って名前の地元のイボ人間を貴女《あなた》は知っているかい？」

「リヴァー・ロウに住んでる人？」

「そいつだ」

「彼女、弁護士なのよ」

「そう見える」

「あの人に会ったの？」

「会った」

「彼女、この選挙でジンジャーの対立候補なのよ」

「知ってる。マッコーカデール氏はまだご存命なの？」

「何年も前に死んでるわ。市電に轢《ひ》かれたの」

「僕は彼を責めない。彼の立場だったら僕も同じことをしていた。ああいう女性と結婚した時にとり得る唯一の方途《ほうと》だ」

「どうやって彼女に会ったのよ？」

「ジンジャーに投票してくれって勧めるためにご自宅を訪問しちゃったんだ」僕は言い、いくつかのたどたどしい言葉で僕の奇妙な話を語った。

その話はうまくできた。実際、大当たりをとった。僕自身としては、この話のいったいどこがそんなに面白いのかわからないのだが、しかしそれは明らかにわが血縁者を喜ばせてやまなかった。彼女は僕が今まで聞いた女性のバカ笑いぜんぶを合わせたよりも大量にバカ笑いしてみせた。もしそこに廊下があったら、ころげて回ったことだろう。面白おかしい話をしてはウケを取るのにしょっちゅう失敗しているにもかかわらず、こんなにも本質的に悲劇的な話で爆笑の嵐を起こすだなんて、なんと皮肉なことかと僕は感じずにはいられなかった。

依然彼女が別のハイエナから面白い話を聞いたハイエナの真似を続けていたところに、スポードが入ってきた。いつもながらに不適切な瞬間を選びつつだ。いつだってスポードに会いたくはないものだが、自分をネタに誰かが腹の底から大笑いしている時には一番よろしくない。

「明日の自分の演説原稿を探しているのです」奴は言った。「ハロー、何がおかしいのですか?」

笑いに身もだえしていたから、きちんと説明するのはご先祖様にとって容易でなかったはずだ。しかし彼女は何とか数語を並べた。

「バーティーなのよ」

「ああ?」スポードは言った。僕の言葉なり行動が、恐怖や嫌悪でなく笑いを誘うということを信じるのに困難を覚えているかのごとく僕を見ながらだ。

「この子、たった今マッコーカデール夫人のところに行ったんですって」

「ああ?」

「それでジンジャー・ウィンシップに投票してくれって頼んだんですって」

「ああ?」スポードはまた言った。すでに何度も述べているが、奴は衝動的な「ああ」言い人間である。「ふん、やっぱり自分の思ったとおりの男だな」と言うのと、軽蔑と敵意が絶妙に混じり合った目でもういっぺん僕を見るのと、湖の近くのあずまやに件《くだん》のメモを置いてきてしまったにちがいないというような趣旨の言葉を述べるのとを終えた後、彼はその不快な姿を消したのだった。

奴と僕とがダモンとピティアス関係にないことは、この齢《よわい》重ねた親戚に強い印象を与えたようだった。彼女はハイエナの音響効果のスイッチをオフにした。

「愉快なタイプじゃないわね、スポードって」

「ああ」

「あんたのことが嫌いだわね」

「ああ」

「それにあたしのことも好きじゃないみたいだわ」

「ああ」と僕は言った。それで思い当たったのだが、つまりウースター家の者は本質的にフェアな心の持ち主であるからなのだが、僕の「ああ」がおんなじように頻繁《ひんぱん》であるのだから、僕はスポードの「ああ」を批判する立場にはない。なぜ汝《なんじ》の兄弟の目の中の埃《ほこり》を見て、汝の目の中の梁《はり》には構わないのか［『マタイによる福音書』七・五］、ウースターよ？　気がつけば僕はそう自問していた。これは僕が聖書の知識で賞を取った際研究した中から拾ってきた警句のひとつである。

「あいつが好きな人って誰かいるの？」親戚が言った。「たぶんマデライン・バセットは除いてだけど」

「Ｌ・Ｐ・ランクルのことは好きみたいだった」

「どうしてそんなふうに思うのよ？」

「二人が打ち明け話をしてるのを聞いたんだ」

「ああ？」つまりこういうことは伝染性なのだ。「ふん、きっと驚いたことじゃないんでしょうね。類は――」

「友を呼ぶ？」

「そのとおり。沼池のクズ生き物だって他の沼池のクズ生き物と友好を結ぶのよ。ところで、L・P・ランクルのことであんたに言うことがあるの、憶《おぼ》えててね」

「よしきたホーだ」

「L・P・ランクルの話は後でするわ。このスポードの敵意の件だけど、これってトトレイ時代の記憶のせいってだけかしら、それともあんた最近あの男の不興を買うような真似何かした？」

今度はすべてを彼女に打ち明けることに、僕は躊躇《ちゅうちょ》しなかった。彼女は同情的でいてくれるはずだと僕は思った。叔母の慰めが得られるものと期待しきって、僕は彼女の前に事実をつまびらかにした。

「ブヨがいたんだ」

「言ってることがわかんないわねえ」

「僕は馳《は》せ参じなきゃならなかった」

「まだわからないわ」

「スポードには気に入らなかった」

「そりゃあいつだってブヨは嫌いでしょ。どのブヨよ？　どういうブヨよ？　ちゃんとわかるように話してくれない？　んっもう。はじめっから始めておしまいまで終わらせてちょうだい」

「お望みとあらばかしこまりましただ。こういうシナリオだった」

僕はマデラインの目の中のブヨの話、僕が彼女の視力を絶好調に回復させるために果たした役割、そして僕の善《よ》き意図より出た行為に対するスポードの異議について彼女に語った。彼女は口笛を吹いた。今日は誰もかれもが僕に向かって口笛を吹く日みたいだ。さっきのメイドですら、僕を視認すると、これから口笛を吹こうかなというように唇をすぼめたものだ。

「あたしだったらそういうことはもうやらないわね」彼女が言った。

「もし必要が生じたら、僕に選択の余地はないんだ」

「それじゃあできるだけ早く済ませた方がいいわね。なぜってマデラインの目から何か取り出すのをのべつ続けてたら、あんたあの子と結婚しなくちゃいけなくなるかもしれないんだから」

「だけど今や彼女はスポードと婚約して、その危険は過ぎ去ったはずだ」

「わかんないわよ。スポードとマデラインの間には何かトラブルがあるんだと思うわ」

ロンドンの郵便番号W1地区ぜんぶの中で、ジーヴス言うところの言語道断の運命の投石やら矢やらが飛んでくる下で［『ハムレット』三幕一場、ハムレットの独白］、バートラム・ウースターほど巧みに固い上唇を維持して平静を装うことのできる者がもしいたら僕には驚きなのだが、しかしこの恐ろしい言葉を聞いて、僕は故マッコーカデール氏の未亡人との会見中に行なったよりももっと気合を入れて例のポプラの震える真似をやったと告白しよう。

また故《ゆえ》なしとは言わない。僕の外交政策全体は、これら合意能力ある成人二人の連帯は破壊し得ないし、傷すら入れられないものであるという前提に基づいている。あの男の発言によれば、奴はマデラインがこんなに小さい時から彼女を崇拝しており、また一方すでに記録したように、彼女は奴ほどの適格者をそうやすやすと廃棄処分にはしないことだろう。最終的にありとあらゆる飾り物を添えた黄金《きん》色の結婚式に至ること確実と確信をもって賭けることができる結びつきがあるとしたら、こいつがそれだ。

「トラブルだって？」僕はしゃがれ声でささやいた。「なんとかの中のかんとかがあるって言いたいの？」

「何よそれ？」

「やがて拡がり音楽を音なしにするリュートの中の亀裂《きれつ》［テニスンの詩「マーリンとヴィヴィアン」］だ。僕が言ったんじゃない。ジーヴスだ」

「証拠はそういう方向を指し示してるわね。昨日の晩のディナーの時、あたしあの男がアナトールの最高傑作を断ってるのに気づいたの。一方彼女は青ざめて聖人みたいで、パンを粉々にしてたわ。それでアナトールの最高傑作の話をすればだけど、あたしがL・P・ランクルのことで話したかったことっていうのは、作戦開始時刻が迫ってるってことなの。あたしは跳躍《ちょうやく》に備えて身を伏せているし、タッピーがもうすぐお金持ちになるっていう強い希望を持ってるわ」

僕は舌をチッと鳴らした。タッピーがL・P・ランクルの金の分け前を受け取ることを僕ほど切実に願ってやまない者もいないだろう。しかし今は話題を変えるべき時ではない。

「しばらくタッピーのことは気にしなくていいんだ。バートラム・ウィルバーフォース・ウースターの厄介事《やっかいごと》に集中してくれよ」

「ウィルバーフォースですって」彼女はつぶやいた。彼女ほどに卓越《たくえつ》した肺活量の持ち主がつぶやける限りにおいてだ。「どうしてそういうラベルをあんたが手に入れるようになったか、あたし話したかしら？　あんたの父親がしでかしたことなの。あんたがギャング映画でチョイ役をやる売れない役者みたいな顔して洗礼盤に引きずり込まれる前の日、あの人グランド・ナショナルでそういう名前の大穴馬《おおあなうま》に賭けて大勝ちしたの。それであんたにその名前をつけるって強弁《きょうべん》したんだわ。あんたにしてみりゃ、つらい目に遭わされたってもんだけど、人はひとりひとりみんな十字架を背負っているんだわよ。あんたのトム叔父さんのセカンド・ネームはポーターリントンだし、あたしだってもうちょっとでフィリスって洗礼名をつけられるところだったんだから」

僕は東洋風の意匠《いしょう》のペーパーナイフ——サスペンス小説の登場人物がのべつそいつで背中を刺されているようなやつだ——で彼女の頭のてっぺんをこつんと叩いた。

「レス、というか本質から逸《そ》れるのはやめようよ。貴女《あなた》がもうちょっとでフィリスって洗礼名をつけられるところだったって事実は、間違いなく貴女の自伝においては大きなニュースなんだろうけど、今話す必要はない。今僕たちが話し合ってるのはマデライン＝スポード枢軸が崩壊した場合に僕が直面する恐るべき危難のことだ」

「つまりあの娘が婚約を破棄したら、あんたが空席を埋めなきゃならなくなるってこと？」

「まさしくそのとおり」

「あの娘は婚約破棄なんかしないわ。ぜったいによ」

「だけど貴女は言ったじゃないか——」

「あたしはただマデラインの目からブヨを取り続けてちゃだめってあんたに警告しただけ。たぶんやりすぎちゃったわね」

「貴女は僕を骨の髄まで凍りつかせてくれたよ」

「あんまり迫真的すぎててごめんなさい。心配しなくていいわ。でれでれのカップルにだってありがちな、恋人同士の痴話《ちわ》げんかってやつよ」

「何についてさ？」

「どうしてあたしに知りようがあって？　たぶんお星様は神様のヒナギクの首飾りだってあの娘の発言に、疑問を呈したんじゃない？」

　その説ももっともだと僕は認めざるを得なかった。マデラインとガッシー・フィンク＝ノトルの婚約破棄は、彼女が夕暮れに対して奴の注目を要求し、夕暮れはいつだって自分に天国の金色の柵にもたれる幸福なダモゼル［ダンテ・ガブリエル・ロセッティの詩］のことを思い起こさせると言ったところで、奴が「誰だって？」と言い、彼女が「幸福なダモゼルよ」と言い、すると奴が「一度も聞いたことはないな」と言ってさらに自分は夕暮れにはうんざりするし、幸福なダモゼルにもうんざりだと付け加えたことによって惹《ひ》き起こされたのだった。彼女みたいな考え方の女の子はお星様とヒナギクの首飾りに関しては取扱いが面倒なのだ。

「今はもう終わってるんじゃないかしらね」ご先祖様が言った。「いずれにしても、あの娘からは離れてた方がいいわ。スポードは衝動的な男よ。あんたのことをボコボコにするかもしれないわ」

「奴はそうするって言ってた」

「ボコボコにするって言葉を使ってたの？」

「いやそうじゃない。でも僕のことを家の前の芝生の上でぶん殴って、肉片の上を鋲《びょう》くぎ付きの靴でダンスを踊るとは請け合ってくれた」

「おんなじようなもんね。あたしがあんただったら気をつけるわ。彼女のことをよそよそしく礼儀正しく扱うの。こんど彼女の方を目指して飛んでくブヨを見かけたら、上着を握って幸運を祈ってやって、でも関わり合いになろうって衝動は抑制するの」

「わかった」

「これで恐怖が収まったならいいけど」

「ああ、大丈夫だ、血肉を分けた親戚よ」

「じゃあどうして眉間にしわを寄せてるの？」

「あれ、そう？　ジンジャーのことなんだ」

「ジンジャーが何よ？」

「奴のせいで僕の眉間《みけん》にはしわが寄ってるのさ」

マデライン・バセットがふたたび流通に戻る可能性があるとの思いが、どれほど深く僕を動揺させていたかがこれでわかろうというものだ。やっと今になって僕はビングレイと、奴がジンジャーの落選は確実だと言っていたことを思い出したのだった。自分の個人的な問題のせいで奴のことを検討課題の一番下に追いやってしまっていたこの僕の卑劣《ひれつ》さ加減を思うと、僕は恥辱《ちじょく》と後悔に身を焦がした。とっくの昔に、僕は奴の勝算についてダリア叔母さんの意見を求めているべきだった。それをやらずにいることはすなわち友達をがっかりさせることであるし、それは僕がぜったいしないと誇りに思ってきたことなのだ。僕が恥辱と後悔に身を焦がしたのも驚いたことではない。

僕は埋め合わせをしようとあわてふためいた。というか兄弟のごとく愛する男に卑劣な真似をしてしまった時に人がするのがそれでよければだが。

「ビングレイって男のことを、前に話したことはあった？」

「あったとしたら、忘れたわ」

「バンジョレレを演奏することについてジーヴスと僕の間に見解の相違があった時、ちょっとの間僕の雇った従者なんだ。チャフネル・レジスでコテージを借りてた時のことなんだけど」

「ああ、わかった。コテージに火を点けた男ね、そうじゃなくって？」

「へべれけに泥酔《でいすい》してたんだ。コテージは灰になり、僕のバンジョレレも灰になった」

「誰のことかわかったわ。そいつがどうしたの？」

「奴はマーケット・スノッズベリーに住んでるんだ。今朝会って、たまたま僕はジンジャーのために戸別訪問をやってるって話したんだ」

「あれを戸別訪問と言えるならね」

「すると奴は僕は時間を無駄にしていると言った。僕にマッコーカデール夫人に大きく賭けるようにって助言したんだ。ジンジャーにはこれっぽっちも勝ち目はないと、奴は言った」

「そいつ、バカだわ」

「僕も常にそう考えてきたと言わなきゃならない。だけど奴は内部情報を握ってるみたいな言い方をしてたんだ」

「いったい全体そいつがどんな情報を握りようがあるっていうの？　選挙ってのは厩舎《きゅうしゃ》ねこから有力情報を聞き出せる競馬とは違うのよ。辛《から》くも勝利ってことにならないとは言わないけど、でもジンジャーはちゃんと勝つはずよ。あの子には秘密兵器があるんだから」

「よろしけりゃもういっぺん言ってくれないかな。言ってることがよくわからなかった」

「ジンジャーは秘密兵器を持ってるから相手に勝ち目はないって言ったの」

「それは何？」

「スポードよ」

「スポードだって？」

「われらがシドカップ卿よ。あの男が話すのを聞いたことあって？」

「たった今聞いた」

「人前でよ、バカ」

「ああ、人前でか。いや、ない」

「あの男は大変な雄弁家なの。そう言ったじゃない。たぶん忘れちゃったのね」

その可能性はいかにもありそうに思えた。スポードは以前は独裁者の仲間で、「ハイル、スポード」と叫ぶ短パン姿の支援者の一群の先頭に立って歩いていたものだった。そういう方面で成功するには、演説ができないといけない。

「あんたはあの男が嫌いだし、あたしもよ。だけどあの男は弁が立つってことは誰にも否定できない事実だわ。聴衆は奴のしゃべる一言一句をじいっと聴いて、話し終えるとやんやと大喝采するの」

僕はうなずいた。村のコンサートで『ヨーマンの結婚の歌』を歌った時、僕自身同じ経験がある。

時にはアンコールが二、三回になることもあった。歌詞を忘れて、「ディンドンディンドンディンドン、われは急ぐ」で埋めなければならなかった時ですらだ。僕は気持ちが楽になってきた。僕は彼女にそう言い、すると彼女は「あんたがどうしたですって?」と言った。

「貴女は僕の心を元気にしてくれたね、わがご血族よ」僕は言った。皮肉は無視してだ。「わかるだろ、奴にとってはこの選挙に勝つことがすべてなんだ」

「あの子ウェストミンスターどうぶつ園でマーケット・スノッズベリー代表になるってことに、そんなに夢中なの?」

「そうじゃないんだ。奴だけの問題なら、議員になろうがなるまいがどうだっていいことなんだと思う。だけど奴は、もし負けたらフローレンスに愛想をつかされるって思ってるんだ」

「たぶんあの子の言うとおりね。あの娘は負け犬に我慢がならないの」

「奴も僕にそう言った。パーシー・ゴリンジがどうなったか、思い出してもみてよ」

「その他大勢もだわ。あの娘の規格に合わなかったってことでご用済みになった元フィアンセは、英国中にごろごろしてるんだから。何ダースもよ。きっとクラブか協会をつくってるにちがいないわ」

「たぶん『旧きフローレンス人《オールドフローレンティアン》』って名前でね」

「それで年に一度の会食会をしてるんだわ!」

僕らはしばらくフローレンスのことに思いを馳《は》せた。それから今夜のディナーについてアナトールと話し合って、何か特別なものを拵《こしら》えるようお尻をたたかなきゃとダリア叔母さんは言った。常に高い彼の基準をさらに超越することがぜったいに必要なのだと彼女は言った。

「あんたが話の腰を折ってウィルバーフォースって名前に気を取られる前は、あたしL・P・ランクルの話をしてたのよ」

「あの男が協力するんじゃないかと思ってるって言ってたね」

「そのとおり。たっぷり食事をとった後のニシキヘビを見たことあって？」

「記憶する限り、ない」

「連中は態度を軟化させるのよ。もっと親切で、もっと優しくって、もっと愛すべきニシキヘビになるの。それであたしが大間違いしてるんじゃなければ、アナトールの料理のお蔭でおんなじことがL・P・ランクルにも起こっているんだわ。昨日の晩のディナーの時のあいつの顔は見たでしょ」

「ごめん、いや、見てない。僕の全身の全神経が食べ物に集中していたんだ。精査《せいさ》に値する顔だったの？　見る価値ありだったのかい？」

「あの男、はっきりとほほ笑んでたのよ。忙しすぎて言葉は出さなかったけど、だけどあの男が友愛と慈悲の人になってたのは明白だった。もしひと声励ましの言葉をかけられたら贈り物をバラ撒《ま》きだしかねない、そういう気配が漂ってたの。このクリスマス精神が枯渇《こかつ》することなくますます煮えたぎってくれるよう取り計らうのはアナトールの責任よ。またあたしには彼は頼りになるってことがわかってるんだわ」

「素晴らしきアナトール」タバコに火を点けながら、僕は言った。

「アーメン」うやうやしくご先祖様は言った。それから別件に話を移してこう言った。「そのクソいまいましいタバコは外で吸ってちょうだい、この地獄の番犬ったら。下水管漏《も》れみたいな臭いがするわ」

彼女のどんな軽い気まぐれにもいつだってよろこんで従う僕であるからして、僕はフランス窓を通り抜けて外に出た。部屋に入った時とはまったく違った心持ちにてだ。ウースター胸のうちは今や楽観主義に支配されていた。僕は自分に言い聞かせていた。ジンジャーは大丈夫だろうし、タッピーも大丈夫だろう。また声たてて笑う愛の神がすぐにマデラインとスポードの間を取りなしてくれることだろう。たとえ奴がお星様とヒナギクの首飾りのことで軽率なもの言いをしたとしてもだ。

安タバコを吸い終えたところで、僕は戻って齢《よわい》重ねた親戚と会話を再開しようとした。と、中から今や明らかに健康を回復したらしいセッピングスの声がして、彼の言ったことは僕の四肢《しし》を凍りつかせたのだった。僕がもしロトの妻だったとしても、これより固くはなれなかったことだろう。ロトの妻の悲しい物語［『創世記』十九］について、僕は聖書の知識で賞を取った時に読んだ。

彼が言ったのは次の台詞《せりふ》だった。

「マッコーカデール夫人でございます、奥方様」

10・マッコーカデール家の掟

家の外壁にもたれかかり、僕は追跡されて興奮し冷たい水を求めてあえぐ牡ジカ［『詩編』四二・一］が著作権を保持しているような仕方で息をした。この高性能大型爆弾弁護士女史とふたたびあい見《まみ》えねばならないところを危うく逃れたのだとの思いは、一時間あまりと思われる間、僕をロトの妻化した。とはいえ実際はほんの数秒間であったのだろう。それから、しだいしだいに、僕は塩の塊《かたまり》でいることをやめ、いったい全体このマッコーカデール女史にこうしてご訪問いただくご動機は何であるかという点に集中できるようになってきた。つまりだ、ここはおよそ彼女とはいちばん会いそうにない場所である。ジンジャーとの関係において彼女がどういう立場にあるかを考えると、ウォータールーの戦い前夜にナポレオンがウェリントンのところにおしゃべりしにひょっこり立ち寄ったようなものである。

僕が立っていたフランス窓のすぐ外地点の立ち聞き場所としての好適性についてはすでに述べる機会があった。スポードとL・P・ランクルの時と同じく、中にいる者から姿を見られることなしに、僕は両名の話をすべて聴き取ることができた。二人とも声は大きく明瞭《めいりょう》で、また両名どちらもバートラム・ウースターがすべてを聞きながら周辺にいるとは、これっぽっちも気づかなかったのだ。

　つかつかと室内に入っていって、聞き取れなかったことをもういっぺんお話しいただけますかとお願いすることなどできるわけもなかったから、マッコーカデール夫人の声が大層たくましいものであったのは幸運だった。無論、ダリア叔母さんの方はというと、彼女がピカディリー・サーカスにいてあなたがハイド・パーク・コーナーにいたとしたって聴きとれるような声の持ち主である。僕が聖書の知識で賞を取った時に読んだ耳の聞こえない毒へビ［『詩編』五八・四］だって、もしこの齢《よわい》重ねた親戚がへビ遣いの中にいたらば、伝達事項を正しく聞き取ったことだろう。家の壁にもたれかかりながら、僕はこの二人の主役の発する一語一句を一言たりとも聞き洩《も》らさずにいられる確信があった。

　この次第は両名によるおはようございますの挨拶《あいさつ》によって開始された。これはダリア叔母さんにとっては「いったい全体何事でございますの？」にあたる。それからマッコーカデール夫人が、説明義務が自分側に存することに気づいたかのように、わたくしがこちらを訪問させていただきましたのはきわめて重要な用件でウィンシップ氏にお目にかかるためですわと言った。

「ウィンシップ氏はご当宅にご逗留《とうりゅう》でいらっしゃいますか？」

　投票終了後票数計算が終了した段になったら、そりゃあもうもちろんご当宅でご当選でいらっしゃるに違いありませんわと当意《とうい》即妙《そくみょう》に切り返すこともできたろうが、彼女はそうはせず、いいえただ今はでかけておりますと述べるだけにとどめ、するとマッコーカデール夫人は残念だと言った。

「直接ウィンシップ氏にお目にかかりたかったのですが、しかしわたくしの理解するところあなたはご招待主でいらっしゃるわけですから、あなたにお話ししてあの方にお伝えいただくということでもよろしいでしょう」

これは十分公正な言い方と僕には思えたし、また弁護士というのはうまいことを言うものだなあと思ったのを憶《おぼ》えている。しかしこの言葉は齢《よわい》重ねたわが親戚を苛立《いらだ》たせたようだった。

「申し訳ありませんけど、おっしゃることがわかりませんわ」彼女は言った。また彼女がだいぶ頭に来ているのが僕にはわかった。なぜならもし彼女が本来の穏やかな姿でいたなら、「ごめん、なんて言った？」と言ったはずだからだ。

「説明をお許しいただけるようでしたら、ほんの数語で終えますわ。わたくし、たった今、いやらしい、卑《いや》しいナメクジ男の訪問を受けましたの」

僕は誇り高くすっくりと身を起こした。無論この状況でそんなことをしたところでたいした意味はないのだが、しかしここはこういう態度が必要なところと思われたのだ。僕は公正な批判はいくらだって歓迎するが、しかし今のはたんなる悪口雑言《あっこうぞうごん》にすぎない。僕と彼女の関係に、僕をこんなふうに記述描写する正当理由を僕は何ら見いだし得ないところである。弁護士及び彼らはうまいことを言うものだなあに関する僕の見解は、鋭く変化した。

ダリア叔母さんがツンとあごをそらしたか――こういう表現でよかったと思うのだが――どうかは僕にはわからない。だが彼女はそうしたにちがいないと思う。なぜなら彼女の次の台詞《せりふ》は、どん底に凍りついた言葉であったからだ。

「あなたがおっしゃっておいでなのは、わたくしの甥《おい》のバートラム・ウースターのことでしょうか？」

マッコーカデール夫人は、先ほどの彼女の言葉がもたらした不快な印象をできる限り取り去ろうとした。彼女は、その訪問客は名前を告げなかったものの、トラヴァース夫人の甥であるわけはないと言った。

「その男は庶民階級の者でした」彼女は言った。それで僕においてはきわめて特徴的なオツムの回転の速さによって、彼女がビングレイのことを言っているのだと僕は理解した。奴は僕が去ったあとすぐ、彼女の住まいに入り込んだのだ。また彼女があああした中傷的な形容をビングレイに対して用いるわけが僕にはよく理解できた。またナメクジ男、という言葉を彼に対して使うのはまさしく適切である。またもや僕は、弁護士というのは実にうまく物を言うものだなあと感じ始めていた。

また齢《よわい》重ねた親戚も、どうやら――ち、で始まってオツムがあんまりぽっぽとしていない状態を何と言っただろうか――鎮静化、それだ――したようだった。彼女には庶民呼ばわりされる甥はいないという示唆を得て、彼女は鎮静化した。今でも彼女がマッコーカデール夫人と長い徒歩旅行にいっしょにでかけようと言いだすとは思わないが、とはいえ彼女の声はずっと友好的になった。

「どうしてその男をナメクジ男呼ばわりなさるんですの？」彼女は訊《き》き、するとマッコーカデール夫人は答えて言った。

「鍬《くわ》を鍬と呼ぶのと同じですわ。言葉であの男を描写するのに、それが最適だからです。あの男はわたくしに不名誉な申し出をしてよこしたんですわ」

「何ですって？」ダリア叔母さんはいささか軽卒に言った。

彼女が驚いたのにも無理はない。マッコーカデール夫人に不名誉な申し出をするほどに、ガールフレンドに枯渇《こかつ》している男を想像するのは困難である。ビングレイにそんな真似ができたというのは驚きだった。僕はあの男が好きだったためしはないが、とはいえ彼の向こうみずさに一定の賞賛を覚えずにはいられなかったと告白せねばならない。身分卑《いや》しきわれらがヒーロー、と僕は感じた。

「ご冗談でしょう」うちの齢《よわい》重ねた親戚が言った。

マッコーカデール夫人は彼女にぴしゃりと言い返した。

「とんでもない。起こったことをそのままお話ししているまでですわ。明日の演説の用意をしながら、わたくし居間におりましたの。と、そこにその男がずうずうしくも侵入してきたんですわ。当然ながら気分を害しまして、わたくしその男に何の用かと訊《たず》ねましたの。するとその男は考えられないくらいにいやらしい目でわたくしを見て、自分はサンタクロースで荒野のマンナと喜ばしき報《しら》せを運んできたんだと言ったんですわ。それでわたくしがこの男を放りだすようにとベルを鳴らそうとしたところで——もちろんわたくし、この男はひどく酔っぱらっているんだと思いましたの——その男、そのとんでもない申し出をしてよこしたんですわ。うまいこと策略をめぐらせて対立候補に不利な情報を入手したから、それをわたくしに売りたいと、そう言ったんですのよ。それでその情報を使えば、わたくしの勝利は間違いなしなんですって。そいつの言い方によると、とっても〈お買い得〉な情報だっていうんですわ」

僕の脳天はぐるぐると渦巻《うずま》いた。もし僕の言葉が聞こえる心配がなかったら、僕はきっと「あはあ！」と言っていたはずである。もしこういう状況でなかったら、僕は部屋の中に入っていって、ご先祖様の肩を叩きながら「ビングレイが情報を持っているって、僕は言ったんじゃなかったかなあ？　たぶん次の機会には、僕の言うことを貴女《あなた》も信用してくれるんだろうね」と言っていたはずである。しかしそうするためには、すでに一生分のお付き合いは済ませた女性とふたたびご交際する必要があったから、その行為は実際的政策の範囲を逸脱していた。したがって僕は今いる場所に留まり、続く会話を一語一句聞き洩《も》らすまいといっそう耳をそばだてたのだった。

ご先祖様が「んまあなんてことでしょ！」とか「コン畜生！」とか、この訪問者の話が彼女にとってきわめて興味深いものであることを表す種類の発語をした後、マッコーカデール夫人はふたたび話をはじめた。また彼女の話は疑問の余地なく見事にとどめの大仕上げをしてくれるものであった。破滅の言葉、というのが彼女の言葉に対して唯一僕が思いつける形容である。

「その男はどうやら退職した従僕で、またロンドンの従者と執事のためのクラブに所属しているんですわね。そこの規則のひとつは、メンバーはすべからくクラブ・ブックに雇用主に関する情報を記録すべしというものであるらしいんですの。この訪問者が説明したところでは、自分は一時ウィンシップ氏の雇用下にあったことがあって、後者の数多くの脱線行為を公式に記録してあるから、それら脱線行為が公けにされたあかつきには、マーケット・スノッズベリーの有権者に最悪の印象を与えることは確実だっていうんですの」

これを聞いて僕は驚いた。ビングレイがジンジャーのところで働いたことがあっただなんて、ぜんぜん知らなかったからだ。これで世界の半分は残りの四分の三がどういうふうに暮らしているかまるで知らないということわざの真理が実証されるというものだ。

「それからその男は厚顔無恥《こうがんむち》にも、最近ロンドンに行った際その本を窃取《せっしゅ》してきたから今それはその男の占有下にあると、赤面もしないで述べたんですわ」

僕は恐怖にあえいだ。なぜかはわからないが、僕とジーヴスが隣りの部屋で一杯いただいていたまさしくその瞬間にビングレイはそのブツをくすね盗《と》っていたにちがいないとの思いは、この一件にいっそうの皮肉を加えるように思われたのだ。いずれにしてもこの一件はものすごく皮肉であったにはちがいないのだが。長年僕は、ダイナマイトを満載したジュニア・ガニュメデス・クラブのクラブ・ブックが間違った者の手に落ちるのではないかという恐怖心のとらわれになってきた。またこの本がその手の内に落ちた先は、よりにもよってこいつの手にだけはぜったい落としてはいけないというような手であった。こう言って僕の言いたいことをはっきりご理解いただけるかどうかはわからないが、もしこの本を盗み去る卑劣な人物を僕が選ぶとしたら、ビングレイは僕が一番選ばない人物である。ジーヴスが誰だったか、反逆、姦計《かんけい》、強奪にふさわしき者［『ヴェニスの商人』五幕一場］の話をしていたのを僕は憶えているが、そいつはぜんぶがぜんぶビングレイに当てはまる。あの男には繊細な感情など皆無《かいむ》だし、もし誰か繊細な感情などまるっきり持ち合わせていない男をお探しなら、ビングレイで決まりだ。

齢《よわい》重ねたわが親戚はこの状況のドラマ性に盲目ではなかった。彼女は「んっまあ、何てことでしょ神様もアヒルがお好き！」と畏敬《いけい》の意を含んだ言葉を発し、するとこのマッコーカデールは、わたくしも「んっまあ、何てことでしょ神様もアヒルがお好き！」と言いたいところだがそういう表現は自分の普段使うところではないと発言した。

「あなた、どうなさったんですって？」と、ご先祖様は訊いた。好奇心でむずむず一杯になりながらだ。するとこのマッコーカデールは彼女流のフンという鼻鳴らしをやった。そいつの半分は蒸気の抜ける音に似て、半分は二、三匹のねこが予期せず二、三匹の犬に遭遇した時の音に朝寝起きで機嫌の悪いコブラをほんのちょっぴり混ぜたのに似ていた。この音が今は亡きマッコーカデール氏にどんな印象を与えたことだろうかと僕は思いを馳《は》せた。おそらくこの世の中に市電に轢《ひ》き殺される以上の不幸というものは存在するのだと、彼は感じたことだろう。

「わたくしその男の耳にノミをくっつけて追い返してやりましたのよ。わたくしは公明正大な戦士であることに誇りを持っておりますし、あの男の提案には吐き気を覚えましたわ。あの男を逮捕したいとお考えでしたら――とはいえわたくしにはどうやってそうしたものかわかりませんけれども――そいつはオーモンド・クレッセント五番地に住んでおります。あの男はわたくしのメイドに、午後休みをもらった日にうちに寄って銅版画を見ていくよう言ったそうで、それでその子に住所を言い置いていったんですの。とはいえ、あの男を逮捕する十分な証拠はないようですわ。わたくしたちの会話を聞いた証人はおりませんし、あの男はその本を保有していることを否認するでしょうから。残念ですわ。あんな男は絞首刑にされて、水に浸《つ》けられて四つ裂きにされたらとっても喜ばしいことですのに」

彼女はまた鼻をフンと鳴らした。そしてエチケット教本の勧めるところを常に承知しているわがご先祖様は、癒《いや》しの甘い言葉を思いついた。彼女はマッコーカデール夫人は勲章を授かるに値すると言った。

「まったくそんなことはございませんわ」

「あんな男の申し出をきっぱりと拒絶なされるだなんて、本当に素晴らしいことですわ」

「申し上げましたように、わたくしは公明正大な戦士なんですの」

「その男の申し出をご拒絶なさったことは別にしても、ご演説のご準備にお忙しくていらっしゃるところを邪魔されて、本当にご迷惑でいらっしゃったことでしょうに」

「なにしろその男が現れる直前に、とんでもない若者がやってきてわたくしの邪魔をした後だったわけですからねえ。その若者ですが、間抜けだという印象をわたくし受けましたわ」

「おそらくわたしの甥の、バートラム・ウースターですわ」

「あら、とんだ失言を、失礼いたしました」

「ぜんぜん構いませんのよ」

「その若者の知的レベルについて、わたくしとんだ誤りを犯しているやもしれませんわ。わたくしたちの会話はとても短いものでしたし。ですけどこのわたくしに対立候補に投票するよう説得するだなんて、とってもおかしいと思っただけですのよ」

「そういうことを、とっても冴《さ》えた思いつきって思うような子なんですのよ、そのバーティーは。いつだってそうなんですの。ちょっと変わってるんですわね。驚くべき方法で驚異を達成してくれるんですのよ。けれどもあなたがご演説のご準備でお忙しくていらっしゃる時に、そんなふうにお邪魔をすべきじゃなかったですわね。ご演説の出来はいかがですの？」

「わたくしとしては、満足しておりますわ」

「よかったですわ。討論会を楽しみにしていらっしゃることでしょうね？」

「とっても楽しみにしておりますわ。わたくし討論会には大賛成ですの。二人の対立候補が同じ壇上で対決することは、有権者にお互いの政見を比較考量する機会を与えますから、それでずいぶんと物事は簡単になりますわ。もちろん、両者が議論の作法を順守するならば、ということですけど。ですけどわたくし、本当に仕事に戻らないといけないんですの」

「ちょっとお待ちいただけますかしら」おそらく今の「順守する《オブザーヴ》」という言葉がご先祖様の記憶を刺激したのだろう。「もしかして『オブザーヴァー』紙のクロスワード・パズルはおやりでいらっしゃる？」

「日曜朝の朝食時には、解いてますわ」

「全部おできになるわけではなくていらっしゃいますでしょう？」

「あら、解けましてよ」

「全問正解ってことですの？」

「解けなかったことは一度もありませんわ。いつもバカみたいに簡単ですもの」

「でしたらセント・ポール寺院の周りの聖人の規則正しい足音っていうのは何ですの？」

「あら、それなら見た瞬間にわかりましたわ。もちろん答えは万歩計（pedometer）ですわ。人は万歩計で歩数を計りますでしょう。セント・ポール寺院のドーム（dome）がセント・ピーター（Peter）の真ん中に来て、囲まれているんですわね。とっても簡単ですわ」

「んっまあ。素晴らしいわ。ありがとうございます。お蔭さまでわたしの心の重荷がすっきり楽になりましたわ」ダリア叔母さんは言った。そして二人は完全なる友愛のうちに別れを告げたのだった。別れを告げる片一方がマッコーカデール夫人である場合に可能であるとは、よもや思わなかった事態である。

今は亡き父の妹であるダリア叔母さんによって代表される人間の群れに僕がふたたび仲間入りしてからおそらくは四分の一分くらいの間、僕は一語も発することができないでいた。なぜなら齢《よわい》重ねたご先祖様は『オブザーヴァー』紙のクロスワード・パズルの完成者をどう思うか――とりわけドームと万歩計――に関する話をすることに掛かりきりでいたからだ。またその件について言うべきことはすべて言い終えた後、続いて彼女はマッコーカデールを悲しげに讃《たた》えはじめた。あれほどの脳みそを持ち合わせた女性を相手に戦うだなんて、ジンジャーには強風の中のカツラ位のわずかな望みしかないとの見解を表明しつつだ。とはいえジュニア・ガニュメデス・クラブのクラブ・ブックの脅威がもはや鎮圧されたからには、スポードの雄弁がジンジャーをハナ差で勝たせる可能性もほんのちょっぴりはあるかもしれない、と、彼女は付け加えて言いはしたのだが。

その間じゅうずっと、僕は最初の一語を切り出そうと試みていた。現在の状況はちょっぴり予測を超えているとの趣旨を伝えようとしたのだ。だがその言葉を三度繰り返したところでようやく、僕は彼女の注意を自分に向けることに成功したのだった。

「ちょっと面倒なことになったね」僕は言った。わずかに言い回しを変えながらだ。
彼女は驚いた様子だった。そんなことは思いもしなかったというふうにだ。

「面倒ですって？」

「うん、そうじゃない？」

「どうして？　公明正大な戦士だから誘惑者を嘲《あざけ》り笑って耳にノミをくっつけて追っぱらってやったって彼女が言うのを聞いてたでしょう。それにしても耳にノミなんかくっつけたら、すごく気持ちがわるいことでしょうねえ。ビングレイの野望は挫《くじ》かれたのよ」

「目下《もっか》のところはね」

「ナンセンスだわ」

「ナンセンスじゃなくって目下のところはねだ。ぜんぜん違うことだよ。ビングレイは今のところ地面にたたきつけられはしたものの、いずれ立ち上がるだろうという印象を僕は得ている。奴があの恐るべき内容の本を『マーケット・スノッズベリー・アルゴス・リマインダー』紙に売りつけたらどうするのさ？」

　僕が今言った新聞とは、保守主義の大義を貶《おとし》めんとの努力を強烈に行なう週二回刊行の紙媒体のことである。保守党寄りの人物を誰も彼もチーズくずになったみたいな気分にさせるためには、言葉も行為も惜しまない。毎週水曜日と土曜日にジンジャーの過去の証拠を満載して刊行されたあかつきには、奴の立候補なんぞ風前のともしびにちがいない。

　僕はこの点を齢《よわい》重ねた親戚に明瞭《めいりょう》平易な言葉で説明した。それで貴女の顔からバカげた笑みが消えるはずだよと付け加えてもよかったのだが、その必要はなかった。僕の言う趣旨を彼女はすぐに理解したし、また耳つんざく狩場《かりば》の罵《ののし》り言葉が彼女の口から洩れた。いたんだ牡蠣《かき》をうっかり口にしてしまった叔母さんの狼狽《ろうばい》をふんだんに込め、彼女は目を丸くして僕を見た。

「考えてもみなかったわ！」

「今こそ考えるんだ」

「あの『アルゴス・リマインダー』新聞のイヌ連中ったら、何にだって食らいつくんだわ」

「天井なしで悪名高いんだ」

「あんた、ジンジャーがムショでお勤めしたことがあるって言ってた？」

「ボートレースの夜に官憲の手にいつも落ちてたと僕は言った。それともちろん、ラグビーの夜にもだ」

「ラグビーの夜って何よ？」

「年に一度のオックスフォード大学対ケンブリッジ大学のラグビー・フットボール試合の夜のことさ。ボートレースを祝う時よりよりいっそう、陽気な連中がますます元気いっぱいになる夜なんだ。ジンジャーはその中の一人だった」

「あの子ほんとにムショに入ったの？」

「毎回必ずだ。警官のヘルメットをくすね盗《と》る習慣を欠かさないお蔭で、確実にそうしてた。翌朝罰金を支払って釈放されるんだけど、とにかく絶対一晩は地下牢に入ってなきゃならなかったんだ」

僕がこの状況の重大性を彼女に印象づけたことは間違いない。彼女は踏んづけられたダックスフントみたいな鋭い悲鳴を発したし、強烈な感情の起伏の時に彼女の顔が必ず帯びる藤紫色の色合いをその顔は帯びた。

「それじゃあおしまいじゃない！」

「かなり深刻だと僕も思う」

「かなり深刻ですって！　そんなことちょこっとだってささやいただけで、この町の有権者全員がどん引きするわ。ジンジャーはおしまいよ」

「当時奴の血汐《ちしお》はまだ若かったって言い訳で通るとは思わない？」

「これっぽっちも望みなしよ。誰もあの子のクソいまいましい血汐のことなんか心配しちゃくれないわ。ああいう連中がどんなか、あんた知らないのよ。ほとんどがトルケマーダだって厳しすぎるって思うような道徳規範を持ち合わせた、信心深い連中なんだから」

「トルケマーダってのは誰さ？」

「スペインの宗教裁判をやった男よ」

「ああ、あのトルケマーダか」

「世の中にどれだけトルケマーダがいると思ってるのよ？」

それがよくある名前ではないと、僕は認めた。そして彼女はさらに続けて言った。

「あたしたち、行動しなくちゃ！」

「だけどどうやってさ？」

「っていうより、あんたが行動しなくちゃ。あんたそいつのところにでかけていって、説得しなきゃだめ」

僕はそれを聞いてうーむと言った。ビングレイほど金に汚い男に、説得に傾ける耳があるかどうかは疑問だ。

「何て言えばいいのさ？」

「あんたならわかるでしょ」

「え、そうなの？」

「あの男の良心に訴えなさい」

「そんなもの、あるわけがない」

「難しいこと言ってごねるんじゃないの、バーティー。あんたが陥《おちい》りがちな罪だわよ。いつだって口答えするってのは。あんたジンジャーを助けたいんでしょ、ちがって？」

「もちろん助けたいさ」

「じゃあ結構じゃない」

叔母が一旦こうと決めたら、ノッレ・プロセクウィイ［手続き停止の訴え］しようとしたって無駄なことである。僕はドアに向かった。

その途中で、思い浮かんだことがあった。僕はこう言った。

「ジーヴスはどうする？」

「ジーヴスがどうしたのよ？」

「彼の気持ちはできる限り許してやらなきゃいけないと僕は思う。繰り返し繰り返し僕は彼に、あのクラブ・ブックは高度に爆発性で存在すべきじゃないってことを警告してきた。もし誤った手に落ちたらどうするんだって僕は言った。すると彼は誤った手になんか落ちようはないって言ったんだ。それで今や落ちうる限り最悪の誤った手にそいつは落ちている。『ほら言ったじゃないか』って彼に言ってやって彼が恥辱《ちじょく》と困惑に身をよじる様を見ようだなんて気は僕にはない。わかるだろ、今の今までジーヴスはいつだって正しかったんだから。とうとう自分がヘマをやったって知った時の彼の苦悩は恐ろしいものだろう。気絶したっておかしくないくらいだ。僕は彼のそういう姿を正視できない。貴女に言ってもらわなきゃならないんだ」

「ええ、あたしが言うわ」

「優しく伝えるよう、やってみて」

「そうするわ。あんた表で聞いてた時、ビングレイの住所は聞こえた？」

「聞こえた」

「じゃあお行きなさい」

かくして僕は出発したのであった。

11. でかした、ジーヴス

奴の道徳的見解がどれほど不安定で、機会さえあればズルしてやろうという奴の傾向性がどれほど顕著であるかに鑑《かんが》みれば、読者諸賢におかれては、ビングレイの指令本部はホワイト・チャペルとかライム・ハウス［ロンドンのイーストエンドのスラム地域のこと］みたいな場所にどっさりあるような、空のビール瓶にローソクの燃えさしが差してあってといった邪悪な地下アジトにちがいないと思うはずである。しかしオーモンド・クレッセント五番地はずいぶんと値段が張りそうに見え、庭にはゼラニウムやらバードバスやらテラコッタの小人やらがぎゅうぎゅう置かれた、退役大佐とか聖人君子みたいな株式仲買人とか、そういった人物の持ち家であってぜんぜんおかしくないような家屋敷であった。明らかに今は亡き奴の叔父さんという人物は一ペニーの違いも惜しんで瓶詰肉やら干しブドウやらを売りさばく、しがない町の食料品店主であったはずはなく、もっと大々的な規模で店舗展開を推《お》し進めていた人にちがいない。その後、僕はその叔父さんとやらがはるかバーミンガムまで支店の及ぶチェーン店の所有主であったと知ることになるのだが、しかしいったい全体どうして彼がビングレイみたいな男に遺産を残さなきゃいけなかったかに関しては、僕の説明できる範囲を超えている。

とはいえひとつの可能性としては、何かしら人に知られぬアジアの毒薬をこの叔父さんに振るまう前に遺言をでっちあげるだけの先見の明《めい》がビングレイにはあったと、そういうことであったかもしれないのだが。

　敷居のところで僕は一旦停止した。僕が昔聖書の知識で賞を取った私立学校で過ごした幼少のみぎり、文学修士アーノルド・アブニー校長先生がたまさかに、朝の祈りの後でウースター君に会いたいと宣言することがあって、すると僕はいつだって彼の書斎の前で一旦停止して不安と危惧《きぐ》の念の囚われとなり、来たるべき事態の様相を遺憾《いかん》の思いにて見たことだった。今もだいたい同じだ。来たるべき会見を思うと僕の心は怖れひるんだ。しかしA・アブニーとの会見の際、ことさらに僕に事の進展を嫌わせたのは、つまりこの先僕は毒ヘビのごとく嚙《か》みつく［『箴言』二三・三二］杖にて効き目のいいやつを六発食らうことになるだろうとの思いであったのに対し、一方ビングレイについては、見るのも嫌な男に頼みごとをしなければならないのはひどく気が進まないという当然の感情であった。われわれウースター家の者は格別に気位が高いとは言わないが、しかし人間のクズにこびへつらわねばならぬ事態を嫌ってやまないところではあるのだ。

　しかしながらこれなる行為を僕はなさねばならず、であるからして、ジーヴスが前に言ったのを聞いたとおり、なさねばならぬことならば、急いでなさねばならなかった［『マクベス』一幕七場］。彼の用いた別のギャグを引用するならば、筋肉を固くして血を奮《ふる》い起こし［『ヘンリー八世』三幕一場］、僕は呼び鈴《りん》を押したのだった。

　ビングレイが今や大金持ちでいるということに対して僕がいささかでも疑念を抱いていたとする

ならば、ドアを開けた執事を一瞥《いちべつ》した瞬間にその疑念は一掃《いっそう》された。家内奉公人を集めるにあたり、ビングレイは掛かりを気にせず誇りに思える仕事をした。彼の執事はジーヴスのチャーリー・シルヴァースミス叔父さんレベルとまでは言わないが、それにかなり近かったから僕の息はハッと呑《の》みこまれた。またチャーリー叔父さん同様、彼は執事業を遂行する際における、仰々《ぎょうぎょう》しさおよび儀礼主義の占める重要性に信を置いていた。僕は彼にビングレイ氏にお目にかかれるかと訊《き》き、すると彼は、ご主人様はお客様とはご面会になられませんと冷たく言い放った。

「僕には会うと思う。僕はこの家のご主人の古い友人なんだ」

「わたくしが伺ってまいります。お名前を頂戴できますでしょうか、旦那様？」

「ウースター氏だ」

彼はその場を去り、数分後に、ビングレイ様はよろこんであなた様と図書室にてご面会あそばされますと言った。またそれは僕には非難めいた声と聞こえた。つまり自分としてはご主人様のご命令はいかにそれが異様であろうとも従わざるを得ぬところではあるが、しかしもし自分の一存で通せるものなら僕みたいな男なんかぜったい家に入れはしないのに、というかのごとき響きがそこにはあった。

「こちらにお通りいただけますでしょうか、旦那様」高飛車《たかびしゃ》に彼は言った。

あれやらこれやらいろいろで、僕は、こちらにお通りいただけますでしょうか、みたいな言い方とはずいぶんご無沙汰だったから、図書室に通され、ビングレイが肘掛椅子に座って予備テーブルに足を載せているのを見た時の僕の心はいささか狼狽《ろうばい》していた。彼は十分礼儀正しく僕に挨拶《あいさつ》したが、しかしこれまで二回の会見の際きわめて顕著だった人を見下《みくだ》すような態度はついぞそのままだった。

「ああ、ウースター、どうぞ入ってくれたまえ。バスタブルには家には誰もいないと言うよう言ってあったんだが、むろんあんたはちがう。いつだって旧友の来訪は歓迎するとも。さてと、それで俺に何をお望みでいらっしゃるのかな、ウースター？」

そう言ってもらうと用件を切り出すのが楽になると僕は言った。で、話を切り出そうとしたところで、奴は僕に何か飲むかと訊き、僕は結構ですありがとうと言った。鼻もちならないほど気取った態度で、そうする方がきっと賢明だろうと奴は言った。

「いっしょにチャフネル・レジスにいた頃、お前さんは酒を飲み過ぎだと俺はしばしば思ったもんだった、ウースター。お前さんがあのコテージをどういうふうに燃やしたか、憶《おぼ》えているかい？シラフでいたらあんな真似をするはずはないんだ。あんたはきっと眉毛の上までへべれけに酔っぱらっていたんだろうな」

熱い否定の語が僕の唇をふるわせた。つまりだ、そもそも火をつけた当の本人に、コテージを燃やしたと言ってしかられるだなんてのは、あまりにもあんまりすぎるというものだ。だが僕は己を抑制した。この男とは友好関係を保たねばならないと、僕は自分に言い聞かせた。チャフネル・レジスでのあの晩のことを、こいつがそう記憶しているなら、この男の幻想を破壊するのは僕の仕事ではない。僕はコメントを差し控え、すると奴は僕に葉巻はどうかと訊いてきた。結構ですと僕が答えると、お気に入りの息子によろこぶ父親みたいに、奴はうなずいた。

「お前さんがこんなに向上したのを見て、嬉しいよ、ウースター。いつもあんたはタバコを吸い過ぎると、俺は思ってたんだ。ほどほど、何事につけほどほどが肝心だ。だがこちらにはどういうご用向きでいらっしゃったのか、お話しいただけるかな。昔話をあれこれしゃべりに来たわけじゃあないんだろう？」

「あなたがジュニア・ガニュメデス・クラブからくすね盗《と》った本のことで伺いました」

僕がこう言った時、奴はウイスキー・アンド・ソーダを飲んでいたのだが、これに応える前に奴はグラスを空にして言った。

「〈くすね盗る〉なんて言い方はしないでもらいたい」膨《ふく》れた顔で奴は言った。僕が奴の気分を害したのは明らかだった。「仕事上必要だったから借用したというだけのことだ。いずれきちんとお返しするさ」

「マッコーカデール夫人が僕の叔母に、あなたがそれを彼女に売りつけようとしたと教えてくれました」

奴の苛立《いらだ》ちは更に増した。奴の態度は、不適切な話をし続ける不作法者の無粋《ぶすい》な話を無理やり聞かされている男のそれだった。

「売りつけようとしたんじゃない。彼女の用が済んだら、そいつを俺に返却すべしっていう合意条項を入れるつもりだった。俺の考えじゃあ、ウィンシップに関するページを彼女に複写させるが、本自体の占有は自分で維持するつもりでいたんだ。だが取引は成立しなかった。彼女の方で協力を拒んだからな。さいわい俺には別の市場がある。手に入れようって大勢の連中が躍起《やっき》になるようなブツだからな。だがどうしてあんたがあんな物に関心を持つ？　お前さんには関係のないことじゃないか？」

「僕はジンジャー・ウィンシップの友達なんだ」

「あの男に個人的に恨みがあるとかそういうことはない。結構な若者だといつだって思ってきた。サイズは合わないがな」

「サイズが合わないだって？」僕は言った。意味がわからなかったのだ。

「あの男のシャツは俺には合わなかった。それで遺恨に思っているってわけじゃないんだ。そんなのはみんな運の問題だからな。俺があいつのところにいた時に奴が俺にしたことに不平不満を抱いて、それで意趣返《いしゅがえ》ししてやろうと思ってるだなんて思わないでくれよ。俺たちの関係はきわめて良好だった。俺はあいつが好きだったし、もしこの選挙で誰が勝とうが俺には問題じゃないってことだったら、俺はあいつに勝ってもらいたい。だがビジネスはビジネスだ。予想をずいぶんと勉強した後で、マッコーカデールにだいぶどっさり賭けちまったもんだから、俺としては自分の投資を守らなきゃならないんだ。それがまったくの常識だと思うが、どうかな？」

おそらくは己《おの》が賢明さに拍手喝采を期待して、奴は言葉を止めた。それで僕がソット・ヴォーチェで物言わぬ墓石でい続けると、奴は話を続けた。

「この世の中でうまくやっていこうと思うならさ、ウースター、チャンスはつかまなきゃあいけない。俺はそうやってる。俺はあらゆる状況を精査して、『ここに俺の利益になることは何があるだろうか？』、『どうやったらこの状況をルパート・ビングレイに有利な展開に向けられるだろうか？』って自問する。今回はあれこれ考える必要さえなかった。ウィンシップが下院議員になろうとしていて、あいつが選挙に落ちたら俺は何百ポンドも儲《もう》かる。で、クラブ・ブックがあって、そいつがありゃあ奴の落選は間違いなしだ。濡《ぬ》れ手で粟《あわ》の大儲けだってことが俺には一目でわかった。問題はどうやってクラブ・ブックを手に入れるかだけだ。で、そいつはすぐに解決できた。ジュニア・ガニュメデスで会ったあの日、俺がでっかい書類カバンを持ってたのに気がついたかどうか。それで何かの用事で事務局長と会わなきゃならないって言ってたのは憶えてるかな？　ふん、俺が奴に会いたかったのはあの本を借りるって件でだった。で、俺がそいつをくすねる間、奴が別のところを見てるようにって頭をひねる必要もなかった。あいつが昼食に外出するってことを俺は知ってたからな。そういうわけで、俺はちょいとお邪魔して、クラブ・ブックをちょいと書類カバンに失敬して、ちょいと失礼したわけだ。俺が入ってくのを見た者は誰もいない。俺が出てくのを見た者も誰もいない。ぜんぶが全部、ガキからあめ玉を取り上げるくらいに簡単だった」

繊細な感性を備えた人間に、恐怖、不快、嫌悪、そして反感を覚えさせる話というものはある。ドローンズでキャッツミート・ポッター＝パーブライトが話すような逸話のことを言っているのではない。僕が言っているのはたった今聞かされた自叙伝の一節みたいな忌《い》まわしい事実の暴露のことだ。ウースター魂は通りがかりの車に泥はねを飛ばされたみたいに感じたと述べたとて、まったく言い過ぎではない。またこの不快な話し合いを続けたところで何ら得られるものはないとも僕は感じた。アガサ伯母さんがこのクラブ・ブックの中身を読む可能性に言及して、その場合必然的に僕の身に降りかかる凶運、荒廃、絶望について触れようとも思っていたのだが、そんな真似をしたって無意味かつ無益だと僕にはわかった。なんとかも涙もない男だ……情け、でよかったろうか？な、で始まったはずだ。僕にバカ笑いを浴びせてよこすだけだろう。この男が自分の叔父さんを殺して遺言をでっちあげたにちがいないと、今や僕は確信していた。こんな男にとってそんな所業はたんなる日常茶飯《さはん》に過ぎないことだろう。

したがって僕は回れ右してドアに向かった。だがそこにたどり着くまでに奴は僕を引き止め、ダリア叔母さんの家に滞在しに来るにあたって、レジー・ジーヴスは連れて来たかと知りたがった。連れて来たと僕は言い、すると奴は懐かしきレジーの奴にまた会いたいなと言った。

「なんて咳止《せきど》めドロップ野郎なんだろうなあ！」と、奴は愉快そうに言った。その言い方は僕には耳慣れないものだったが、それを考量《こうりょう》し、おそらくは彼の多くの才能に対する賛辞と称賛を意図するものであろうと理解した僕は、ジーヴスは最も深く最も真実な意味で咳止めドロップであると同意して言った。

「出ていく時バスタブルに、もしジーヴスが訪ねてきたら中に入れるよう言ってくれ。だがあとは誰もだめだってな」

「よしきたホーです」

「いい奴なんだ、バスタブルは。俺の金を賭けてくれる。それで思い出した。俺の言うとおりマーケット・スノッズベリー・ステークスでマッコーカデール婆《ばあ》さんに賭けたか？　賭けてない？　必ず賭けることだ、なあ、ウースター。ぜったいに後悔はさせない。道に落ちてる金を拾うようなもんだ」

車で走り去ってからも僕の気持ちは晴れなかった。僕の心の打ちひしがれ様をイン・スタチュ・プピラーリというか学生時代にアーノルド・アブニー先生の書斎のドアに近づいていった際のそれとしてかつて僕は語ったが、ビングレイ問題につき吉報《きっぽう》を運べなかった旨《むね》をわがご先祖様に伝えることを考えると、いまの僕はそれと同じ不安を感じていた。彼女がアーノルド・アブニーみたいにきついお仕置きを六発加えてくるとは思わないが、しかし己《おの》が不満の意を僕に伝えるのになんら躊《ちゅう》躇《ちょ》はしないだろう。おばさんという人種はナポレオンと同じである。もしナポレオンで正しければだが。つまり彼女たちは自分の命令が遅《ち》滞《たい》なく遂行《すいこう》されることを期待し、また言い訳には耳を傾けないものなのだ。

僕の思ったとおりだった。会見を可能な限り遅らせるためパブで昼食をとった後、僕は懐かしき家屋敷に戻り報告を行なった。でまたそれを彼女がレックス・スタウト［米国の推理作家。名探偵ネロ・ウルフの生みの親］を読んでいる――それもペーパーバックでなく、ハードカヴァーのだ――間に行なうという不運に見舞われたのだった。彼女がそれを長年の習練によって修得した正確さでもって僕に投げつけた時、その鋭い角は僕の鼻先に当たり、僕は少なからず目をぱちぱちさせた。

「あんたが全部めちゃくちゃにするって、わかってなきゃいけなかったんだわ」彼女は声をとどろかせた。

「僕のせいじゃないんだ、齢《よわい》重ねたご親戚」僕は言った。「僕は最善を尽くした。誰にだって」僕は付け加えて言った。「あれ以上は無理だったくらいさ」

これで彼女は何も言えなくなるはずと思ったが、大間違いだった。普通なら野蛮な心をもなだめるはずの台詞《せりふ》だが、今回は大失敗だった。彼女は鼻をフンと鳴らした。彼女の鼻鳴らしはマッコーカデールおばさんがやったクンというような鼻鳴らしではない。それは強靭《きょうじん》な男たちをさえ稲妻に打たれたかのごとく仰向けにのけぞらしむる、大型火薬庫の大爆発により一層似ていた。

「最善を尽くしたってのはどういう意味よ？　あんたが何かしたようには見えないけど。逮捕させるって脅《おど》したの？」

「いや、それはしなかった」

「あいつの咽喉笛《のどぶえ》をつかんで、ドブネズミみたいに振り回してやった？」

そんなことは思いつかなかったと僕は認めた。

「つまり、ぜんぜん何にもしなかったってことじゃない」彼女は言った。また、あらためて考えてみればまったく彼女の言うとおりであると、僕は認めざるを得なかった。人がその時そのことに気づかないでいるのはおかしなものだ。今になってようやく、ビングレイが一人で話したきりで、僕が言葉を返すことはほぼ絶無だったことに僕は気づいたのだった。僕が以前述べた耳の聴こえない毒ヘビだったとしたって、あの会話にあれより貢献しないでいるのは無理だったろう。

彼女はそれまで寝そべっていた長椅子から身を起こした。彼女の様子はいらいら不機嫌だった。むろん彼女はいずれ怒りを克服し、昔どおり愛するバートラムのことをふたたび愛してくれることだろう。しかし叔母の愛情がいま現在最低水準にあるという事実からは逃れようがない。彼女は陰気に言った。

「あたしが自分でやらなきゃ」

「貴女《あなた》がビングレイに会おうっていうの?」

「あたしがビングレイに会おうっていうのよ。それでビングレイに話をして、それでもし必要なら、ビングレイの咽喉笛をつかんで振り回してやるわ」

「ドブネズミみたいにだね」

「そう、ドブネズミみたいによ」ほっそりした少女のころから幾多のドブネズミを振り回し続けてきた女性の静かなる自信を込めて、彼女はそう言った。「オーモンド・クレッセント五番地。いざ見参!」

マーケット・スノッズベリー界隈《かいわい》で起こっていることどもがどれほど僕の精神過程に影響を及ぼしていたことかが、これでわかろう。バスタブルのことが僕の脳裏に去来《きょらい》した時には、彼女がでかけてしまってから少なくとも十分は経過していた。彼女に警告してやれていたらよかったのになあと僕は思った。ルパート・ビングレイのあの熱心な雇われ人はいかなる訪問者をも通さぬよう指示されているのだし、愛するご先祖様が姿を現した時に彼が義務を遂行しないと考える理由はない。彼は物理的暴力は用いないかもしれない——実際、彼女のような体格の女性にそういうことを試みるのは賢明ではなかろう——しかし、彼女にこちらにお進みくださいとは言わず、よって耳にノミをくっつけて追い返されたとマッコーカデールおばさんだったら呼んだであろうようなかたちでお引き取りいただくことは、彼にとっては一瞬の早技であったろう。十五分もしないうちに、途方に暮れ、打ち負かされた女性となって戻ってくるであろう彼女の姿が僕には想像できた。

思ったとおりだった。それから二十分ほどすると、かつて彼女が誘導ミサイルとして使用したレックス・スタウト本を僕が座って読んでいたところに、はあはああえぐ息遣いが聞こえてきて、やがて彼女が姿を現したのだった。セント・ポール寺院の周りを規則正しく歩く聖人みたいな足どりで歩きながら。僕よりよほど洞察力のない目にすら、彼女がバスタブル問題と遭遇してきたことは歴然と見て取れたはずである。

おそらく何も言わないでいる方が親切であったのだろうが、ここは何かを言わずにはいられない状況であった。

「うまくいったの？」僕は訊いた。

彼女は長椅子に沈み込み、ふつふつと煮えたぎっていた。彼女はクッションをパンチし、また僕にはそいつがバスタブルだったらよかったのにと彼女が思っているのがわかった。彼は本質的に問答無用でそう扱われるにふさわしい男なのである。

「ううん」彼女は言った。「中に入れなかったの」

「どうしてさ？」仮面をかぶりながら僕は訊いた。

「でっぷりした執事みたいな男があたしの眼の前でドアをばしんって閉めたのよ」

「それはお気の毒さま」

「それであたしがドアの隙間に足をねじ込んでる間はなかったの」

「そういう時にはいつだってすばやく行動しなきゃだめなんだ。まさにどんぴしゃりのタイミングが求められるんだな。彼が僕を中に入れてくれたのは不思議だった。僕の湛《たた》える静かなる卓越《たくえつ》性の雰囲気がなりゆきを決めたんだろうなあ。で、貴女はどうしたの？」

「回れ右して帰ってきたわよ。他にどうしようがあって？」

「いや、どんなに大変だったことだろうなあって思ってるんだ」

「それで頭にくるのは今日の午後こそＬ・Ｐ・ランクルからあの金を引き出してやろうって、あたしが心に決めてたってことなの。今日こそその日って思ってたのよ。だけどどうやら今日は運がないみたいだし、たぶん別の日にまわした方がいいんでしょうね」

「鉄は熱いうちに打てじゃないの？」

「まだ熱くなってないかもしれないわ」

「ふむ、決めるのは貴女だからね。ねえ」本題に立ち返って、僕は言った。「ビングレイとの交渉を行なうべき全権大使はジーヴスだよ。そもそも彼に命ぜられるべき任務だったんだ。ビングレイの前で僕が何にも言えなかったり、貴女がそもそも家にも入れてもらえないでいる時、彼だったら貴女がヤッホーも言えないうちに家に入ってとうとうとまくし立ててみせるはずだ。あいつは彼のことを咳止めドロップだって思ってるんだから」

「いったい全体咳止めドロップって何なのよ？」

「わからない。だけどそいつはビングレイが称賛してやまない何かなんだ。彼はそれだって語るあいつの声は、真正の熱情の響きを帯びていた。ジーヴスにビングレイがあの本を持ってるってことは話した？」

「ええ、話したわ」

「どう受け止めてる様子だった？」

「ジーヴスが物事をどう受け止めるかは知ってるでしょ。眉毛の片っ方がちょっと上がって、衝撃を受け驚愕《きょうがく》してるって言ったわ」

「それは彼としたらすごく強烈だ。普段は〈きわめて不快でございます〉って言うだけだからな」

「そうそう、変なのよ」齢《よわい》重ねた親戚は、もの思うげに言った。「車で帰ってくる時、あたしビングレイの家からジーヴスが出てくるのを見たような気がするの。彼だったかどうか、確信はないんだけど」

「彼だったにちがいないよ。貴女からあの本に関する真相を聞かされて、最初に彼がするのはビングレイに会うことだ。まだ彼は戻ってないのかなあ」

「まだだわね。あたしは車で、彼は歩いてたから。まだ着いてないでしょ」

「セッピングスを呼んで訊いてみよう。ああ、セッピングス」彼が呼び鈴《りん》に応えてやってくると僕は言った。「ジーヴスは階下かなあ?」

「いいえ、旦那様。ジーヴスさんはおでかけになられて、まだお戻りではいらっしゃいません」

「帰ってきたら、僕に会いに来るよう言ってくれるな?」

「かしこまりました、旦那様」

彼がその場を辞去《じきょ》する時、もしかしてジーヴスにオーモンド・クレッセント五番地を訪問しようとしているような気配はなかったかと訊《たず》ねようかとも思ったのだが、そうしたらセッピングスをあまりにも悩ませることになるだろうと思い、訊ねないでおいた。彼はその場を去り、僕らはしばらく座ってジーヴスのことを話しながら過ごした。それから、こんなことをしていたって何にもならないし彼が戻るまで建設的なことはなんにもできないと感じ、僕らはまたL・P・ランクルの問題を取り上げたのだった。少なくとも、齢重ねた親戚の方は取り上げた。それで僕は、もっと早い段階で訊きたかった質問を提出した。

「貴女はさっき」僕は言った。「あいつに接近するなら今日こそその日って思ったと言ったね。どうしてそう思ったんだい？」

「あの男が昼食をがつがつ貪《むさぼ》り食らうその態度と、後でそのことを語る口ぶりからよ。抒情的《じょじょうてき》というのが唯一適切な言葉だわね。またあたしは驚いてはいないのよ。アナトールはまたもや彼自身を超越したんだわ」

「あのシュプレーム・ド・フォア・グラ・オ・シャンパーニュかい？」

「それとあのネージュ・オウ・ペルル・デ・ザルプだわよ」

僕はもの言わぬため息をついた。もしそうしていたら、と思いながらだ。あのパブでウースターお腹を侮辱するため食したゴミクズは、とりわけ致死性が高かったのだ。一般的にこういう田舎《いなか》のパブは食事に関しては大丈夫なものだが、僕は不幸にもボルジア家一族の末裔《まつえい》の経営するやつを選んでしまったのだ。あれを食べながら、もしかしてビングレイは叔父さんにある日あそこで昼食をご馳走したのではなかろうかと僕は思い当たったものだ。人に知られぬアジアの毒薬なんぞをわざわざ買って金を使う必要などなかったのだ。

同情を求め、齢重ねた親戚に僕はこのことを話そうとしていた。しかしこの瞬間にドアが開いてジーヴスが現れた。霧立ち込める山のてっぺんで咳払いをするとっても年老いたヒツジみたいに聞こえるやさしい咳払いでもって、彼は会話を開始した。彼は言った。

「わたくしにご面会をご希望でいらっしゃいますか、ご主人様？」

もし彼が、僕があの聖書の知識で優勝した時詰め込み勉強した例の放蕩《ほうとう》息子［『ルカによる福音書』十五］だったとしたって、これ以上にあたたかい歓迎は受けられなかったことだろう。それまで居間を満たしていた空虚の中に、僕たちが興奮してしゃべりまくる声が鳴り響いた。

「入ってちょうだい、ジーヴス」齢《よわい》重ねた親戚が怒鳴った。

「そうだ、入ってくれ、ジーヴス」僕は叫んだ。「二人して君を待ってたんだ。なんとかを呑みながらさ……何をだっけか？」

「固唾《かたず》でしょ」齢重ねた親戚が言った。

「そのとおり。固唾を呑み、それと――」

「張りつめた、わななく神経でしょ。ひきつった筋肉と嚙《か》まれた指の爪は言うまでもなくだわね［『ヴェニスの商人』一幕三場］。話してちょうだい、ジーヴス。一時間ほど前あたしが見た、オーモンド・クレッセント五番地から出てくる人影はあなただったの？」

「はい、奥様」

「本のことでだわね？」

「はい、奥様」

「なんとしてもそいつを返せって彼に迫ったの？」

「いいえ、奥様」

「じゃあいったい全体あなた何しに彼に会いに行ってきたの？」

「同書物を入手せんがためでございます、奥様」

「だけどあなた返せって言わなかったって……」

「同話題を持ち出す必要はなかったのでございます、奥様。あの者は未だ意識を回復してはおりませんでした。わたくしに説明をお許しいただけますならば、あの者の住居に到着したところで、彼はわたくしに飲み物を勧め、わたくしはその勧めを受け入れたのでございます。彼自身も一杯飲用いたしました。わたくしたちはしばらくの間、あれこれ語り合いました。それから、わたくしは彼の注意を一瞬逸《そ》らすことに成功し、彼が他所《よそ》を凝視している間に、飲み物に人を一時的に無意識にする化学物質を投入することができたのでございます。かような次第にて室内を捜索する時間は十分にございました。当該書物は同室内に置かれているはずであるとわたくしは推測しており、またその推測に誤りなしでございました。机の下の引き出しにそれは入っておりました。わたくしはそれを確保し、その場を去ったのでございます」

これなる彼の効率性とドゥーイットユアセルフ精神の最新の暴露に驚愕するあまり、僕は口がきけなかった。だが齢重ねた親戚の方は一種の雄たけびというか遠ぼえといったものを発した。それはかつて多くの狩場に轟《とどろ》きわたった声であったにちがいなく、またクゥオーンやピッチリーのメンバーをメキシコのジャンピング・ビーンみたいに鞍《くら》から飛び上がらしめたことだろう。

「あなた、眠り薬を仕込んだっていうの？」

「隠語表現にてはさように呼ばれるところであると理解いたしております、奥様」

「あなたはそういうものをいつも持ち歩いているの？」

「少量を携行《けいこう》いたさぬことは滅多《めった》にございません、奥様」

「いつ便利に役立つかわからないってことね？」

「まさしくさようでございます、奥様。それを使用いたす機会は常に生じてまいりますゆえ」

「まあ、あたしがあなたに言えるのはありがとうだけだわ。あなたは敗北の顎《あご》から勝利をひったくってくれたのよ」

「さようにおおせいただき、ご親切なことでございます、奥様」

「ほんとうに感謝するわ、ジーヴス」

「滅相《めっそう》もないことでございます、奥様」

ここで齢重ねた親戚が僕の方を向いて、ビングレイに眠り薬をやるだけの分別が僕になかったことを叱《しか》りつけるのだろうと僕は思った。また、叔母さんに向かって道理を説くことなぞおよそ不可能であるのだから、僕はそんなものを持ち合わせてはいないと申し立てたところでどうしようもないことも僕にはわかっていた。しかし上機嫌ゆえに彼女はそうしなかった。L・P・ランクルの話題に戻り、結局のところ今日はツイてるってわかったから、もっと押してみるわ、と彼女は述べた。「いま会ってくるわ」彼女はキャンキャン言った。「あの男を弦楽器みたいに演奏してやれる自信があるの。どいてちょうだい、バーティーちゃん」ドアに向かいながら彼女は叫んだ。「でなきゃあんたを粉々に踏み潰《つぶ》しちゃうわ。ヨーイックス！」彼女は付け加えて言った。昔日《せきじつ》の狩場の専門用語に立ち返りつつだ。「タリー・ホー！　ゴーンアウェイ！　ハーク・フォーラード！」

というかそんなような台詞《せりふ》をだった。

12．急展開

彼女の急発進――時速四十キロであったと推定される――後、そこには振動する沈黙とでも言うべきものが残された。アメリカでハリケーン時季にたけり狂った暴風が奥歯の奥まで人々を震撼《しんかん》させた挙げ句、さらに西の方の住民たちを刺激してやりに移動していった、そういう時に経験されるやつだ。僕はジーヴスに顔を向けた。もちろん彼は片貝に載ったカキみたいに冷静かついささかも動ぜずにいた。彼は雄たけびを上げる叔母さんが弾丸みたいに部屋から飛び出してゆく様を、幼少のみぎりより見慣れているのかもしれない。

「彼女は何て言ったんだ、ジーヴス？」

「もしわたくしに誤りなくば、ヨーイックスでございます、ご主人様。奥方様におかれましては更に、タリーホー、ゴーンアウェイおよびハーク・フォーラードともご発声あそばされたと拝察いたします」

「クゥオーンとピッチリーのメンバーはああいうことをのべつ言ってるんだろうな」

「さようと理解いたします、ご主人様。猟犬らにあらためて奮闘努力を促す言葉でございます。無論キツネたちにとってはつらいことではございましょうが」

「僕はキツネになるのはいやだな。君はどうだ、ジーヴス？」

「より快適な暮らしは容易に想像されるところでございます、ご主人様」

「でこぼこ野原を何キロも狩り立てられるだけじゃなく、シルクハットの男たちがああいう粗野な声を発するのを聞かされなきゃならないんだからな」

「おおせのとおりでございます、ご主人様。きわめて疲弊《ひへい》させられる暮らしでございましょう」

僕はキャンブリック地のハンカチを取り出すと、ひたいを一拭《ひとぬぐ》いした。先般《せんぱん》の出来事によって、僕はヴェルサイユ宮殿の噴水によって広く普及されたような仕方で盛大に汗を噴き出していたのだ。

「熱い仕事だな、ジーヴス」

「はい、ご主人様」

「毛穴がちょっと開くというものだ」

「はい、ご主人様」

「今やすべてが何と静かに感じられることか」

「はい、ご主人様。沈黙は湿布のごとく轟音《ごうおん》の衝撃を鎮《しず》める、でございます」

「シェークスピアか？」

「いいえ、ご主人様。アメリカの作家オリヴァー・ウェンデル・ホームズでございます。彼の詩、『手回しオルガン弾き』よりでございました。わたくしが子供の折、叔母が朗読してくれたものでございます」

「君に叔母さんがいただなんてぜんぜん知らなかった」

「三人ございます、ご主人様」

「みんな今出てった叔母さんくらいに血気《けっき》盛んなのか？」

「いいえ、ご主人様。わたくしの叔母たちの人生観は一様に平穏でございました」

僕自身、ちょっと平穏な心持ちになり始めていた。おわかりいただけようか、落ち着いてきた、ということだ。落ち着いてきたところで、いくらかもっと寛大な思いが浮かんだ。

「ふむ、血気盛んだからっといって齢《よわい》重ねた親戚を責めるわけにはいかないな」僕は言った。「彼女は乾坤《けんこん》なんとかの大なんとかでがんじがらめになってるんだからな」

「偉大なる乾坤一擲《けんこんいってき》の大事業でございましょうか、ご主人様？」

「それだ」

「その流れが不首尾《ふしゅび》に至り行為の名目《めいもく》を失わぬことのなきよう期待するといたしましょう」

「ああ、そうしよう。何に至るだって？」

「不首尾でございます、ご主人様」

「逸《そ》れるんじゃなくてか？」

「いいえ、ご主人様」

「するとそれは詩人のバーンズじゃないな？」

「いいえ、ご主人様。ただいまの台詞《せりふ》はシェークスピアの劇『ハムレット』［三幕一場、ハムレットの独白］よりでございました」

「ああ、『ハムレット』なら知ってる。アガサ伯母さんに言われて息子のトーマスをオールド・ヴィックに連れて行かされたんだ。悪くはない劇だったと僕は思う。ちょっとご高尚《こうしょう》だったがな。詩人のバーンズが書いたんじゃないってことは確かなんだな？」

「はい、ご主人様。その事実は確証されたところであると理解いたしております」

「それじゃあそれでいい。とはいえ僕たちは要点を外《はず》れた話をしているぞ。大事なのはダリア叔母さんが乾坤一擲の大事業に首まで浸《つ》かってるってことだ。タッピー・グロソップのことなんだ」

「さようでございますか、ご主人様？」

「君は関心を持つはずだ。君がいつだってタッピーのことを好きなのは知ってるからな」

「きわめて好ましき若紳士様でいらっしゃいます、ご主人様」

「ドローンズのプールで最後の輪っかを引っぱり寄せてない時は、そのとおりだ。うむ、今話してやるには長すぎる話なんだが、だが肝心なのはここのところだ。L・P・ランクルが法的屁理屈を駆使して……屁理屈でよかったっけか？」

「はい、ご主人様」

「タッピーのお父上との商取引でペテンをやったんだ……いや、正確には商取引じゃあない。タッピーのお父上はあいつのところで働いてたんだ。それであいつが契約書にちっちゃい字で書いてあることを盾にとって、お父上が発明した何だったかの利益をみんな奪っちゃったんだ」

「往々にしてさようなものでございます、ご主人様。資本家は発明家の犠牲の上に繁栄するのが常でございます」

「それでダリア叔母さんは奴がちょっぴり金を出してタッピーに回してくれないかって期待してるんだ」

「自責の念に衝《つ》き動かされて、ということでございましょうか、ご主人様？」

「自責の念だけじゃないんだ。どちらかっていうと叔母さんはあいつがかなりの間アナトールの料理の魔力の下に置かれてるって事実のほうを重視してる。それであいつももっと寛大でもっと親切な資本家になって、恩義を重んじて公明正大にやろうって気になりやしないかって思ってるんだ。君は疑り深そうな顔をしているな、ジーヴス。うまくいくとは思わないのか？　彼女はこれで大丈夫って確信しているんだ」

「奥方様のご確信をわたくしも共有いたせればと切に願うところではございますが、しかしながら――」

「しかしながら、僕と同じく、君は彼女がL・P・ランクルを一挺《いっちょう》の弦楽器みたいに演奏するのは……何と言ったたっけ？　十中八九無理だって予想してるんだな？」

「それよりもいささか僅少《きんしょう》な確率となりましょう、ご主人様。以下の事実を考慮いたさねばなりません。すなわち、ランクル様は……」

「何だ？　遠慮しているようだな、ジーヴス。ランクル氏は何だっていうんだ？」

「ただいま申し上げようといたしておりました表現は失念いたしました、ご主人様。あなた様がお知り合いの紳士様におかれる甘美と光明《こうみょう》の不足を指してお使いあそばされるのを何度かお伺いいたしましたご表現でございます。スポード様、と申しますよりもシドカップ卿と申し上げるべきでございましょうか、に対されましてあなた様はそのご表現をお用いあそばされましたし、ただいまのご親密なご関係になられる前、グロソップ様の叔父君であらせられるサー・ロデリックに対されましてもお用いでいらっしゃいました。その語はわたくしの舌先まで出ておりますのでございますが」

「クサレ野郎か？」

いいえクサレ野郎ではございませんと彼は言った。

「タフなクソガキか？」

「いいえ」

「二十分ゆでのかたゆで卵か？」

「さようでございます、ご主人様。ランクル様は二十分ゆでのかたゆで卵でいらっしゃいます」

「だけどそんな判断ができるほど君は奴のことを知ってるわけじゃないだろう？　実際、君はあいつに会ったばっかりじゃないか」

「はい、ご主人様。おおせのとおりでございます。しかしながらあの方が奥方様のご客人でいらっしゃると知り及んだビングレイが、わたくしにあの方のご性格の非情さ及び無慈悲さを物語る逸話をいくつも話してくれたところでございます。ビングレイは一時期あの方の雇用下にあったのでございます」

「なんてこった！　あの男はありとあらゆるところで雇われてたみたいだな」

「はい、ご主人様。あの者はせわしなく移動するのが常でございました。彼がひとつ所に長く留《とど》まることは決してございませんでした」

「不思議なことじゃない」

「しかしながらあの者とランクル氏との関係はより長期的に継続したのでございます。彼は数年前あの方に随行してアメリカ合衆国に数カ月滞在したのでございます」

「その間に奴はあいつが二十分ゆでのかたゆで卵だってことを知ったのか？」

「まさしくさようでございます、ご主人様。したがいましてわたくしは奥方様のご努力が満足ゆく結果をもたらさぬのではあるまいかと強く危惧《きぐ》いたすところでございます。ランクル様に譲渡いただくようご説得あそばされるおつもりのご金額は高額なのでございましょうか？」

「かなりの額だと聞いている。タッピーの父上が発明したのはあのマジックミジェットとかいうやつで、ランクルはあれでどえらく儲《もう》けてるにちがいないんだ。叔母さんは五分五分で山分けを狙《ねら》ってるんだと思う」

「さようならばわたくしは、真っ当な判断力をそなえた私設馬券販売業者ならば、奥方様が目的を達成される可能性に百対一以上の賭け率を提示することであろうとの見解を持つを余儀《よぎ》なくされるところでございます」

楽観材料ではない、とはご同意いただけよう。実際、決定的に意気消沈材料であるとおっしゃる方もおいでかもしれない。僕は彼のことを悲観主義者と呼んだってよかったのだ。ただその時にはそういう言葉が見つからなかった。彼ほどの威厳を備えた人物を指すにはおよそふさわしからぬ〈暗いヤツ〉以外に何か思いつかないものかと僕が考えていると、フローレンスがフランス窓から入ってきて、むろん彼はゆらめき消え失せた。僕たちの会話が、いわゆる上流階級のお方のご登場によって中断された時にはいつだって、彼は夜明けの家つき幽霊みたいに消え失せるのが常なのだ。

食事の時以外、僕は今までフローレンスとまったく会うことはなかった。彼女はいわゆる上の道を行き、僕は下の道を行くと、そういうわけであったからだ。何が言いたいかというと、いつも彼女はマーケット・スノッズベリーに行っていて、彼女の婚約者である保守党候補のため忙しく活動しており、一方僕は、故マッコーカデール氏の寡婦とのだいぶ神経にこたえる邂逅《かいこう》の後、良書といっしょに丸くなっている方を選んで戸別訪問をやめてしまっていたからだ。僕はこの小心さ……でよかったろうか?……についてジンジャーに謝ったところ、奴はものすごく理解を見せてくれて、そんなのはまったく大丈夫だし、自分もおんなじようにできたらいいのにと言ってくれた。

彼女はいつも以上ではないにしろいつもどおりに美しかった。少なくともドローンズ・クラブのメンバーの九十六パーセントは、こんなふうに彼女と二人きりになる以上に幸せなことはあるまいと訊《き》いてくることだろう。しかし僕は、彼女とのテータ・テートというか二人っきりになることをよろこんで進んで回避したい。なぜなら鍛《きた》え抜かれた僕の五感が、彼女はだいぶご機嫌斜めでいると告げており、こういう時にはものすごく向こう見ずな者を除いて、木によじ登り、後から来る者をひっぱり上げてやるのが本能の導くところであるからだ。すでに述べた、彼女の性格においてきわめて顕著な高慢で尊大な態度が一目瞭然《いちもくりょうぜん》に前面に出されている。唐突に話し始めた彼女は、こう言った。

「こんな天気のいい日にあなたここで何をしてらっしゃるの、バーティー?」

今までダリア叔母さんと会談中であったのだと、僕は説明した。すると彼女はダリア叔母さんはその不在ゆえにかえってその存在を際立たせていらっしゃるのだから、おそらくその会談はもう終わったようではないか、であればどうして僕は新鮮な空気と陽光を求めて表に出ないのかと当意即《とういそく》妙《みょう》に応えて言った。

「あなたは空気のむっとした部屋の中にいるのが好きすぎるの。だからそんなふうに土気色《つちけいろ》の顔をしてるんだわ」

「僕の顔が土気色だなんて知らなかった」

「もちろんあなたの顔は土気色だわ。他の何だっていうの？　あなたって死んださかなの裏側みたいに見えてよ」

僕の最も恐れていたことが確証されたようだ。彼女は最初に会った罪なき傍観者《ぼうかんしゃ》に癇癪《かんしゃく》をぶつけるだろうと僕は予測していた。それでそれに当たったのが僕の運のなさだったということだ。僕は嵐に立ち向かうべく頭を下げた。と、驚いたことに、彼女は話題を変えたのだった。

「わたし、ハロルドを探しているの」彼女は言った。

「ああ、そう？」

「彼を見かけた？」

「その人のことを僕は知らないと思うなあ」

「バカ言わないで。ハロルド・ウィンシップのことよ」

「ああ、ジンジャーのことか」了解して僕は言った。「いや、奴は僕の視界内に入り込んできてない。どういう件で奴に会いたいんだい？　何か大事なことかい？」

「わたしには大事なことだし、彼にとっても大事なことのはずよ。あの人うまく行動しないと、この選挙で負けることになるわ」

「どうしてそう思うんだい？」

「今日の昼食の時の彼の態度のことよ」

「ああ、あいつ君を昼食に連れてったのか？　どこへ行ったんだい？　僕はパブで食べたんだけど、連中があそこで出してきたゴミクズときたら、食べてみなきゃわからないってシロモノでさ。だけど君たちはちゃんとしたホテルに行ったんだろ？」

「市役所であった商工会議所昼餐会《ちゅうさんかい》のことよ。とっても重要な催事《さいじ》なのに、あの人ったらわたしが今まで聞いた中で最低に弱々しい演説をしたの。脳に水のたまる病気の子だってあれよりはましにやったはずだわ。あなたでさえまだましにやったでしょうよ」

うむ、僕を脳に水のたまる病気の子供と有能さの点で同レベルに置くことは、フローレンスにしてみれば盛大な賛辞であるのだろうと僕は思い、その問題にそれ以上踏み込むのはやめにした。すると彼女は両の鼻孔から炎を噴き出しながら、話を続けた。

「あーあーあー、よ！」

「失礼、何て言った？」

「あの人、あー、って言い続けたの。あーあーあーって。あの人にコーヒースプーンを投げつけてあげてればよかった」

ここで僕は、ああ、あやまちは人の常［ポープの詩「人間論」］に関するギャグをひとつかましてやることもできたのだが、そうすべき時ではないと思えた。その代わりに、僕は言った。

「あいつ、きっと緊張してたんだよ」

「あの人もそう言い訳してたわ。緊張する権利なんかあなたにはないのって、わたし言ってあげたの」

「じゃあ君は奴に会ったんだね？」

「会ったわ」

「昼食の後にだね？」

「昼食のすぐ後によ」

「だけど君はまた奴に会いたいんだね？」

「そうよ」

「それじゃあ僕が探してこようか？」

「ええ。そしてあの人に、わたしがトラヴァース夫人の書斎で待ってるって言ってあげて。あそこなら邪魔が入らないから」

「たぶん湖のほとりの東屋《あずまや》に座ってるんじゃないかなあ」

「ふん、座るのはやめて書斎に来なさいって言って頂戴」彼女は言った。どこからどこまでアーノルド・アブニー文学修士が、朝の祈りの後でウースター君に会いたいと宣言するのにそっくりだった。僕に古き日々のことどもを思い起こさせてくれたものだ。

東屋に向かうには芝生を横切らねばならない。スポードがその上で僕をめちゃめちゃにぶん殴りたいとの思いをもてあそんでいた件《くだん》の芝生である。それで芝生を横断しながら小鳥たち、ミツバチたち、チョウチョウたちその他色々を別にして僕が最初に見たのは、L・P・ランクルがハンモックに寝そべってぐっすり眠っており、その横でダリア叔母さんが椅子に腰掛けている姿だった。彼女は僕を見ると立ち上がって僕の方に向かい、一、二メートル近くまで来ると、同時に唇に指を当てた。

「あの男、寝てるの」彼女は言った。

ハンモックから聞こえるいびきがこの発言の真理性を裏付けた。また僕は、それは見ればわかるしまた見れば見るほどなんと無様《ぶざま》な姿であることかと言った。すると彼女は僕に、お願いだからそんなふうに怒鳴らないでちょうだいと言った。どんなに小さいささやき声だってディーの砂州で牛たちに呼びかける誰だったか［チャールズ・キングズレイの詩］みたいに発声する女性に怒鳴るな呼ばわりされていささか気分を害した僕は、怒鳴ってなんかいないと言い、すると彼女は「ふん、やめてちょうだい」と言った。

「あの人、突然起こされたらいじわるな気分になるかもしれないでしょ」

彼女の戦略戦術理解力を物語る、洞察力に満ちた推論である。しかしすばやい知性の働きでそこに欠陥《けっかん》を見いだした僕は、その点に彼女の注意を促した。

「その一方、もし奴の目を覚ましてやらないんじゃ、どうやってタッピーのために嘆願《たんがん》ができるのさ？」

「突然起こしたらって言ったでしょ、バカ。大自然の営みにまかせておけば大丈夫なの」

「ああ、もっともだ。大自然の方じゃ、だいぶ時間がかかりそうな具合かい？」

「そんなこと、どうしてあたしにわかりようがあって？」

「どうかなって思っただけだ。午後じゅうずっとそこに座ってるわけにはいかないだろう」

「必要とあらば、あたし座ってられるわ」

「それじゃあそいつは貴女《あなた》におまかせするよ。僕はジンジャーを探しに行かなきゃならない。奴は見かけた？」

「たった今秘書といっしょに東屋に向かったところよ。口述筆記があるんですって。なんであの子に用があるの？」

「僕には別にない。奴といっしょにいられるのはいつだってうれしいけどさ。フローレンスが奴を見つけて来いって僕に言ったんだ。彼女、奴のことけちょんけちょんに叱《しか》りつけといて、まだやり足りなくってたまらないんだ。どうやら――」

ここで彼女は鋭い「シー！」の声で僕の話をさえぎった。L・P・ランクルが目覚めかけ、その不活性な身体に生命の息吹が戻り始めたように見えたからだ。しかしそれは誤警報であったようで、僕は発言を再開した。

「どうやら奴は商工会議所のお客さんたちを拍手喝采させ損なったらしいんだ。彼女は奴に根っからの……あのギリシャ人は誰だったっけ？」

「バーティー、もしランクルの目を覚ましちゃう心配さえなかったら、あたしあんたを鈍器でぶっ叩いているはずよ。もし鈍器があったらだけど。どんなギリシャ人よ？」

「だからそれを訊いてるんじゃないか。小石を口に入れて練習したんだ」

「デモステネスのこと？」

「そうかもしれない。後でジーヴスに聞いてみる。フローレンスはジンジャーに根っからのデモステネスになってもらいたいって期待してるんだ。もしこの名前で合ってればだけどね。だけどそうは思えないなあ。とはいえ僕は学校でジャンバッティスタって名前の奴といっしょだったけどさ。とにかくジンジャーは彼女をがっかりさせた。またそれで彼女はイラついてる。彼女がイラついた時、どんなに忌憚《きたん》なく胸のうちを語るかは知ってるだろう？」

「あの子あんまり忌憚なく胸のうちを語り過ぎるの」わが親戚は辛辣《しんらつ》に言った。「ジンジャーに我慢ができるかしら」

彼女が当惑する問題をたまたま僕は解決できる立場にいた。野郎どもと女の子たちの関係に関する諸事実は、長らく僕にとっては開かれた書物に等しかったからだ。僕はその問題に深い思考を傾注してきたたし、また僕がある問題に深い思考を傾注する時、困惑は速《すみ》やかに解決されるのだ。

「あいつは我慢するさ、齢《よわい》重ねたご親戚。だってあいつは彼女を愛してるんだから。また愛はすべてを克服すると言ったってそんなに間違っちゃいないんだ。もちろん貴女の言うことはわかるよ。奴ほど筋骨隆々《きんこつりゅうりゅう》たる男が、彼女にじろりとにらまれたら居間に腐りかけた骨を運んできて叱られたスパニエル犬みたいに意気地なく丸くなって非難に甘んじる――って言葉でよければだけど――なんてさ。貴女が見過ごしてるのは、繊細に整った横顔と、柳のようにほっそりした体つきとプラチナブロンドの髪に関してなら彼女はトップ10にじゅうぶん入るって事実で、またそういうことはジンジャーみたいな男にとってはものすごく重大なんだ。貴女や僕はフローレンスを冷静に見て、人間の食用にはボス面《づら》のいばりんぼすぎるって考える。だけど奴はちがった物の見方をするんだ。ジーヴスが個々人の心理って呼ぶいつものやつさ。彼女が胸のうちを語る時、奴の心には反抗の種がふつふつと泡立ち始めることだろう。だけど奴は彼女の横顔を見て、あるいは彼女の髪をちらりと見る。議論の目的のためここでは彼女は帽子はかぶってないと仮定しておくよ。あるいは彼女の身体《からだ》は景観鉄道くらいに起伏に富んでるってことにあらためて気がつくんだ。すると奴は、彼女を自分のものにするためならちょっぴり胸のうちを語られるくらいのことは我慢したっていいやって気持ちになるんだな。だからさ、奴の愛は完全にスピリチュアルなものじゃあない。そこにはちょっぴり肉欲が混ざってるんだ」

僕はもっと語り続けたかった。この主題はいつだって僕のうちなる最善の部分を呼び出すからだ。しかしこの時点で、それまでそわそわしていた齢重ねたご先祖様は、僕に湖に行って溺《おぼ》れ死ぬようにと言った。したがって僕はとっとと立ち去り、また彼女はハンモック脇の椅子に戻って、すやすや眠るわが子を見守る母親みたいにL・P・ランクルを見守りはじめたのだった。

果たして彼女が気づいたかどうかはわからない。つまり叔母というものは自分の甥《おい》っ子の表情になぞほとんど注意を払わないものであるからだ。だがこれらのやり取りの間じゅう、僕はずっと厳粛な顔をし、何か心に案じることがあるということをきわめて明確にしてきた。彼女がL・P・ランクルほどの大ケチンボから金を引き出す確率に、真っ当な分別のある賭け屋だったら百対一も出さないというジーヴスの発言のことを僕は考えており、それで眠りから覚めたランクルが金を出すのを拒否した時の彼女の失望と落胆を思い描くと、僕の心は大いに痛んだからだ。それは彼女をぺしゃんこにするくらいの衝撃であろう。絶対確実と思いこんでいたのだから。

むろん僕はジンジャーのことも大いに心配していた。僕自身フローレンスと婚約していたことがあるから、彼女が失敗した男のことをどんなふうに叱りつけられることかを僕は知っていた。またすべての兆候は、今回の彼女が過去実績をはるかにしのぐ仕事をしてくれるであろう蓋然性《がいぜんせい》を示していた。あの暗い渋面《じゅうめん》、噛《か》みしめられた唇、あのぎらぎらきらめく目、またあのほっそりした肢体《したい》がわなわなと震える様の重要性を僕は解釈しそこねてはいない。風邪《かぜ》を引いたのでないとすると、あの震え方は彼女が日焼けした首みたいにヒリヒリしていることを意味している。あれほど強烈な感情を生じさせるには、わが旧友はいったいどこまで雄弁家として落ちぶれ沈み果てたことかと、そのあまりの深さに僕は驚嘆した。そしてこの点について奴に――むろん、そっと優しくだ――訊いてやろうと僕は思った。

しかしそうする機会はなかった。なぜなら東屋に入っていって最初に僕が見たのは、奴とマグノリア・グレンデノンがひしと抱擁《ほうよう》し合う姿で、また強力な重機か何かを持ちだしてこないことには、二人をひきはがすのは不可能な様子だったからだ。

13. あたらしい愛の行方

しかしながら、このような見解を採った僕は間違っていた。なぜなら僕が驚きの叫びをキャンと上げたかどうかのところで、このグレンデノンお嬢さんは水浴中を驚かされたニンフが発するような自前の叫びをキャンと放ち、もつれ合いをほどいてびゅんと僕の目の前を通り過ぎ、平地の短距離走者としてはわが愛すべきご先祖様に匹敵するスピードで広大な外なる世界へと消え失せてしまったからだ。あたかも彼女が「ああ、鳩の翼があったなら」［『詩編』五五・六］と言ったら、そいつが手に入ってしまったみたいだった。

一方僕はというと、その場に根が生えたみたいに立ちつくしていた。口は半開きにして、目は最大限に見開いたまま。ろ、で始まる言葉は何だったろうか？　労災？　いや、労災ではない。老害？　ちがう、老害ではない。ろうばい、それだ。僕は狼狽していた。もしあなたがレディーズ・ナイトのトルコ風呂の浴室にたまたま迷い込んでしまったら、僕が今経験しているのとごく酷似した感情をお覚えになられることだろう。

ジンジャーも冷静沈着ではいない様子だった。実際、奴の様子は絶対的に浮足立っていたと述べてもいい。奴は喘息《ぜんそく》で苦しんでいるみたいにぜいぜい激しく息を吐いていた。僕に向けられた奴の目には、旧友の目のうちに期待されるべきなかよしの光がまるでなくなっていた。また話し始めた奴の声は腹を立てたシナモン色のクマのそれに似ていた。しわがれ声、と言っておわかりいただけるか、で不機嫌寄りだった。開口一番、奴が述べたのは、まさしくこの瞬間に東屋《あずまや》に入ってきた僕の無神経さに関する立て板に水の見事な批判だった。僕にはがさつな探偵野郎みたいに辺りをはいずり回ってもらいたくはないものだと奴は言った。お前は虫眼鏡を持っているのか、お前は四つ足ではいずり回って小さな物体を拾い上げて注意深くそいつを封筒にしまおうっていうのか、と、奴は詰問《きつもん》した。いったい全体お前はここで何をしているのかと、奴は訊《き》いた。

これに対して僕は、ダリア叔母さんの所有物でありしたがって僕とは血の絆《きずな》にてつながっている東屋に僕はいつだって自由に立ち入る権利があると応えることもできたのだが、しかしここはおっとり当たらず障《さわ》らずで行く方が賢明と何かが僕に告げた。したがって反駁《はんばく》として、僕はがさつな探偵野郎みたいに辺りをはいずり回っていたのではなく、男らしく大股に堂々と歩行していたし、フローレンスにお前を探すよう命令されたから探していただけで、ここにお前がいると信頼に足る情報源から聞いたのだと言うだけにとどめた。

僕の雄弁は期待どおりの鎮静効果を上げた。奴の態度は変化し、シナモン色クマ性を喪失して、歓迎すべき、俺たちは仲間じゃないか性を帯びるに至った。争いごとを鎮《しず》めるのにおっとり当たらず障らずでいるにしくはないというかねてよりの僕の持論の正当性が証明されたというものだ。奴が話し始めた時、奴が僕のことを友人かつ同盟者とみなしているのは明瞭《めいりょう》だった。

「何もかもわけがわからないって思ってることだろう、バーティー」

「そんなことはないさ、友人よ。ぜんぜんそんなことはない」

「説明は簡単なんだ。俺はマグノリアを愛している」

「お前はフローレンスを愛してるんだと思ってた」

「愛していた。だが人がどんなに間違いを犯しがちかってことはわかるだろう」

「もちろんだ」

「つまり、理想の女性を探してる時にってことだ」

「そのとおり」

「あえて言うが、お前だって同じ経験をしてるはずだ」

「時にはな」

「誰にだって起こることだと思う」

「きっとそうなんだろう」

「理想の女性を探してる時に間違いやすいのは、陳列台の端から端まで歩ききらないうちに商品を選んじまうってところだ。完璧な横顔とプラチナブロンドの髪とほっそりした身体《からだ》つきの誰かに会う。そこで探しものは終わりだって思っちゃうんだな。『ビンゴ！』と、お前は言う。『これだ。代替品不可だ』自分が規律訓練って問題についちゃあ強烈な見解を有する女特務曹長とご縁組みするところだなんて知る由《よし》もなしにだ。それであとほんのちょっと先を見まわしてたら、かつて手紙を速記記述した中で一番最高にかわいくって最高に親切で最高にやさしい女の子、どんな状況になったって、自分を愛してくれ大事にしてくれて怒鳴りつけようなんてことは夢にも思わない、そういう女の子を見つけられたはずなのに。俺はマグノリア・グレンデノンのことを言っている」

「そうだと思った」

「俺が彼女のことをどんなふうに思っているか、説明のしようがないんだ、バーティー」

「しないでくれ」

「二人してここに来て以来、もしや彼女こそが俺の伴侶で、俺はフローレンスと点線上にご署名しちゃったことで、人生最大の大ポカをやっちまったんじゃないかって疑問を、俺はずっと抱き続けていた。たった今、俺の疑問は雲散霧消《うんさんむしょう》したんだ」

「たった今、何があったんだ?」

「彼女は俺の首の後ろをさすってくれた。あの恐ろしい商工会議所昼餐会《ちゅうさんかい》にかてて加えてフローレンスと会談したもんだから、頭が割れるくらいに痛かったんだ。そしたら彼女は俺の首の後ろをさすってくれた。それでわかった。あの指が俺の肌に、優美なチョウチョウが花の上をひらひら舞うように触れたとき――」

「よしきたホーだ」

「あれは啓示だったんだ、バーティー。俺は旅路の果てにたどり着いたんだってことがわかった。俺は自分に向かってこう言った。『こいつはいい。前進しろ』俺は彼女と向き合った。彼女の手を握った。彼女の瞳を見つめた。彼女は俺の瞳を見つめた。俺は彼女に愛していると言った。自分もだと彼女は言った。彼女は俺の腕の中に崩れ込んだ。俺は彼女を抱きしめた。二人は愛の言葉をささやき合いながら立っていた。しばらくの間はそれでよかった。これ以上はないってくらいによかった。と、突然思い当たることがあったんだ。潜在的問題があった。おそらくお前はそいつに気づいているころだろう?」

「フローレンスだな?」

「そのとおり。いばりんぼだとはいえ、気に食わないことがあったら歯に衣《きぬ》着せず物を言うとはいえ、またあの商工会議所昼餐会の後で彼女が俺に何て言ったかを俺はお前に聞いてもらいたかった、とはいえだ、俺はまだ彼女と婚約している。それで女の子の方じゃいつだって婚約を解消できるが、男はそうはいかない」

僕には奴の思考の道筋が理解できた。奴が僕と同じく、プリュー・シュヴァリエ、というか勇敢な騎士であろうとしているのは明らかである。またいったん婚約しておいて、第二当事者にあれはぜんぶおしまいだと言って回っていたら、プリューであれ何であれ、そんなものでいられるわけがないのだ。醜悪な首をもたげ始めている問題は、恐るべき——キングサイズの、と言っていい——規模を有しており、奴がしようとしていることすべてを不首尾に終わらせ、行為の名目《めいもく》を失わせるに十分であるように僕には思えた。しかし同情のあまり声を震わせながら僕がこのことを告げた時、またその時僕が奴の手を握り締めていなかったかどうか確信はないのだが、奴は漏《も》れのするラジエーターみたいにクックと笑って僕を驚かせた。

「大丈夫さ」奴は言った。「確かに厄介な状況だってことは認めるが、何とかできる。俺はフローレンスに婚約を破棄させるつもりなんだ」

そう語る奴の声には陽気で自信に満ちた響きがあった。L・P・ランクルを一挺《いっちょう》の弦楽器みたいに演奏してやるといった方向でどうするかを予測して語るわがご先祖様にそっくりな調子でだ。そういうわけだから僕としては奴を落ち込ませるようなことはもう何も言う気になれなかった。とはいえだ、問いは発されねばならない。

「どうやって？」問いを発して僕は言った。

「簡単さ。彼女は負け犬に用はないってところで俺たちは合意したじゃないか。この選挙に負ければいいんだ」

ふむ、もちろん名案である。またもしマッコーカデールが選挙で奴にハナ差で勝ったら、フローレンスが奴に解雇通知を手渡すのは確実だと考える点で、僕は奴と完全に見解を同じくしている。だがここで不首尾に終わりそうだと僕に思われるのは、選挙民が奴を次点に追いやるかどうかを知る手だてが奴にはまったくないということだ。むろん有権者とはおばさんのようなものである。今日何して明日何をするものかはわからない。だが当てにならないのは確実である。

僕はこのことを奴に告げ、すると奴は漏れのするラジエーターの真似をもういっぺんやった。

「心配するな、バーティー。俺はこの状況を完全に掌握《しょうあく》してるんだ。昼餐会の後、市役所の隅《すみ》っこの暗がりで俺の確信の正しさを証明することが起こってるんだ」

「昼餐会の後、市役所の隅の暗がりで何が起こったんだ？」

「ふん、昼餐会の直後に起こったのは、フローレンスが俺を捕まえてものすごく中傷的になったってことだ。この女性と結婚するのは間抜けのすることだって俺が理解したのはその時だった」

僕はこの感情に共感し、うなずいた。彼女が僕との婚約を破棄してくれた時、僕の心は高揚し、僕は解放されたナイチンゲールみたいに歌ってまわったのを憶《おぼ》えている。

あるひとつのことが僕を困惑させ、説明のための注が要《い》るように思われた。

「どうしてフローレンスはこれから中傷的になろうって時に、お前を隅っこの暗がりに引っぱり込んだんだ？」僕は訊いた。「彼女にそんな機知や配慮があるとは思えない。いつもだったら、彼女が人に向かってそいつをどう思ってるか言う時には、観客がいると余計に興奮するみたいなんだ。十七人のガールガイドの前で僕を叱《しか》りつけた時のことを僕は忘れない。連中はみんな耳をはたはたはためかせて聞いていた。また彼女があんなに立て板に水の雄弁で話したことはなかったくらいだった」

奴は僕が提起した問題点について、僕の誤りを修正した。言い方が悪かったと奴は言った。

「俺を隅っこの暗がりに引っぱり込んだのはフローレンスじゃない。ビングレイだったんだ」

「ビングレイだって？」

「前に俺のところで働いてた男だ」

「奴は僕のところでも前に働いてた」

「ほんとうか？　世界は狭いなあ？」

「とっても狭い。あいつが金を手に入れたのは知ってるか？」

「あいつはもうじきもっと金を手に入れるだろうよ」

「だけどあいつがお前を隅っこの暗がりへ引っぱり込んだとお前は言った。どうして奴はそんな真似をしたんだ？」

「なぜならプライヴァシーが要求される申し出を俺にしようとしてたからだ。あいつは……だが話を続ける前に、説明しとかなきゃならない。ペリイ・メイスン物でペリイが証人を反対尋問する時、いつだって地方検事が跳び上がって『異議あり、裁判官閣下。本ロクデナシは適切な根拠を提出しておりません』と叫ぶのは知ってるだろう。うむ、それじゃあお前はこのビングレイって男が、ロンドンのジュニア・ガニュメデス・クラブっていう執事と従者のためのクラブに所属してることは知ってるにちがいない。それでそこの規則のひとつは、メンバーは雇い主のすることをクラブ・ブックに記録しなきゃならないってことなんだ」

僕はそのことなら知りすぎるくらいよく知っていると言おうとしたのだが、僕がそう言う前に奴は言葉を続けた。

「お前も想像するとおり、そんな本には誹謗中傷《ひぼうちゅうしょう》のネタになる内容がどっさり入っている。それで奴は俺に、自分はやむなく俺に関することを何頁か書かなきゃならなくって、そいつがもし公表されたら俺は大量に票を減らすだろうから対立候補にとっちゃあこの選挙は貰《もら》い物みたいなものになるだろうって言ってきたんだ。奴の立場にある人間だったらそいつを対立候補に売って大儲《おおもう》けするんだろうが、そんなのは汚い真似だし、俺といっしょにいた短い間に自分は俺に対して大いに愛情を抱くに至ったからそんなことはしないって奴は言うんだな。あいつがこんなに途轍《とてつ》もなくいい奴だったなんて、俺は今までまったくわかっていなかった。いつだってあいつはちょっと卑怯《ひきょう》者だなって思ってたんだ。人を見る目ってのはまるきり大外れなこともあるんだなあ」

ここでもまた僕は言葉を挟みたかったのだが、しかし奴は大波みたいに僕を圧倒した。

「説明しとかなきゃいけなかったんだが、このジュニア・ガニュメデス・クラブの委員会はこの本の重要性を認識して、一命を賭して守るようにって指示付きで奴にそれを預けたんだ。それで奴が常に怖れてたのは、悪者がこのことを嗅《か》ぎつけて盗もうとするんじゃないかってことだった。だからもし俺がそれを所持してくれたら、自分の心の重荷はだいぶ軽くなるんだがって奴は言ったんだ。そしたらその内容が俺の不利に利用されることはないって確信していられるからって。選挙の後でそいつを奴に返して、それでもし俺がそうしたけりゃ、感謝のしるしとして何ポンドかお礼してくれてもいいってことだった。俺が最初にするのがメッセンジャーにそいつを『マーケット・スノッズベリー・アルゴス・リマインダー』の編集室に持っていかせて、選挙はマッコーカデールに皿にのっけて譲ってやって、それでフローレンスに対する名誉ある義務から解放されることだなんて、知る由《よし》もなくだ。もちろん彼女はその内容を読んだら恐怖に震えて俺から後ずさりすることだろう。お前、『アルゴス・リマインダー』は知ってるか？　ものすごい極左紙だ。保守党ってものに我慢がならないんだな。先週あそこには、殉教したプロレタリアートの鮮血を両手から滴《したた》らせてる俺の漫画が載ったんだぞ。どこからそんな考えを思いついたものかはわからない。俺はボクシングをやる時以外、誰かの血をちょっとだって流したことはないんだ。それにその時には相手だって俺の血を流してるんだしな——健全なギヴ・アンド・テイクってことだ。そういうわけでビングレイと俺の間の話はすぐについた。その時にはその本は渡してもらえなかった。あいつの家に置いてきてあったからな。またあいつは俺と一杯飲んでるわけにもいかなかった。なぜならジーヴスが奴のうちに来るはずだから行き違いになりたくないって言って急いで家に戻らなきゃならなかったんだ。どうやらジーヴスは奴の友達らしいな——昔からのクラブ仲間とか、そういうことだろう。明日二人で会うんだ。俺はあいつに金の財布を振り撒《ま》いてやって、奴は俺にその本を渡してくれる。そしたら五分後に、もしハトロン紙と荷造りひもが見つかったら、そいつは『アルゴス・リマインダー』紙に向かって一直線だ。明後日にはその話は活字になってるはずだ。フローレンスがそいつを手にするまでに一時間かそこらかかるとして、彼女が読み終えた後でおしゃべりにもう二十分、それで俺は昼食前には自由人になってるはずなんだ。ビングレイにどれだけの金銀財宝を褒美《ほうび》にやるべきだと思う？　金額は指定されてないんだが、少なくとも百ポンドは考えてる。なぜってあいつの良心の高潔さは何か実質的なかたちで報いられるにふさわしいからだ。奴が言ってたように、奴の立場に別の男が立ってたら、あの本を対立候補に売ってどっさり大儲《おおもう》けしてたはずなんだからな」

僕が常々不思議な偶然と考えるものによって、奴はそこで一旦停止し、どうして僕はねこが運び込んできた何かみたいな顔をしているのかと訊いた。まさしく僕がマッコーカデール女史と会談した後で齢《よわい》重ねたわが親戚が訊いてきたみたいにだ。ねこが何を家に持ちこむものかは知らないが、あんまり愉快なものでないとは想像できよう。またどうやら僕は強烈な感情に鷲《わし》づかみにされた時、ねこたちのお宝蒐《しゅう》集《しゅう》品《ひん》に似て見えるらしい。いま僕がそういうものに見えているであろうとはよくよく理解できた。長年の友人の希望と夢を打ち砕くことを僕は嫌ってやまないが、間違いなくそういう具合になりそうなのだ。

回りくどい言い方をしたとてしょうがない。本件は、やらねばならぬことならば、すばやくやれという事例のひとつである。

「ジンジャー」僕は言った。「残念ながら悪い報《しら》せを伝えなきゃならない。あの本はもはやご参集の皆さんの中にはないんだ。ジーヴスがビングレイを訪ねて、しびれ薬を飲ませてそいつを取り上げてきた。今そいつは彼の書庫にある」

最初、奴には理解できない様子だった。それで僕としては説明しなければならなかった。

「ビングレイはお前が思ってるようなご高潔な人物じゃあない。まったく正反対に第一級のシラミ野郎なんだ。ヌルヌルぬたぬたのナメクジ野郎と呼んでやってもいい。あいつはジュニア・ガニュメデスからあの本をくすね盗《と》ってマッコーカデールに売りつけようとしたんだ。彼女はあいつの要求をぴしゃりとはねつけて追い返した。なぜなら彼女は公明正大な戦士だからだ。だからあいつはあれをお前に売りつけようとしてるんだ。だけどジーヴスがさっと行動してあれを入手したんだ」

奴がこれだけのことを理解するのにおそらく一分はかかった。だが驚いたことに、奴はぜんぜん動揺しなかった。

「ふん、じゃあ大丈夫だ。ジーヴスがあれを『アルゴス・リマインダー』に持って行ってくれるさ」

僕は悲しげに首を横に振った。なぜなら今度こそ奴の希望と夢が、本当の意味で目玉をぶん殴られる時だということが僕にはわかったからだ。

「彼はそういうことはしないんだ、ジンジャー。ジーヴスにとってあのクラブ・ブックは神聖なものだ。僕は何度も何度も、僕に関する頁を破棄してくれって彼に頼んできた。だけど彼はいつだってバラムのロバ［『民数記』二二・二三］みたいに非協力的でい続けたんだ。バラムのロバは憶えてるだろ、足を埋め込んで断固協力を拒むんだな。彼があれを手放すことはぜったいにない」

予測通り、奴はこの話を深刻に受けとめた。奴は興奮してだいぶ色々とまくし立てた。奴はテーブルをけとばしもしたし、もしそれが大理石製でなかったらバラバラにしていたはずだ。あれはきっと罪のごとく痛かったにちがいない。だが僕の推測したところ、奴をより苦しめたのはつま先の打撲傷よりも精神的苦痛の方であったろう。奴の目はギラギラ光を発し、奴の鼻はひくひくと小刻みに動かされ、また奴がしてたのが歯ぎしりでなかったとすると、僕は歯ぎしりを聞いてもそれとわからない人間だということになる。

「ああ、あいつは手放さないのか？」先ほどのシナモン色クマ調に戻って、奴は言った。「ああそうか、手放さないときたか？　やってもらおうじゃないか。バーティー、とっとと出てってくれ。俺は考えたいんだ」

僕はとっとと出ていったし、そうできて嬉しかった。こういうむきだしの感情の露呈というのは、いつだって僕を疲れさせるのだ。

14．破滅と破壊

家に向かう最短路は芝生を横切ってゆくことだったが、僕はそうしなかった。代わりに僕は裏口を目指した。遅滞なくジーヴスに会ってジンジャーの解放した激情のことを伝え、熱い血のほとぼしりが冷める頃まで奴を避けるようにと彼に警告してやることが緊急に必要だと僕は感じたのだ。僕としては後者の「やってもらおうじゃないか」の言い方や、歯ぎしりのギリギリいう音がぜんぜん気に入らなかった。もちろんどんなにかっかとのぼせ上がっていたとしたって、奴がジーヴスに身体的暴力を行使する――ぶん殴るということだ、そういう表現をお好みであればだが――とは思わないが、しかし奴はジーヴスの感情を害することを確実に口にするだろうし、そうしたらこれまでとっても良好だった二人の関係はひどく悪化してしまうことだろう。当然ながら僕はそういうことになって欲しくはなかった。

ジーヴスは裏口の外のデッキチェアに座り、ひざにねこのオーガスタスを載せてスピノザを読んでいた。僕がクリスマスに彼にスピノザを贈って以来、いつだって彼はそいつに没頭しているのだ。僕自身そいつを読んだことはないが、とっても面白い本で熟読に値すると彼は話してくれた。

僕が近づくと彼は立ち上がろうとしたが、座ったままでいてくれるようにと僕が頼んだ。なぜならオーガスタスが、L・P・ランクル同様、突然起こされるのをひどく嫌うことを僕は知っていたし、また人はいつだってねこの感情を尊重したいものである。

「ジーヴス」僕は言った。「いくらかおかしな状況が突如出来《しゅったい》してるんだ。君のコメントが貰《もら》えると僕としてはうれしい。君がスピノザを夢中で読書中でいて、おそらくは二人目の死体が発見されたところを邪魔するのは申し訳ないんだが、乾坤一擲《けんこんいってき》の大事業のことを伝えなきゃならないんだ。だから注意して聞いてくれ」

「かしこまりました、ご主人様」

「事実はこうなんだ」僕は言った。そして前口上《まえこうじょう》だったか何だか何であれそういったものは全部なしで語りを開始した。「そういうわけで」数分後、話を締めくくって僕は言った。「こういう状況になってる。またわれわれの直面する問題はいくらか難問を提起しているということに君も同意してくれることと思う」

「否定の余地なくでございます、ご主人様」

「何とかしてジンジャーは選挙に負けなきゃならない」

「まさしくさようでございます、ご主人様」

「だけどどうやって？」

「いまただちに申し上げますことは困難でございます、ご主人様。ただいま民意の波はウィンシップ様有利の方向に傾斜いたしております。シドカップ卿の雄弁が選挙民に顕著な効果を及ぼし、決定要素となる可能性が高くなっております。昼餐会にて臨時ウェイターをお務めになられましたセッピングスさんは、マーケット・スノッズベリー商工会議所の会員に向けた閣下のご演説はその優れた才気においてまことにセンセーショナルなものであったと報告していらっしゃいます。セッピングスさんによりますと、様々なパブにおきまして購入可能な賭け率は、それまでマッコーカデール夫人有利で十対六でありましたものが、ただいまは五対五にまで沈んでいるとの由《よし》にございます」

「気に入らないなあ、ジーヴス」

「はい、ご主人様。不吉なことでございます」

「むろん君がクラブ・ブックを手放してくれたら……」

「遺憾《いかん》ながらそれは不可能でございます、ご主人様」

「ああ、君がそれを神聖な委託物とみなしてるってことはジンジャーに言ってある。すると君に脳みそを働かせてくれるよう要請する以外に、できることは何もないんだな」

「最善の努力を傾注させていただきます、ご主人様」

「きっと何かいずれ思いついてくれることだろう。さかなをたくさん食べ続けるんだぞ。それとしばらくの間、可能な限りジンジャーからは離れていることだ。奴は危険な心理状態でいるんだからな」

「ご心中はお察し申し上げます、ご主人様。愚劣、頑迷《がんめい》、憤怒に満ち満ち、でございます」

「シェークスピアか？」

「はい、ご主人様。『ヴェニスの商人』［五幕一場］よりでございました」

それから僕は彼の許《もと》を立ち去った。気分が変わったのがうれしく、ぐるぐる渦巻く出来事の嵐によって放置するを余儀なくされていたレックス・スタウトをもういっぺん静かに読みたいものだと、僕は居間に向かった。だが遅すぎた。齢《よわい》重ねたご先祖様がそいつをつかんで長椅子に寝そべっていたのだ。また彼女からそいつをもぎ取れる確率がごくわずかに過ぎないことが僕にはわかっていた。レックス・スタウトを読みだしてしまった者を、そこから容易に引きはがせるものではない。

その場に彼女がいたことに僕は驚いた。彼女はハンモックとその中身にかかりきりだと思っていたのだ。

「ハロー」僕は言った。「ランクルの方の用は済んだの？」

彼女は顔を上げた。また彼女の態度物腰にはちょっぴり迷惑そうな印象があった。ネロ・ウルフが蘭温室から出てきてアーチー・グッドウィンにソール・パンサーとオリーなんとかに電話するよう言い、事態が白熱してきた、そういうところだったのだろうと僕は理解した。そういうことなら彼女がしばしばひざであやした愛する甥《おい》っ子——最近あやしたというのではない、もうちょっと僕が若かったころの話だ——が入ってくるのを嫌がったとて、もちろんしょうがない。

「ああ、あんただったの」彼女は言った。もちろんそのとおりだ。「ううん、ランクルの方の用は済んでないの。まだ始めてもいないんだから。あの男、まだ寝てるわ」

彼女はあまりおしゃべりしたい気分ではないという印象を僕に与えた。しかしこういう時には、何事かを言わねばならない。いくつか重大な関心事と思われる話題を僕は切り出した。

「L・P・ランクルの日常生活習慣とねこのオーガスタスのそれとの驚くべき類似性に、貴女《あなた》は気づいてるかなあ？　連中はのべつ眠って過ごしてるみたいなんだ。二人ともトラウマ的シンプレジアなんじゃないかと思う？」

「いったい全体それ何よ？」

「僕が読んでた医学書にたまたま出てたんだ。のべつ眠っちゃう病気なんだ。ランクルは起きそうな気配はないの？」

「ううん、気配はあったの。で、あいつがうごめきだしたところに、マデライン・バセットがやってきたのよ。それであたしと話をしてもいいかって言うから、聞いてあげたの。あの子の言ってることを理解するのは簡単じゃなかったけど。だってずっとぐすぐす泣き続けだったんだから。だけど言ってることがやっとわかったの。スポードとの喧嘩《けんか》のことだったのね。あの二人がちょっとめてるって話はしたでしょ。もっと深刻な話だったんだわね。あの男は貴族だから下院議員になれないってあんたに話したの、憶《おぼ》えてるでしょ。それがね、あの男、爵位を捨てて被選挙資格を得ようとしてるのよ」

「爵位ってのは捨てられるものなの？　なくしようがないんだと思ってた」

「前はできなかったの。少なくともそうすると反逆罪になってたってことだわね。だけど今は規則が変わって、どうやら今時はそういうのが流行《はや》りらしいわよ」

「バカみたいだな」

「マデラインもそう考えてるわ」

「何がスポードの間抜け頭にそんな思いつきを吹き込んだのか、彼女は言ってた？」

「ううん。でもあたしにはわかるわ。ここで演説で大当たりをとっちゃったものだから、『どうして自分は赤の他人のためにこんなふうにあくせく働いてやってるんだろう？　俺様が自分で仕事に乗り出したらいいじゃないか』って思い当たっちゃったのよ。自分のほとばしる饒舌《じょうぜつ》に夢中になっちゃった人って誰だったかしらねえ？［ディズレーリがグラッドストーンについて言った言葉］」

「知らない」

「ジーヴスなら知ってるわ。バーナード・ショーかマーク・トウェインかジャック・デンプシーか誰かだったわ。とにかく、それがスポードなの。すっかりのぼせ上がって自分にはもっと広い活動範囲が必要だって思いだしちゃったの。演説で下院じゅうを虜《とりこ》にしてる自分の姿を想像してるのよ」

「どうして貴族院じゅうを虜にしてやらないのさ？」

「ぜんぜん別物なの。マーケット・スノッズベリー・テニス・トーナメントでプレイするのと、ウィンブルドンのセンターコートで観客をあっと言わせるくらいの違いがあるの。あの男の言いたいこともあたしにはわかるわ」

「僕にはわからない」

「マデラインにもわからないの。あの子、そのことですっかり感情的になっちゃって、またあの子の気持ちもわかるのよ。自分はシドカップ伯爵夫人になるんだって思い込んでた女の子が、『エイプリルフールだよ～ん、ピヨピヨちゃん。君はスポード夫人になるのさ』なんて言われてごらんなさい。もしあたしがマデラインの年頃で、トムが貴族になるって言われてて、後からその話はなしになったって知らされて、あたしはレディー・マーケット・スノッズベリーという名で自分のことを呼べないんだわってわかったら、あたしラバみたいに蹴《け》りつけてるはずだもの。女の子にとって爵位ってのは、ねこにとってのマタタビみたいなものなんだから」

「どうしようもないの?」

「一番いいのはあんたがあいつのところに行って、あなたがシドカップ卿だってことでどれだけ僕たちみんながあなたを敬愛していることか、またスポードなんてひどい名前に戻ろうとしてるだなんて、なんて悲しいことかって言ってやることでしょうね」

「二番目にいい手は何?」

「ああ、それは考えないと出てこないわ」

僕たちは黙ってもの思いに沈んだ。僕の方はというと、不安でもいた。この時点で僕は迫りくる危機を完全には理解していなかったが、しかしスポードとマデラインの間に起こるリュートの中の亀裂的性格のことは何であれ、僕にある程度唇をすぼめさせる効果があるのだった。スポードにシドカップ伯爵でいるのをやめてあんなひどい名前に戻ろうとしてるだなんてなんて悲しいことかと言ってやる以外に、もっと僕の趣味にかなった方策は思いつかないものかと、まだ僕はがんばっていた。と、フランス窓よりねこのオーガスタスが登場したことにより僕の黙想は破られたのだった。ただいまは目を覚まし、精神身体機能を十全に保持している。おそらく僕がジーヴスと話している時にうすらぼんやり半睡半醒《はんすいはんせい》状態で僕を見、僕が帰ってゆく後をつけてきたのだろう。昼食でごいっしょした後、僕と交際したあかつきにはキッパーがついてくる可能性が高いと思ったにちがいない。むろん儚《はかな》き希望である。お洒落な男性はポケットにキッパー・ヘリングを入れてそこいらを歩きまわるものではないからだ。だが人生がわれわれに教えてくれる教訓のひとつは、ねこはねこであるということだ。

この種の動物とごいっしょする時の僕の不変の方針として、僕はチュッチュと音を立て、かがみ込んでもの言わぬ友人の左耳の後ろをくすぐってやった。しかしそのくすぐりは心ここにあらずなくすぐりであった。先ほどの会話のことを考えれば考えるほど、齢《よわい》重ねた親戚の言ったことがますます気に入らなくなってきた。オーガスタスにすぐ戻るからと告げ、僕は身体《からだ》をまっすぐ起こすと、彼女に更に詳細を訊《たず》ねようとした。と、もはや彼女がそこにいないことに気づいたのだった。彼女はL・P・ランクルにもう一挑戦しようと突然決心したにちがいなく、今この時にもタッピーのために奴の前で弁舌《べんぜつ》を揮《ふる》っていることだろう。うむ、もちろん彼女に幸あれかしと願いはするし、今日が晴れた日でよかったと思いはするが、しかし彼女の不在を僕は残念に思った。乾坤一擲《けんこんいってき》の大事業の問題で心が重く沈んでいる時に、自分はひとりぼっちだと思い知らされるのは心落ち込むことである。燃え盛るデッキでただ一人立ちつくした少年［ヘマンズ夫人の詩「カサビアンカ」］も、きっとこういう体験をしたのだろう。

しかしながら、僕は長いことひとりぼっちではいなかった。オーガスタスが僕のひざに飛びのってまた居眠りを開始するやいなや、ドアが開き、スポードが入ってきたのだ。

僕は跳び上がった。おかげでオーガスタスは、誰かさんが言ったように、行方も知れぬ大地［ワズワースの詩「矢と歌」」に落っこちてしまった。僕は強烈な不安のとらわれになっていた。僕とスポードとの関係は長らく常に緊張したものであったから、今や奴と会う時には目玉を狙《ねら》ってぶん殴られはしまいかという恐怖を覚えずにはいられないのだ。奴とマデラインが喧嘩している件で僕が責められるべきでないことは明らかだが、しかしだからと言って奴が僕を責めることは止まない。刑務所にいる男のところに友達が訪ねてきて一体どうしてと訊《き》き、男が彼に説明するとその友達がだけどそんなことを理由に人を刑務所に入れられるものじゃないと言い、するとその男はそれはわかっているが連中はそうするんだと答える、と、そういう話みたいなものである。スポードが嫌いな人間に食ってかかるのに論理的な理由は必要ないし、また奴はフローレンスみたいに最初に出会った罪なき傍観者に癇癪《かんしゃく》をぶつける人物なのかもしれない。要するに、僕の精神状態はおおよそ、賛美歌に出てくる、肩越しに振り返ったらミディアンの兵隊がさまよいさまよい歩くのを見た男みたいな具合だった。

したがって奴の態度物腰が敵意に満ちたものでないことに突如気づいたのは大変な安堵《あんど》であった。奴は貯金のありったけと雇い主から借用できた有金ぜんぶを賭けた馬が鼻差で負けるのを見たばかりの男みたいな顔をしていた。最善の時でも大した顔ではない奴の顔はやつれてゆがんでいたが、それは暴力行為を起こしてやろうという衝動よりもむしろ苦痛のせいでそうなっているようだった。またいつだって奴にはその場に存在していてもらわないのが一番結構だが、苦痛にやつれゆがんだスポードは二番目に結構である。そういうわけで僕の挨拶《あいさつ》には真実の親愛の響きがあった。

「やあ、ハロー、スポード、ハロー。ここにいたのか？　たいへん結構」

「ちょっと話せるか、ウースター?」

「もちろん、もちろんだとも。大いに話そう」

奴は一分かそこら口を開けなかった。その間、僕を詳細な観察に付しながら時は過ぎた。それから奴はため息をつくと首を横に振った。

「わからん」奴は言った。

「何がわからないんだ? 親愛なるスポード、というか親愛なるシドカップ卿、なあ」僕は優しい声でそう訊いた。なぜなら僕はこの新たな改良版スポードを悩ませているささやかな問題を解決する手助けをよろこんでしたかったからだ。

「どうしてマデラインが貴様みたいな男と結婚しようなんて考えられるものかがだ。彼女は自分との婚約を破棄して、そうすると言うんだ。彼女の決意は断固としている。『ぜんぶおしまいよ』彼女は言った。『指輪はお返しするわ』彼女は言った。『私、バーティー・ウースターと結婚して、あの人を幸せにしてあげるの』彼女は言った。これ以上はっきりしたことはない」

僕は頭の先から足の先まで固まった。この動乱の戦後期の諸状況下にあってすら、僕はこんなにも長期間塩の柱にされるなんてことがふたたび起ころうだなんて思ってもみなかった。しかしこいつはやってくれた。読者の皆さんの中に濡《ぬ》れたさかなで眉間《みけん》を叩かれたご経験がおありの方がどれだけいらっしゃるかは知らないが、おありの方ならこの破滅的な報《しら》せが第七代シドカップ伯爵よりもたらされた時の僕の感情をご理解いただけよう。すべてがぐらぐらし始めた。そしてどんよりしたもやもやとして知られるもの越しに、端っこがふるふる震える第七代伯爵が、カイロのベリーダンサーがすると旅好きの友人が教えてくれた旋回動《せんかいどう》をしているのを僕は見たような気がする。

僕は驚愕《きょうがく》していた。マデライン・バセットが婚約をご破算にするなんて信じられなかった。それから彼女が忠実を誓った時、スポードは伯爵夫人の宝冠を彼女の目の前にぶらさげていたのだったと思い出し、それでことはいくらかわかりやすくなった。つまりだ、宝冠を差し引いたら何が残る？　スポードだけだ。これじゃあだめだわ、と女の子は当然思うだろう。

やがて奴はマデラインが僕との結婚を考えていることを自分がどれだけ奇っ怪と考えるかを説明し始めた。そしてたちまち僕は、奴が敵意に満ちていないと考えた点で自分がどれだけ大間違いであったかに気づいたのだった。奴は嚙《か》みしめられた歯の間から発話していたし、いつだってそれで話はわかろうというものである。

「自分の見る限り、ウースター、貴様には魅力というものが皆無《かいむ》だ。知性は？　ない。容貌は？　だめだ。能力は？　なしだ。貴様は捕まらずに傘を盗むことさえできない。貴様に味方して言ってやれることは、貴様は口ひげをはやしてないって、そのことだけだ。一度はやしたとは聞いてるが、さいわい剃《そ》り落としたそうだ。そこのところは貴様の美点だ。だが貴様の他の欠点すべてを埋め合わせるには余りにも小さい。貴様の欠点がどれだけあるかと考える時、手を掛けたものなら何でも盗むという貴様のそのうしろ暗い記録が、マデラインのロマンティックな心性に訴えたのだと思うしかない。彼女は貴様を更生させようという希望をもって貴様と結婚するんだ。それで言わせてもらう、ウースター。もし貴様が彼女の希望を裏切るようなことがあったら、貴様は残念に思うことだろう、ってことをだ。彼女は俺を拒否したかもしれない。だが自分は彼女がこんなに小さい時からずっと愛し続けたように彼女を愛し続ける。また自分はドサまわりのレビューのコーラス・ボーイみたいな顔をして目についた物はなんでもポケットに入れずにいられない卑怯《ひきょう》なろくでなしのせいで彼女の優しい心が傷つけられないよう、全力で見張るつもりだ。貴様が窃盗罪《せっとうざい》でウォームウッド・スクラップズ刑務所でお勤めをしている時、俺からは安全でいられると思うかもしれない。だが俺は貴様が出所するところを待ち伏せして貴様の身体をバラバラに引き裂いてやる。そして」奴は付け加えて言った。なぜなら奴の頭はワンパターン思考であるからだ。「鋲《びょう》くぎ付きの靴を履いて肉片の上で踊ってやる」

奴は言葉を止め、シガレットケースを取り出すと、僕にマッチは持っているかと訊き、渡してやると僕に礼を言って去っていった。

残されたバートラム・ウースターは、どんなに鈍感な目にも絶好調とは見えないバートラム・ウースターであった。朝食に降りてきて僕の目に後ろから目隠しして「だあーれだ？」と言うような女の子と一生結ばれるのだとの思いは、めまいがするほど僕の士気を打ちのめし、詩人バーンズが書いたとジーヴスが言っていた、ちっちゃくってなめらかで臆病な縮こまった小動物［バーンズの詩「ネズミに」］のレベルにまで僕を落とし込んだ。危機の時には明るい側面を見るというのが常に僕のポリシーであるのだが、しかし僕としてはひとつ但《ただ》し書きをしなければならない――すなわち、見るべき明るい側面がなければならない、と。それで今回の場合、そんな物の匂いだってしないのだ。

苦杯《くはい》を喫しつつ座り込んでいるとステージ外で物音がし、懐かしきご先祖様の帰還によって僕の黙想は妨げられたのだった。うむ、僕は帰還と言ったが、彼女はビュンと暴走してきたが止まらずにビュンと暴走し去った。それで物わかりのとっても早い僕は、彼女は何かあって動揺しているのだなと了解した。緻密《ちみつ》な推論により、彼女とL・P・ランクルとの会談が不首尾に終わった、あるいは僕にとってより好ましい言い方をすれば、逸《そ》れてしまったにちがいないと僕は推測した。

ほどなく彼女がふたたび姿を現した時、その推論の正しさは証明された。彼女の最初の発言は、L・P・ランクルはありとあらゆるろくでなしの中でも最低最悪のろくでなしであるというものだった。また僕はすみやかに彼女に同情した。僕だってちょぴり同情してもらいたい身の上だが、女性と子供優先というのがウースター家のスローガンなのだ。

「だめだったの?」僕は言った。

「ぜんぜん」

「金は出さないって?」

「一ペニーだってね」

「あいつが協力しないことにはタッピーとアンジェラのウエディングベルは鳴らないんだってことは言ったの?」

「もちろん言ったわ。そしたら若いもんが自分の気持ちもわからんうちに結婚するのは大間違いだって奴は言ったわ」

「タッピーとアンジェラはもう婚約して二年になるって事実を指摘してやったらよかったんじゃない?」

「したわよ」

「そしたら何て言ったの？」

「あいつは『二年じゃまだ足りない』って言ったわ」

「それじゃあ貴女はこれからどうするのさ？」

「もうしちゃったの」齢《よわい》重ねたご先祖様は言った。「あたしあの男のポリンジャーをくすね盗《と》ってきてやったわ」

15. 汚名

僕は目を見開いて彼女を見た。百パーセント途方に暮れながらだ。何か特別に利口なことをしてやったりと胸許《むなもと》を忙しくぽんぽん叩いている叔母の元気いっぱいさで彼女は語った。だが僕には彼女の言うことがまるでわからなかった。この叔母にはなぞかけ言葉で話す癖がついてしまったようだ。

「貴女《あなた》がどうしたって？」僕は言った。「あの男の何をくすね盗《と》ったんだって？」

「あの男のポリンジャーよ。あんたがここに来た日に話したでしょ。憶《おぼ》えてないの？　トムに売りつけようって持ってきた銀器のことよ」

彼女は僕の記憶を新たにしてくれた。彼女が言っている会話のことを僕は思い出したのだ。僕は彼女にL・P・ランクルみたいな廃棄物をどうして我が家でもてなしているのかと訊《たず》ね、彼女は奴はトム叔父さんのコレクションに銀製の何だったかを売りつけようとここに来ているのだと言った。そしてアナトールの料理で軟化させるために滞在を続けさせているところで、軟化したところでタッピーに現金を渡せと要求するつもりなのだと言っていた。

「あいつがあたしの要求を突っぱねた時、あれをあたしが手に入れて十分な金額を渡さないと返してやらないって言ったら、あたしとしては貴重な交換条件を手に入れることになって、あいつの都合のいい時にこの件についてもっと話し合えるんじゃないかしらって突然思いついたの」

僕はがくなんとかした。次は自分の名前まで忘れるんじゃなかろうか。愕然《がくぜん》だった、そうだ。身《から》体《だ》の芯《しん》まで衝撃を受けたと言ってもいい。たいした違いではないが。巷《ちまた》にあふれるエチケット本なるものを、僕は読んだことがないが、しかしそうした本を書く社交界のリーダーなる人物らはこういう非道には眉毛のひとつふたつは上げるのではなかろうか。「女主人への手引き」と題された章にはきっと、ひと様を自宅にご招待してご滞在いただいてポリンジャーをくすね盗るのは結構なことではないと警告する一節があるはずである。

「だけどなんてこった！」僕は悶絶声《もんぜつごえ》を放った。愕然として、あるいはこう言った方がよければ、体の芯まで衝撃を受けながらだ。

「何がよ？」

「あの男は貴女の家の屋根の下にいるんだぞ」

「屋根の上にいろって言うの？」

「貴女の家の塩を口にしたんだ」

「とっても無分別だったわね。ああいう血圧の高い人にはね。多分あいつの主治医は塩分摂取を禁止してるはずよ」

「そんなことはできない」

「できないことはわかってるの。でもしちゃったのよ」物語の中の男みたいに彼女は言った。またこうして言い合いを続けても無益というか無駄だということが僕にはわかった。おばさんというのはそういうものだ——あなたが甥《おい》っ子だったらということだ。なぜなら人格形成期を通じて彼女たちはずっとあなたの側にいて、その頃あなたがどんなにバカだったかを知っているから、長じた後にあなたが何を言おうと、それが聞くに値するだなんてまるきり信じちゃくれないのだ。ジーヴスの三人のおばさんたちが、彼が話し始めたところでお黙りなさいと言ったとしたって僕は驚かない。六歳のとき子供のジーヴスは詩人バーンズと地面の穴ぼこの違いもわからなかったのを彼女たちは思い出しているわけだ。

したがって僕は諫言《かんげん》をやめ、もし諫言という言葉で正しければだが、僕はベルのところに行ってそれを押し、どうしてそうしたのかに光明《こうみょう》を投ずる脚注を彼女が求めると、僕はこの問題をハイヤーパワーの手に委《ゆだ》ねようとしているのだと彼女に告げた。

「僕はジーヴスを呼び出してるんだ」

「セッピングスしか来ないわよ」

「セッピングスがジーヴスを呼んでくれる」

「そしたらジーヴスに何ができると思うの?」

「貴女に理非の別をわきまえてもらう」

「できるかしらね」

「うん、やってみる価値はある」

ジーヴスが到着するまで更なるおしゃべりは中断され、ご先祖様が時々鼻をフンと鳴らす音と僕がいつもより荒く息をする音の他は、沈黙が辺りを覆った。僕は動揺していた。愛する叔母が理非善悪の弁別《べんべつ》能力を欠いていることを知るのは、いつだって甥の心を動揺させるものである。善悪の違いを――僕の私立学校ではアーノルド・アブニー文学修士が生徒に向かって日曜平日に繰り返し教え込んだものだった――しかしどうやら齢《よわい》重ねた親戚にそれを教える人は誰もいなかったらしい。その結果、良心にいささかもキャンと言わせることなく、彼女は他人のポリンジャーを盗みだせるのだ。いくらか僕は動揺したと、告白せねばならない。

ジーヴスが姿を現した時、彼の後頭部が出っぱっている様を見て僕は元気が出てきた。つまりそこには脳みそが入っているからだ。また今ここで必要なのは灰色の脳細胞をどっさり持っていて、ぐつぐつ煮えたぎる叔母さんですらその導きに従わざるを得ないくらい話の趣旨を明確にできる人物である。

「さてと、ジーヴスが来たわ」ご先祖様は言った。「彼に事実を話してあげて。あたしは唯一可能なことをしたんだし、あたしが大略《たいりやく》話したような方向で進めていいって彼は言ってくれるって賭けてもいいわ」

僕はなんなら十二対八で五ポンド賭けてもよかったが、ふさわしい時とは思えなかった。とはいえジーヴスに事実を伝えるのはいいアイディアだったから僕は遅滞なくそうした。適切な基盤を築けるよう注意を払いつつだ。

「ジーヴス」僕は言った。

「はい、ご主人様？」彼は応えた。

「また君の邪魔をして悪かった。君はスピノザを読んでいたのか？」

「いいえ、ご主人様。わたくしはチャーリー叔父に手紙をしたためておりました」

「チャーリー・シルヴァースミスっていうんだ」ひそひそ声で僕はご先祖様に説明した。「デヴリル・ホールの執事をやってる。最高の執事なんだ」

「ありがとうございます、ご主人様」

「君のチャーリー叔父さんくらい僕が高く評価してやまない人物はいないんだ。さてと、時間はとらせない。いくつかごく重要な関心事を提起する問題が出来《しゅったい》している。最近の会話で、僕はタッピー・グロソップとL・P・ランクルに関する状況について君に明かした。憶えているな？」

「はい、ご主人様。奥方様はランクル氏よりグロソップ様がため一定額の金員を引き出そうとご希望でいらっしゃいます」

「そのとおりだ。さてと、それがうまくいかなかった」

「さように伺いまして遺憾《いかん》に存じます、ご主人様」

「だが驚いてはいないんだろう。僕の記憶が正しければ、君は百対一だって考えていた」

「おおよそのところさようでございます、ご主人様」

「ランクルには慈悲の心が不足しているらしいからな」

「まさしくさようでございます、ご主人様。二十分ゆでのかたゆで卵でございます」

ここでご先祖様がL・P・ランクルの嫡出性《ちゃくしゅっせい》に関する疑問を繰り返しだした。僕が手を上げて抑制しなかったら、このテーマを更にもっと展開していたことだろう。

「叔母さんの訴えは無駄だった」僕は言った。「あいつは要求をぴしゃりとはねつけたんだ。あいつが叔母さんのことを嘲《あざけ》り笑ったとしても、僕は驚かない」

「あのアバズレ女の超肥満息子ったら」ご先祖様が話に割り込んで言った。また僕は彼女を手で制した。

「さてと、気概ある女性にそういうことをするとどういうことになるかはわかるだろう。報復の思いが彼女の心を満たした。それで要するに、彼女はランクルのポリンジャーを盗んだんだ。だけど君に思い違いをしてもらいたくはないんだ。彼女がそうしたのは復讐《ふくしゆう》行為としてではない、と言ってわかってもらえればなんだが。そうではなくて、もう一回お願いする時の取引材料を手に入れるためだったんだ。つまり小切手帳に巣食った蛾《が》を追っ払うよう説得する時、彼女はこう言うんだ。『金をお出しなさい、さもなくばあんたのポリンジャーは返ってこないわよ』とね。僕の言ってることはわかってもらえるかなあ」

「きわめて明瞭《めいりよう》でございます、ご主人様。あなた様のご説明はたいそう明快でございました」

「ここで最初にポリンジャーとは何かについて説明するべきなんだろうけど、ところが僕はそいつがなんだかまるでわかってないというハンデを負っている。そいつが銀製で古くてトム叔父さんのコレクションにあるようなものって以外はさ。ランクルはそいつを叔父さんに売りつけようとしてるんだ。貴女はもっと詳細なところを説明できるかい？」僕は齢重ねた親戚に訊ねた。

彼女は眉間《みけん》にちょっぴりしわを寄せ、その方向じゃあんまり役立てないと言った。

「あたしが知ってるのはそいつがチャールズ二世時代になんとかいったオランダ人だったか誰だったかによって作られたってことだけだわ」

「さようならばわたくしはあなた様がお話しのポリンジャーを存じておるものと思料《しりよう》いたします、ご主人様」ジーヴスが言った。彼の顔はおよそ明るくなりうる限り最大限に明るくなっていた。彼は本人の好む理由から常にマダム・タッソーの蠟《ろう》人形の無表情を維持しているにも関わらずだ。

「そちらはつい先ごろたまたま瞥見《べつけん》いたしましたサザビーのカタログに記載されておりました。そちらは」彼はご先祖様に訊《き》いた。「下部にアカンサス葉の浮き出し文様が施され、数珠《じゆず》状の渦巻き状の取っ手があり、蓋《ふた》には渦巻き状アカンサスの葉がバラの花弁状に被《かぶ》さり、円形の着脱可能な脚上に載ったタッツァ型スタンドに多葉式の皿につながるアカンサスの縁取りが施され、先端に向かってふくらんだパリンが頂上をなす、円形鋳造《ちゆうぞう》脚の付属した銀めっきのポリンジャーでございましょうか？」

彼は言葉を止めて返事を待った。しかしご先祖様はすぐには話しださなかった。彼女の顔つきは市営路面電車に轢《ひ》かれた誰かしらみたいだった。実際、おかしなものだ。なぜなら彼女はトム叔父さんからこういうことは長年聞かされ続けてきているにちがいないのだから。とうとう彼女は驚いてるべきじゃないわねとかびっくりするようなことじゃないわねとかそういったようなことをブツブツ言った。

「あたしとおんなじくらいのご明察だわ」彼女は言った。

「おそらく同一の品に相違あるまいと思料いたします、奥方様。あなた様はオランダ出身の職人によるものとおおせでいらっしゃいましたが、その名はハーグのハンス・コンレール・ブレックテルでございましょうか？」

「わかんないわ。ジョーンズとかスミスとかロビンソンとかじゃなかったってことはわかってるけど、あたしに言えるのはそこまでなの。だけどそんなことが何になって？　スタンドがタッツァ型だったり、パリンの頂上が先端に向かってふくらんでたからってそれがどうしたって言うの？」

「そのとおり」全面的に意を同じくして、僕は言った。「それでその製作者がハーグのハンス・コンレール・ブレックテルだったらどうだっていうのさ。問題はさ、ジーヴス、このご先祖様がくすね盗ったポリンジャーが具体的にどこのどういうポリンジャーだったかってことじゃなくって、その所有者が自分の客人だって時にどういうポリンジャーであれそいつをくすね盗ることがどこまで正当化されるかってことなんだ。そいつはもてなしの心違反だし贓物《ぞうぶつ》は所有者に返還されなきゃならないと僕は主張する。僕の言ってることは正当だろうか？」

「さて、ご主人様……」

「続けてちょうだいな、ジーヴス」ご先祖様が言った。「あたしはマーケット・スノッズベリー夫人社会文化庭園クラブから追放されるべき悪党だって言ってちょうだい」

「滅相《めっそう》もないことでございます、奥方様」

「それじゃあさっき口ごもった時、何て言おうとしてたの？」

「同物件を保持することによって有益なる目的に資《し》するところなしとの愚見《ぐけん》を申し上げるところでございました」

「わからないわねえ。交換条件のことはどうよ？」

「遺憾《いかん》ながらあなた様のご利益となるところはございません。ウースター様のお話より、奥方様がランクル氏より受け取りをご希望される金額は数千ポンドにのぼるとわたくしは理解いたしております」

「少なくとも五万ポンドよ。十万ポンドとはいかないまでもね」

「さようならばわたくしはあの方はあなた様のご要求に従われまいと拝察いたします。ランクル様は抜け目のない投資家でいらっしゃいます――」

「婚外子だけどね」

「おそらくはおおせのとおりでございましょう、奥方様。しかしながらあの方は損益計算に長《た》けた方でいらっしゃいます。サザビーのカタログによりますと、あちらの物件がオークションにて売却されました価格は九千ポンドでございました。あの方が同物件回復のために十万ポンド、あるいは五万ポンドをお支払いになられることはございません」

「もちろん払わないとも」彼が僕の弁舌《べんぜつ》の明快さに魅了されたのと同じくらい、彼の弁舌に魅了されて僕は言った。これは超一流の弁護人に最高の金額を支払うというような場面である。「あいつはただ〈悪銭身につかず〉とか言って、事業損失として損金処理するだけなんだ。おそらく所得税から控除《こうじょ》できるかどうか弁護士に相談するんだろうな。ありがとう、ジーヴス。いつもながらに見事な手並みですべてを解決してくれたな。君は……ダニエルなんとかのことで前に言ってたのは何だったっけ？」

「審判に訪れたダニエル［『ヴェニスの商人』四幕一場］でございましょうか、ご主人様？」

「そいつだ。君は審判に訪《おと》なうダニエルだな」

「さようにおおせいただき、ご親切なことでございます、ご主人様」

「ぜんぜんそんなことはない。当然の賛辞だ」

僕は齢《よわい》重ねた親戚をちらりと見た。おばさんの決意があれやこれやに固まっているという時、その方向を変えるのは困難なこととして名高いが、しかしジーヴスがそいつをやり遂げてくれたことは一目でわかった。彼女がうれしがるとは思わなかったし、実際うれしがってはいなかったが、しかし彼女がしばしば必然と呼ばれるところのことを甘受したのは明らかだった。この瞬間に彼女が、狩場《かりば》では十分結構だろうが男女同席の場においてはいささか強烈すぎる言葉を口にしなかったら、僕は彼女のことを言葉もなかった、と述べていたことだろう。僕はそいつをいつかスポードに言ってやるべきこととして記憶した。もちろんそれが電話口である限りにおいてだが。

「あなたの言う通りなんでしょうね、ジーヴス」彼女は言った。失意のうちにであろうが、しかし気丈にもそれを耐え忍びつつだ。「あの時はいい考えに思えたのよ。だけどあたしが考えたほど水も漏《も》らさぬ名案ってわけじゃなかったみたいね。黄金の夢なんていつもそんなもんだわよね――」

「ネズミと人の最良の計画はしばしば脱線しる、だね」助け船を出して、僕は言った。「詩人のバーンズが言っている。どうしてスコットランド人はしるっていうのか、よく不思議に思ったんだ。一度君に訊いたことがあったな、ジーヴス。憶えているかどうか。そしたら君はスコットランド人から説明は受けてないって言った。貴女は何て言ってたんだっけ、ご先祖様？」

「あたし は今こう――」

「ああ、それと脱線もだ」

「あたしは今こう――」

「それとしばしばっていうところをしばしばしっていうんだ」

「あたしは今こう言おうとしたの」僕にレックス・スタウトを投げつけ、この親戚は言った。さいわい今回は前より狙《ねら》いが不正確でよかった。「それじゃああれを盗ってきたランクルの部屋に戻すしかしょうがないわね、って」

「そこからあれを盗ってきた」と言った方が適切である。だが彼女の散文体の批評をするために僕は次の言葉を差し挟んだのではない。そいつを戻しに行く仕事を彼女にさせていいものかと考えていたのだ。彼女はランクルの部屋に向かう途中で気を変え、やっぱり略奪品を死守しようと決めるかもしれない。ジーヴスの議論は最後の一滴まで説得力あるものだったが、しかし説得力ある議論の効果がどこまで続くものか確信はできない。理非善悪の弁別のできない叔母の場合はとりわけそうである。またこのポリンジャーをぽっぽに入れて自分の記念品にしてしまったら、少なくとも瓦《が》礫《れき》の中から何かしらお取り置きはできたことになるわといったような見解を彼女はとるやもしれない。「トムの誕生日に何をあげようかって、いつも迷うのよね」と彼女は一人ごちるかもしれないのだ。「これがぴったりおあつらえ向きじゃない」と。

「僕がするよ」僕は言った。「君がするっていうんじゃなけりゃだけど、ジーヴス」

「ご遠慮させていただきます、ご主人様」

「ほんの一分で済むことだぞ」

「ご遠慮させていただきます、ご主人様」

「それじゃあ僕らにまかせてくれ、ジーヴス。君のダニエルが審判に来てくれて、とっても感謝だ」

「わたくしのよろこびといたすところでございます、ご主人様」

「チャーリー叔父さんに僕からよろしくと伝えてくれ」

「かしこまりました、ご主人様」

彼の後ろでドアが閉まると、僕は計画と整理整頓、という言葉でよかったと思うのだが、それをやった。またわが血縁者は従順かつ協力的だった。ランクルの部屋は『青の間《ま》』として知られる部屋であると彼女は教えてくれた。またポリンジャーは引き出し簞笥《だんす》の左の一番上の引き出しに投入されるべきである、すなわちそこから彼女はそれをくすね盗ったのだから、と。あいつがまだハンモックの中にいるかどうか僕は彼女に確認し、いるにちがいない、なぜなら彼女が出発した時、あの男はまた眠り込みそうな様子だったから、と彼女は言った。ねこのオーガスタスの行動様式からすると、その可能性は高そうに思えた。こういうトラウマ的シンプレジアの症例においては、目覚めというのは一時的なものでしかないのだ。キャットフードの缶が入った買い物袋が彼の上に落っこちてからほんの十五秒以内に、オーガスタスが眠りを再開したのを僕は知っている。息詰まる悪《あく》罵《ば》の後、彼はふたたび夢の国へと旅立ったのだった。

階段を上りながらも、L・P・ランクルが青の間《ま》をあてがわれたという事実に僕は感銘を覚えていた。なぜならこの家にあってその部屋を得ることはスター待遇を意味するからだ。そこは独身男性に割り当てられる部屋の中で最大かつ最も豪華な部屋である。僕は一ぺん齢重ねた親戚に、あそこに入れて欲しいと提案したことがあるのだが、彼女は「あんたが？」と一言発したのみで、そして会話は別の話題へと向かった。第七代伯爵が家内にあるにもかかわらずランクルがこの部屋を獲得したという事実から、わが齢重ねた親戚が彼を軟化させようと努力するにあたって、すべての石をひっくり返し残さず、すべての道を探索し残さぬ決意をどれだけ固めているかが知れようというものである。また彼女が入念に考え抜いた計画が皆脱線しるになってしまったのは皮肉なことと思われた。自分が何を言っているかバーンズにはわかっていたと、そういうことだ。こういう詩人連中は的当てで命中をとって葉巻かココナッツかお好きな方をもらえる権利を得るものと、だいたい信頼してよいのだ。

新しい読者の方には説明が必要だろうが、古なじみの読者の皆さんはご記憶でおいでだろう。僕が秘密の任務を帯びて青の間を訪れるのはこれが初めてではない。古くからの読者の方はご記憶だろうが、前回の訪問は破滅的結果に終わり、どっちを見ていいかわからなくなったものだった。つまり高名なサスペンス小説家であるホーマー・クリーム夫人が首の周りに椅子を巻き付けて床に転がる僕の姿を発見し、またその説明は容易ではなかったからだ。まさしくその折の記憶ゆえ、ただいまドアに近づく僕の感情は、昔日《せきじつ》にあって朝の祈りの終了後、アーノルド・アブニー文学修士の部屋に近づいた際の感情にいささか似通ったものになっていた。あのドアの向こうには、僕にはこれっぽっちもいいことなんかしてくれない何ものかがひそんでいるのだと、僕の耳許でささやく声がするかのようだった。

その声は完璧に正しかった。初《しょ》っ端《ぱな》から事実そのとおりだった。部屋に入って最初に僕の目に飛び込んできたのは、Ｌ・Ｐ・ランクルがベッドで眠り込んでいる姿だった。またいつもながらの頭の回転の素早さで、僕は何が起こったかをたちまち了解した。芝生の真ん中のハンモックで齢重ねた親戚に追い詰められた後、あらゆる方向から接近可能なその場所は平和と隠遁《いんとん》を望む者にとってふさわしい場所ではなく、そういうものは自分の寝室においてのみ得られるとの結論に彼は到達したのだろう。したがって彼はその場を去り、今ここにいるのだ。ヴォアラ・トゥー、すなわちただそれのみと、フランス語を勉強した者であれば言ったことだろう。

無論この眠れる美女を目《ま》の当たりにして、僕は不快なびっくり感を覚え、心臓は僕の前歯にかなり猛烈に衝突してきた。しかしジーヴス言うところの本状況の知的衝撃に僕が適応できないでいたのはほんの一瞬にすぎなかった。僕の活動するささやかな輪の中において、バートラム・ウースターはダウンはするかもしれないが、けっしてアウトにはならない男であり、考えをまとめて頭がぐるぐる回るのを止める時間を与えられたならば、いわゆる死に去りし自己を踏み台により高次のものへと上る［テニスンの詩「イン・メモリアム」一］確率が高いとは広く認められたところであるし、今がそれだった。むろん僕としてはＬ・Ｐ・ランクルの存在まったくなしの室内で活動する方がより好ましいところではあったが、しかし彼が寝ていてくれる限り僕の活動を邪魔するものは何もないということを僕は理解していた。必要なのは僕の活動が完全なる沈黙のうちに行なわれるという、そのことだけである。そういうわけで僕はドローンズ・クラブ公認メンバーというよりは生霊か死霊みたいな様子で活動していた、と、その時、ピューマかユキヒョウが岩につま先をぶつけた時に聞こえるような鋭い遠吠えによって大気がいわゆる鳴動をし、僕はねこのオーガスタスにけつまずいたことに気づいたのだった。彼は僕がキッパー・ヘリングを持っていていつ何時《なんどき》そいつを分けてくれるか知れないという誤った印象をいまだに持ち続けており、僕についてきてしまったものらしい。

通常の状態であれば、僕は大慌てで謝罪し、傷ついた彼の感情を慰撫《いぶ》するため耳の後ろをくすぐってやっていたことであろう。しかしこの瞬間にL・P・ランクルはがばりと身を起こして「わーわーわー」と言い、目をこすり、またその目で僕をいやな感じに見て、いったい全体お前はわしの部屋で何をしているのかと僕に問うたのだった。

それは回答容易な質問ではなかった。初めてお互いの活動領域に入り込んで以来、われわれの関係は彼の枕をならしたり冷たい飲み物はどうですかと訊ねたりするために僕はここに来ましたと言って通るようなことはあり得なさそうな様子であったし、また僕がそういう説明をすることもなかった。突然起こされたら寝ざめの機嫌は悪いはずと予測したご先祖様はなんと正しかったことかと、僕は考えていた。彼の態度物腰全体は、人類全体をあんまり好きではないがとりわけウースター家の者にはアレルギー体質だという人物のそれだった。ウースター家の者に対する嫌悪の念をこれほどあからさまにすることは、スポードにすら不可能であったろう。

僕は愛想のよさでなんとかやってみようと決意した。ジンジャーの時にはそれでうまくいったのだし、今回の状況もそれで緩和されないとも限らない。

「すみません」魅力的な笑顔と共に、僕は言った。「起こしてしまってすみません」

「ああ、起こしてくれたともじゃ。間抜けな類人猿みたいな顔で笑いかけるのはやめてもらえんか」

「よしきたホーです」僕は言った。僕は魅力的な笑顔をやめにした。やめるのは簡単だった。「もちろんご気分を害していらっしゃることでしょう。ですが、僕は非難されるべきというよりは憐《あわ》れまれるべきなんです。僕はうっかりねこにけつまずいてしまったんです」

警戒する表情が彼の顔に広がった。前途は遼遠《りょうえん》であったが、なんとかうまく広がった。

「帽子じゃと？」彼は身を震わせた。また僕には彼がピンクのリボンのついたパナマ帽の福祉を懸念しているのがわかった。

すぐさま僕は彼を安心させた。

「帽子《ハット》じゃありません。ねこ《キャット》です」

「どのねこじゃ？」

「あ、まだ会ってらっしゃらないんですか？　オーガスタスというのが彼の名前です。とはいえ会話の便宜《べんぎ》のために申し上げておきますと、彼の名前はいつもガスと省略されるのが常なんです。彼が仔猫の時から僕とは友達なんですよ。僕がここに入ってきた時についてきたにちがいありませんね」

これは不幸な言い方だった。つまり彼を最初の主題に立ち戻らせたからだ。

「いったい全体どうしてお前はここに入ってきたんじゃ？」

バートラム・ウースターよりも劣った男ならここで途方に暮れていたことだろう。また、僕も数秒間そうしていたと認めるにやぶさかではない。しかし足をもじもじさせ、指をいじくりまわしながら、近くのテーブル上に彼のカメラが置いてあるのが見え、人に時折訪れるところの、いわゆるインスピレーションというやつを僕は得たのだった。シェークスピアやバーンズなら、またオリヴァー・ウェンデル・ホームズだっておそらくそういうものを四六時中得ていたのだろうが、僕にそういうことはあまりない。実際それは、ここ何週間かぶりのインスピレーションだったのだ。

「ダリア叔母さんから、彼女とこの家とか色々の写真を撮りに来てくれるようにってあなたにお願いするよう言われてきたんです。長い冬の夜にそいつを見て暮らせるようにってことです。近頃の冬の夜がどんなに長いかはご存じでしょう」

こう言った瞬間、このインスピレーションは思ったほどにホットだったろうかと僕はあれこれ考えていた。つまりだ、この男はたったいま齢重《よわい》ねた親戚と会談してきたところで、またその会談は一国の首脳間の会談とは異なり、けっして最大限の友好的雰囲気の中で行なわれてはいなかったはずであるから、したがってその終了直後に彼女が彼に自分の写真を撮ってもらいたがるというのは不審だと彼は考えるかもしれないからだ。しかしすべては大丈夫だった。おそらく彼は彼女の要請をいわゆるオリーブの枝として知られるものとみなしたのだろう。いずれにしても、彼は大いに活気づき、いざ協力せんとの熱意に満ち満ちていた。

「すぐに伺いますぞ」彼は言った。「奥さんにすぐ伺うと伝えてください」

自室にポリンジャーを隠してドアをロックした後、僕が齢重ねた親戚のところに戻ると、彼女はジーヴスといっしょにいた。僕を見て彼女は安堵《あんど》した様子だった。

「ああ、いたのね。かわいい元気なバーティーちゃん。あんたがランクルの部屋に行かなくってほんとによかったわ。ジーヴスが、セッピングスがランクルに階段で会って、三十分したら紅茶を持ってくるよう言われたって話してくれたの。これから横になるって言ってたって。あんたあの男と鉢合わせしてたかもしれないのよ」

僕はいわゆるうつろな哄笑《こうしょう》を放った。

「ジーヴスが話してくれるのは遅すぎたんだよ、ご先祖様。僕はあいつと鉢合わせした」

「あいつがあそこにいたってこと？」

「その髪三つ編みに結いあげてさ」

「あんたどうしたのよ？」

「貴女から写真を撮りに来てくれないかって頼むよう頼まれたって言った」

「頭が回るわねえ」

「いつも稲妻みたいに思いつくんだ」

「それで納得してくれたの？」

「したみたいだった。すぐに来るって言ってた」

「んまあ、にっこりしなきゃいけないなんて、あたしいやよ」

そんな堅い決意は修正してランクルがシャッターを押す時に少なくとも前歯の一部は見せてくれるよう彼女に懇願したかどうか、僕にはわからない。なぜなら彼女が話すのを聞きながら、僕の思いは他のところに向かっていたからだ。突然疑問が僕を襲った。僕は自問した。何がランクルを引きとめているのか？　彼はすぐに行くと言ったではないか。だがあれからだいぶ時間が経《た》ったのに彼の気配はない。こんなふうにあたたかな午後の日には、彼みたいな体格の人物は何かしらの発作に見舞われるものかもしれないとの思いを僕は心にもてあそんでいた。と、階段をどすどす降りてくる音がして、彼が現れた。

しかしそれは僕に、すぐ伺うからと言ったL・P・ランクルとはまったく違ったL・P・ランクルであった。あの時彼は全面的に陽気でにこにこして、写真を撮って人にうっとうしがられるだけでなく、実際に写真を撮ってうっとうしがらせてくれと人に頼まれた素人写真家――また素人写真家にそういう機会は滅多《めった》にあることではない――だった。今や彼はピクニックの時のゆで卵みたいに冷たく硬く、また僕が実際に彼のパナマ帽にけつまずいたとしたってこれほどではあるまいと思われるくらいの嫌悪の表情で僕を見ていた。

「トラヴァース夫人！」

彼の声は自分の売り荷のブラッドオレンジと芽キャベツに購買客層の注目を喚起《かんき》しようとする呼び売り商人みたいに、甲高く大きく鳴り響いた。ご先祖様が身体を硬直させるのが感じられ、彼女がこれからグランド・デイムというか貴婦人の真似を始めようとしているということが僕にはわかった。この親戚は、通常だととっても友好的で付き合いやすい人物であるのだが、時折閃光《せんこう》のごとく守旧派のお高い公爵夫人そっくりになって下々《しもじも》の者を油ジミに変えてしまえるのだ。また特別すごいのは、彼女が柄付き眼鏡《めがね》の力を借りず、生身《なまみ》の目の威力だけでそいつをしてのけるということだ。彼女の年代の女の子たちは、フィニッシング・スクールでこういう技を学んだんだろうと僕は思う。

「ご親切に、わたくしを怒鳴りつけないで頂けますこと、ランクルさん。わたくし耳は聞こえますのよ。何事ですの？」

彼女の声のうちの氷のごとき貴族的響きは僕の背骨に冷たい戦慄《せんりつ》を走らせたが、しかしL・P・ランクルが相手では、凍りつかせるのは難しいようだった。彼は怒鳴ったことをわびたが、その謝罪は短く、真の改悛《かいしゅん》の情は感じられなかった。それから彼はこれは何事かという彼女の質問への対応に移り、猛烈な努力でもってかなり静かな声で話した。クークーいう鳩みたいとまでは言わないが、しかし静かにだ。

「トラヴァース夫人、わしがこちらに到着した時にお見せした銀のポリンジャーのことを、ご記憶でおいでかな」

「憶えてますわ」

「たいそう価値のあるものです」

「そう伺いましたわね」

「わしは寝室の引き出し箪笥《だんす》の一番上の左の引き出しにそれを入れておいた。隠しておく必要性があるなどとは、思いもせんかったからの。お宅様の屋根の下に暮らすご一同全員の正直さをわしは当然のことと考えておりましたのじゃ」

「当然ですわ」

「ウースター氏が滞在客の仲間であると知った時も、警戒はせんでおったが、致命的な間違いじゃった。あいつはあれをたった今盗んだのですぞ」

表情筋や脊柱《せきちゅう》の強度を必要とするあの貴婦人様式を長いこと続けるのは大変な緊張なのだろう。というのはこの言葉を聞くとご先祖様は貴婦人の真似はやめにして、若き日のクゥオーンとピッチリー様式にたち戻ったからだ。

「バカ言うんじゃないの、ランクル。何バカなこと言ってるの。バーティーはそんなことしようだなんて、夢にも思わないわ。ねえ、そうでしょ、バーティー？」

「百万年に一ぺんだって思わないさ」

「あの男、バカだわね」

「バカオロカと言ってもいいんじゃないかな」

「いつだって寝起きでいるんですものね」

「どこかに問題があるんだろうな」

「脳みそがうすらぼんやりしてるんでしょうよ」

「きっとそうなんだろう。ねこのガスもおんなじだからね。僕は兄弟のごとくガスを愛してやまないものだが、しかし長年にわたり眠り続けたことで、彼には閣僚並みの知性しかなくなってるんだな」

「ランクルのとんでもない主張のせいで、あんたが気を悪くしてなきゃいいんだけど？」

「いや、大丈夫さ、ご先祖様。僕はおこっちゃいない。ただ、ものすごく、ものすごく傷ついているだけさ」

これだけ言ったらランクルはご用済みになって、かつての自分のたんなる抜け殻になってしまったはずだとお思いだろう。しかし奴の目はいささかも曇らず、生まれ持った奴の勢いはいささかも衰えなかった。ドアに向かうと、彼はそこで立ち止まり、付け加えて言った。

「甥御《おいご》さんの信義誠実に関する貴女のご意見には賛成できませんなあ、トラヴァース夫人。シドカップ卿のご見解に従う方をわしは選びます。彼はウースター氏は床に釘で固く打ちつけてないものならば何でも盗むと断言しておいでじゃった。シドカップ卿によれば、彼とウースター氏が初めて会った際に彼がサー・ワトキン・バセットの所有にかかる傘を盗んで逃げなかったのは、たんなる偶然に過ぎないということじゃった。またその時から、ウースター氏はますます悪質化していると言うこともできましょうかな。傘、ウシ型クリーマー、琥珀《こはく》の小彫像、カメラ、すべて彼にとっては価値あるものなのじゃな。彼が寝室にこっそり忍び込んできた時、残念ながらわしは眠っておった。だからわしが目を覚ますまでに目的を達するための時間はいくらだってあったわけじゃ。彼がこっそり出ていってから数分たったところで、やっとわしは引き出し簞笥の一番上の左の引き出しの中を見てみようと思いついた。思ったとおり。引き出しはからっぽじゃった。彼は盗品を持って逃げてしまいおった。しかしわしは行動する男じゃ。ウースター氏の部屋を捜索するよう、警官を呼びにお宅の執事を交番に行かせてありますのじゃ。警官が到着するまでわしは部屋の前に立ち、彼が入っていって証拠を隠滅できぬよう確保するつもりでおりますぞ」

これだけのことを最高に不愉快な声と口調で言い終えると、L・P・ランクルはその不在によってかえってその存在を強調するに至った。そしてご先祖様は出自のいかがわしいデブ野郎が彼女の執事に用事を言いつけた厚顔無恥《こうがんむち》加減という主題について相当な雄弁でもって語った。僕もまた、彼の発言の締めくくりの部分に相当衝撃を受けていた。

「いやなことになった」ジーヴスに向かって僕は言った。彼はただいまのやり取りの間じゅう背景に退いて立ち、そこにいない人物の真似をしていたのだ。

「さて、ご主人様？」

「警官に部屋を捜索されたら、僕はおしまいだ」

「ご心配は不要と存じます、ご主人様。警官が私有地内に権限なく立ち入ることは許されておりません。また所有権者に立ち入り許可を求めることも許されておりません」

「絶対確実か？」

「はい、ご主人様」

うむ、そう聞いてちょっぴり安心した。しかし、バートラム・ウースターがいつもの平然とのほほんとしたバートラム・ウースターであったと述べたならば、読者諸賢を欺《あざむ》くことになろう。次から次へとあまりにも多くのことが起こり、彼は好ましいお気楽な遊び人ではいられなくなっていた。不快の元である様々な状況を一掃《いっそう》し、僕の目の下にすでに拡がりはじめている黒いクマを消そうと望むなら、頭の中の考えを整理する必要があると僕は理解した。

「ジーヴス」部屋から出て彼の先に立って歩きながら、僕は言った。「僕は頭を整理しなきゃならない」

「おおせのとおりでございます、ご主人様。さようにご希望でいらっしゃるならば」

「また僕はそういうことを危機がそこいらじゅうでとんぼ返りして回っているこの地にて行なうこ

とはできない。一晩ロンドンに行ってくるうまい口実を何か考えついちゃくれないかなあ？　僕はフラットの平穏な環境で何時間か一人で過ごす必要がある。僕は集中しなきゃならない。集中だ」

「しかしながら口実の必要がございますのでしょうか、ご主人様？」

「あったほうがいい。ダリア叔母さんは厄介《やっかい》な状況に置かれてるわけだから、何か立派な理由もなしにいま彼女を見捨てたら、すごく傷つくことだろう。彼女を落胆させるわけにはいかないんだ」

「うるわしきお心ばえと存じます、ご主人様」

「ありがとう、ジーヴス。何か考えついたか？」

「陪審員として召喚《しょうかん》されたと申しますのはいかがでございましょうか、ご主人様？」

「そういうのはずっと前から通知してきてるものじゃないのか？」

「さようでございます、ご主人様。しかしながら当局より当該通知を含んだ郵便が到着した際、わたくしはあなた様にそれをお渡し申し上げますことをうっかり失念し、つい数分前にそれをお届け申し上げたのでございました。さいわい遅きに失する事態は避けられたのでございます。あなた様におかれましては、直ちにご出発されるご所存でいらっしゃいましょうか？」

「できる限りすぐにだ。ジンジャーの車を借りてゆく」

「討論会にはご欠席となりますが、ご主人様」

「何にだって？」

「ウィンシップ様と対立候補との討論会でございます。明晩開催されるものでございます」

「何時にだ？」

「六時四十五分に予定されております」

「どれだけかかる?」

「おそらくは一時間ほどと存じます」

「それじゃあ僕は七時半に戻ると思っていてくれ。幸福で豊かな人生を送ろうと思ったら、人生においてて大事なのは、可能な限り政治討論会は避けるってことだ。君は僕といっしょに来るつもりはないだろう、どうだ?」

「ご遠慮させていただきます、ご主人様。わたくしはウィンシップ様のご演説をたいそう拝聴いたしたく存じておりますゆえ」

「あいつはきっと『あー』って言うだけさ」当意《とうい》即妙《そくみょう》に応えて僕は言った。

16．サンキュー、ジーヴス

翌日静けき夕暮れとして知られる頃合いに車を運転して家路に戻る僕の心は断然打ちひしがれ、目の下のクマはかつてなく黒くなっていた。ジーヴスが前にこのわかりにくい世界のずっしりうんざりする重みについて何か言っていたのを憶《おぼ》えている——彼の作ではないと聞いた。ワーズワースとかなんとかいう誰かの作だそうだ［ワーズワースの詩「ティターン寺院」］、僕が名前を正確に憶えていればだが——またこれはスープがあなたにこれから襲いかかろうと迫ってきていてどこにも救命ベルトは見当たらない、という時に感じられる陰気な心持ちを描写するのになかなか好適な言い方だと僕には思われた。僕は数年前にこのずっしりうんざりする重みを意識したことがある。従兄弟《いとこ》のクロードとユースタスが僕に断りなしに寝室に二十三匹のねこを入れた時のことだ。僕はあの感じを今この時、ふたたび確かに感じていた。

事実を考慮せよである。僕は以下の問題と格闘するためにロンドンに行ってきたのだった。

（a）どうやったら僕はマデライン・バセットと結婚しないで済ませられるのか？

（b）官憲が僕の首の後ろに杭《くい》を打ち込みに来る前に、どうやってL・P・ランクルにポリンジャーを返したらいいのか？
（c）どうやったらご先祖様はランクルから金をひっぱれるのか？
（d）どうやったらジンジャーはフローレンスと婚約していながらマグノリア・グレンデノンと結婚できるのか？

そして僕はこれら四つの問題をステイタス・クオというか現状維持のままで帰ろうとしている。一昼夜にわたり、僕はウースター頭脳の精華をこの問題に傾注してきた。で、僕が達成したことといったら、齢《よわい》重ねた親戚が『オブザーヴァー』紙のクロスワード・パズルを解こうとするみたいなものであったのだ。

旅路の果てに到着し、僕は車を私設車道に向けた。およそ半分過ぎたところにちょっと厄介《やっかい》な右ターンがあって、それに対応しようと僕は車のスピードを落とした。と、ぼんやりした人影が僕の前に現れ「ホイ！」という声がした。そして僕はそれがジンジャーであることを知ったのだった。奴は何かにイラついている様子だった。奴の「ホイ！」には非難の響きがあった。「ホイ！」という語が非難の響きを含みうる限りにおいてだが。それで奴が近づいて窓に半身を押しこんできたところで、奴は不機嫌であるという確かな印象を僕は得た。

奴の最初の言葉がこの印象の正当性を証明してくれた。

「バーティー、この底知れないシラミ野郎。いったいずっと何やってたんだ？　車を貸した時、まさか夜中の二時に返してよこそうだなんて俺は思ってもみなかった」

「まだ七時半だぞ」

奴は驚いた様子だった。

「まだそんななのか？　もっと遅い時間だと思った。いろんなことが起こってるんだ」

「何があった？」

「いま話してる時間はない。急いでるんだ」

この時点で、奴の外観についてこれまで見逃していたところに僕は気づいた。小さいことだ。しかし僕は観察力が豊かなほうなのだ。

「お前、頭にたまごがくっついてるぞ」

「もちろん頭にたまごがくっついてるとも」奴は言った。奴はいら立ちを隠さなかった。「俺の頭に何がくっついてたらいいっていうんだ？　シャネルの五番か？」

「誰かがたまごを投げつけたのか？」

「誰も彼もがたまごを投げつけ合ったんだ。いや、訂正。カブとジャガイモを投げてる奴もいた」

「討論会が騒擾《そうじょう》のうちに終わったと、そういう言い方だったと思うが、そういうことか？」

「イギリス政治史上あれほど騒擾のうちに終わった討論会はいまだかつてなかったと思う。たまごがあちこち飛び交った。大気はありとあらゆる野菜で暗くよどんだ。シドカップは目に黒あざをこしらえた。誰かがあいつの目玉にジャガイモを食らわせたんだ」

僕の心は二つに引き裂かれていた。一方において、もっとも実りある政治集会の特徴をすべて備えたモノを見逃したことに対する後悔の激痛である。他方、スポードが目玉にジャガイモを食らったと聞くことは稀少かつ爽快《そうかい》な果実のようだった。この偉業を成し遂げた射手に、僕は畏敬《いけい》と尊敬の念を覚えていた。きわめて不定形なジャガイモというものは、達人の手によってしか正鵠《せいこく》を射ることは不可能なのである。

「もっと話してくれ」大喜びで僕は言った。

「もっと話してやるなんてコン畜生だ。俺はロンドンに行かなきゃならない。俺たちは明日の朝早く向こうに着いて、登記所を見て回って一番いいところを選びたいんだ」

これはフローレンスらしくないことと聞こえた。破棄せずに婚約を全《まっと》うできたあかつきには、確実に主教、花嫁介添人、合唱隊一個連隊、式後の披露宴一式を要求するはずである。突然思い当たったことがあり、僕はハッと息を呑《の》んだかもしれないように思う。誰かが死にかかったソーダ・サイフォンみたいな音を発したが、あれはきっと僕だったのだろう。

「お前が『俺たち』って言う時、お前はお前とM・グレンデノンのことを言っているのか？」

「他の誰だっていうんだ？」

「だけどどうやって？」

「どうやってなんてどうだっていい」

「だけどどうやってそうなったのかを僕は気にするんだ。お前は僕の問題リストの（d）だったんだし、僕はお前たちの問題がどう解決したのかを知りたい。フローレンスはお前を恩赦《おんしゃ》にしてくれたってことだな――」

「そうだ。間違えようのない明瞭《めいりよう》な言葉でだ。車を降りろ」

「だけどなぜだ？」

「なぜなら二秒以内に降りなきゃ、俺はお前を引きずり降ろすからだ」

「いやつまりどうして彼女はお前に恩赦を与えたんだ」

「ジーヴスに訊《き》いてくれ」奴は言った。そして僕の上着のカラーに手を当てると、穀物袋を持ち上げる港湾荷役みたいに僕を車から引きずり降ろした。奴は僕に代わって運転席に座ると、私設車道を下って恋人との約束の場所に向かい消え去っていった。彼女はおそらく鞄と荷物を持ってどこかあらかじめ打ち合わせた場所で待っているのだろう。

困惑し、混乱し、けむに巻かれ、支離滅裂《しりめつれつ》でまごまごした、と記述するのが最も適切な状態に、奴は僕を置き去りにしていった。僕が奴から知り得たのは、（a）討論会は最大限に和気あいあいの雰囲気の中で執《と》り行なわれたのではなかったということ、（b）その終了時にフローレンスが結婚に異議を申し立てたということ、（c）もしこれ以上の情報が知りたければジーヴスが教えてくれるということ、である。耳の聞こえない毒ヘビから逃げ出した蛇つかいよりちょっぴりましというだけだ。ずっとましというわけではない。僕は不満足な証人にまごつかされたマッコーカデール夫人みたいな弁護士になった気分だった。

しかしながら、奴はジーヴスのことを情報の泉だと語っていた。そういうわけで居間に着いてそこに誰もいないのを知った僕が最初にしたことは、呼び鈴《りん》に人差し指を当ててそれを押すことだった。

召喚《しょうかん》に応えてセッピングスが現れた。僕と彼は子供時代からの――むろん僕の子供時代で、彼のではない――友だちで、いつだって会えば会話が水のごとくあふれ出るのが常である。大抵は天気やら彼の腰痛の具合といった話題についてだ。しかし今はのんきにおしゃべりしている場合ではなかった。

「セッピングス」僕は言った。「ジーヴスに会いたい。彼はどこだ？」

「使用人部屋でございます、旦那様。パーラーメイドを介抱いたしております」

僕が到着した最初の晩に銅鑼《どら》を鳴らすその手首の熟練の技に敬服させられたあの使用人のことを、彼は指して言っているのであると僕は了解した。また僕の用件は急を要するものでありはしたが、彼女の不幸が何にせよ、ここは同情の言葉を発するのが人として思いやりある態度と思われた。

「何か悪い報《しら》せを受けたのか？」

「いいえ、旦那様。カブが命中したのでございます」

「どこで？」

「下位肋骨《ろっこつ》でございます、旦那様」

「いや僕が言いたいのはどこでそういう目に遭ったのかということだ」

「町役場においてでございます、旦那様。討論会の最終段階においてでございました」

僕は鋭く息を吸い込んだ。僕が見損なった会合は、フランス革命時の最悪の残虐行為をも想起させる情熱のほとばしりの顕著なものであったことが、いよいよ理解されてきた。

「わたくし自身、トマトの命中するところを危うく逃れたのでございます、旦那様。それはわたくしの耳の横をうなりをあげて飛んでまいりました」

「それはひどいショックだったなあ、セッピングス。それじゃあ君が青い顔して震えてるのも無理はない」また実際、彼の姿はそのとおり、固まりの不十分なブラマンジェみたいにふるふる震えていた。「その騒動の原因は何だったんだ？」

「ウィンシップ様のご演説でございます、旦那様」

そう聞いて僕は驚いた。ジンジャーの演説がデモステネス——という名前で本当に正しければだが——の記した基準のはるか下だったことは容易に理解できた。しかし聴衆にたまごや野菜を投げはじめさせるくらいに途轍《とてつ》もない下手ではなかったはずである。そして僕が更に質問を始めようとしたところで、ジーヴスさんにあなた様がご会談をご希望でおいであそばされる旨《むね》お伝えいたしてまいりますと言いながらセッピングスはドアににじり寄っていってしまった。そしてやがて時満ちてジーヴスが現れた。と、こういう言い方でよかったはずだが。

「わたくしにご面会をご希望でいらっしゃいますか、ご主人様？」

「もっと強い言い方をしてもらっていいんだ、ジーヴス。僕は君との面会を切望していた」

「さようでございますか、ご主人様？」

「たった今、私設車道でジンジャーに会ってきた」

「はい、ご主人様。あの方はそちらにてあなた様のお戻りを待たれるとおおせでいらっしゃいました」

「奴は僕に、もうクレイ嬢とは婚約していなくて、グレンデノン嬢と婚約していると話してくれた。それで僕がどういうふうにこの転換は行なわれたのかと訊いたら、君が説明してくれるって言ったんだ」

「よろこんでご説明させていただきます、ご主人様。完全な報告をご希望でいらっしゃいましょうか？」

「そのとおりだ。どんな些細《ささい》な細部も省略しないでくれ」

彼はしばらく沈黙していた。おそらく考えを整理していたのだろう。それから話しだした。

「両候補者にとりましての本討論会の重要性は」彼は語り始めた。「きわめて明瞭でございました。町役場には相当数の聴衆が参集しておったところでございます。町長およびその一行が、マーケット・スノッズベリーの上流階級の精華ならびに本来出席を許されるべきでない縁なし布帽子にタートルネックのセーター姿の粗野な者たちと共に、一堂に会しておりました」

僕はこの時点で彼を叱責《しっせき》せねばならなかった。

「ちょっとお高くとまり過ぎてやしないか、ジーヴス？　君は着ているもので人を判断する傾向がちょっぴり強すぎる。タートルネックのセーターはその美点ゆえに着用されたならば王家の衣服にだってなるんだし、縁なしの布帽子は正直な心を隠していたのかもしれない。おそらくよくよく知り合ってみればものすごくいい連中だったんだ」

「わたくしは彼らとはよくよく知り合わぬことを好むところでございます、ご主人様。その後、たまご、ジャガイモ、トマト、カブなどを投げましたのは彼らでございました」

僕としては彼の言うことに一理あると認めざるを得なかった。

「確かに」僕は言った。「僕はその点を忘れていた。わかった、ジーヴス。続けてくれ」

「同集会はマーケット・スノッズベリー小学校の少年少女たちによる国歌斉唱によって幕開けいたしました」

「ひどくいやらしいものだったと、想像するが？」

「いささか不愉快でございました、ご主人様」

「それから？」

「町長が短い演説にて二名の候補者を紹介し、それからマッコーカデール夫人がご起立されてお話を始められたものでございます。あの方は上質の横畝織《うねおり》の趣味のおよろしい上着を、両脇にひだの寄ったマロケン地の長袖フロックドレスの上にご着用でいらっしゃいました。またそのドレスは首のところで――」

「そこは全部とばしてくれ、ジーヴス」

「失礼をいたしました、ご主人様。あなた様におかれましてはいかなる些細な細部をも省略せぬことをご希望でおいでと存じておりましたゆえ」

「それがかなんとかである限りにおいてだ。何と言ったかな？」

「関連細目でございましょうか、ご主人様？」

「そのとおりだ。マッコーカデールの外見についてはいい。彼女の演説はどうだった？」

「大量の野次にもかかわらず、きわめて効果的なものでございました」

「野次なんかじゃ彼女の勢いはくじけない」

「さようでございます、ご主人様。いちじるしくご強烈なご性格のお方と、強い印象を得てまいった次第でございます」

「僕もだ」

「あのご婦人とお会いになられたのでございますか、ご主人様？」

「数分だが――しかしそれだけでじゅうぶんだった。彼女の演説は長かったのか？」

「はい、ご主人様。あの方のご演説をお読みになられますか？　わたくしはお二方のご演説を速記いたしてまいっております」

「後でな、たぶん」

「ご都合のおよろしい時にいつなりと結構でございます、ご主人様」

「それで拍手喝采はどうだったんだ？　力強かったか？　それとも散発的だったか？」

「ホールの一方の側におきましてはきわめて力強い拍手がございました。粗野な者たちはあの方の支持者とウィンシップ様の支持者双方のうちにほぼ同数含まれておりました模様でございました。彼らは聴衆席の両側に分かれ着席しておりました。必ずや意図的であったものと思料《しりよう》いたします。夫人の支持者は喝采し、ウィンシップ様の支持者はブーイングを送ったところでございます」

「するとジンジャーが立ち上がった時、彼女の支持者は奴にブーイングを送ったんだな？」

「あの方のご演説があのようなものでなかったならば、おそらくはさようにしたものと拝察いたします。あの方のご登場はいささかの敵意をもって迎えられたところでございましたが、しかしながらお話を開始されるやいなや、あの方は熱狂的に歓迎されたのでございました」

「敵陣営にか？」

「はい、ご主人様」

「おかしいなあ」

「はい、ご主人様」

「はっきりわかるように説明してくれるか?」

「はい、ご主人様。一時わたくしの手帳を閲読《えつどく》してよろしゅうございましょうか。はい、ウィンシップ様のはじめのお言葉はこうでございました。『紳士淑女の皆さん。私は皆さんの前に生まれ変わった男としてやってきました』声『そいつはいい報せなのか?』第二の声『黙れ、この下司野郎《げすや ろう》』第三の声……」

「声のことは軽くすませてもらっていいと思う、ジーヴス」

「かしこまりました、ご主人様。ウィンシップ様はそれからかようにおおせられました。『そちらの椅子におかけの、私の対立候補をバカな年寄りババア呼ばわりされたタートルネックのセーターを着ていらっしゃる紳士に一言申し上げることで、ご挨拶《あいさつ》を始めたいと思います。もしこちらの演壇にお立ちいただけるようでしたら、私はよろこんでその醜いお顔をぶん殴って差し上げたいと思っています。マッコーカデール夫人はバカな年寄りババアではありません』声……ご寛恕《かんじょ》を願います、ご主人様。失念いたしておりました。『マッコーカデール夫人はバカな年寄りババアではありません』ウィンシップ様はおおせでございました。『そうではなく、最高に偉大な知性と物事を掌握《しょうあく》する能力とを備えた女性です。今夜彼女のお話を伺って、私の政治的見解は全面的に変化しました。彼女は私を彼女の思想に転向させたのです。そして私は、投票所が開いたあかつきには、私の清き一票を彼女に投じたいと提案します。ここにお集まりの皆さん全員に私は同じことをお勧めします。ありがとうございました』とおっしゃって、あの方はご着席されたのでございます」

「なんてこった、ジーヴス！」

「はい、ご主人様」

「あいつはほんとにそう言ったのか？」

「はい、ご主人様」

「婚約がパアになったのも無理はないな」

「その点につきましてわたくしはいささかも驚かなかったと、告白申し上げねばなりません、ご主人様」

僕は相変わらずびっくり仰天し続けていた。長所は脳みそよりは筋肉にあるジンジャーに、プリュー・シュヴァリエとしての立場を喪失することなくフローレンスの魔手から解放される、これほどの計画を思いつく創意とノウハウがあったのは信じがたいことと思われた。奴が高度のずる賢さを持ち合わせているということが露呈したように思われたし、人には他人の隠れた奥深さを見究めることなどできないのだと僕は考えていた。と、突然、思い当たることがあった。

「君だな、ジーヴス？」

「さて、ご主人様？」

「君がジンジャーにやらせたんだな？」

「ウィンシップ様がわたくしの申し上げた事柄に影響をお受けあそばされたやもしれぬということは、考えられるところでございます、ご主人様。あの方はご婚約に関わるご困難にたいそうお心をお痛めでおいであそばされ、わたくしはあの方よりご相談をいただく光栄に与かったのでございます。あの方のお考えを本日の出来事のような方向に向かわせた不注意な発言を、わたくしがいくつかいたした可能性は大いにございます」

「換言すると、君は奴にやれと言ったんだな？」

「はい、ご主人様」

僕はしばらくの間黙りこんでいた。僕とM・バセットとの問題についても同様に効果的なことを彼が何か考えついてくれたら、どんなにうれしいことかと考えていたのだ。また今日起こったことは、ジンジャーにとっては最善最高だったが、奴の支援者や後援者、そして保守主義の大義全般にとってはそんなにいいことじゃなかったとも、僕は考えてもいた。

僕はこの点を口にした。

「奴に賭けてた連中には、残念なことだったな」

「誰の人生にもいささかの雨は降らねばならぬものでございます、ご主人様」

「とはいえいいことかもしれない。これから大事な金は古い樫木《かしき》の長持ちにしまって賭けごとなんかに使うんじゃないって警告にはなることだろう。本当に悲しいのはビングレイが大儲《おおもう》けしたと思うことだ。あいつは一財産こしらえることだろうな」

「あの者は本日午後、さような見込みでいる旨わたくしに告げたところでございます」

「つまり君はあいつに会ったと言うのか？」

「五時頃こちらに参ったものでございます、ご主人様」

「愚かで、険しく、怒りに満ちて、って具合だったんだろうな？」

「正反対でございます、ご主人様。きわめて友好的でございました。あの者は過去のことには一切言及いたしませんでした。わたくしは彼に一杯茶をふるまい、おそらくは半時間ほどおしゃべりをいたしたものでございます」

「おかしいなあ」

「はい、ご主人様。あの者にはわたくしに接近する隠された動機があるのかと不審に感じたところでございます」

「たとえば？」

「思い当たらぬと告白いたさねばなりません。わたくしにクラブ・ブックを手放させようとの希望を心にもてあそんでいたのでない限りでございますが、しかしながらさような可能性はほぼ絶無でございますゆえ。この上ご用はございますでしょうか、ご主人様？」

「君は被害を受けたパーラーメイドのところに戻りたいんだな？」

「はい、ご主人様。あなた様がベルをお鳴らしの際、わたくしは薄いブランデーの水割りではどうかと試しておりました最中でございました」

　僕は彼を救難の使いへと急がせ、座り込んであれこれ考え始めた。ビングレイの奇妙な行動が僕の頭の中を一杯にしていたとご想像でおいでかもしれない。つまりだ、奴ほどに断固たる悪党が不可解な行動をしていたと聞く時、皆さんの当然の反応は「ははあ！」と言って奴のもくろみは何かと考えることだろう。そしておそらくは一、二分の間、僕はこのことをじっくり考え込んでいた。しかし僕にはじっくり考え込むべきことがあまりにたくさんありすぎたから、ほどなくビングレイのことは済んだこと箱に投げ入れられてしまった。で、僕の記憶が正しければ、問題（b）のポリンジャーをL・P・ランクルに返す件について考え込み、答を何ら得られずにいた時、齢重《よわい》ねた親戚の登場によって僕の黙想は妨げられたのだった。

彼女はまごうかたなきわが人生最善の時を過ごしてきた叔母の表情をまとっていた。またそのことに僕は驚かなかった。彼女がかつて経営し、僕が「お洒落な男はいま何を着ているか」に関する作品を書いた週刊誌を売却してしまって以来、彼女の人生は平穏な、十分快適ではあるが出来事やらわくわくすることには欠けた人生になっていた。彼女がたった今居合わせたたまご や野菜投げ集会みたいに本当にセンセーショナルな出来事は、海辺で一週間過ごしたみたいに彼女を元気いっぱいにしたにちがいないのだ。

彼女の挨拶は愛想のいいことこの上なかった。すべての音節から叔母の愛情が溢《あふ》れ出ていた。

「ハロー、このムカムカする物体ちゃん」彼女は言った。「あんた戻ってきたのね」

「いま到着したところだ」

「陪審員の仕事なんかあって残念だったわねえ。あんた最高の体験をし損なったのよ」

「そうジーヴスが言ってた」

「ジンジャーの頭がとうとうパアになったの」

提供された内部情報を用い、僕はこの見解を訂正することができた。

「奴は頭がパアになったわけじゃないんだ、齢重ねたご親戚。奴の行為は最大限健全な良識に基づいていたんだ。奴はどこか別のところで相手を探すようにってフローレンスに言うことなしに、彼女とおさらばしたかったんだ」

「バカ言わないで。あの子、彼女を愛してるんでしょ」

「もう愛してないんだ。奴はマグノリア・グレンデノンに乗り換えたんだ」

「あの秘書のこと?」

「まさしくその秘書だ」

「あんたどうして知ってるのよ?」

「あいつが自分でそう言った」

「んまあ、何てことでしょ。あの子とうとうフローレンスのボス面《づら》に嫌気がさしたのね」

「そうさ。またそれはいくらか時間をかけて本人にも気づかぬうちに進行してたにちがいないと僕は思う。無意識裡《り》に、ってジーヴスなら言うところだ。マグノリアに会ってそのことが表面化したんだな」

「あの子、いい娘さんみたいじゃない」

「とってもいい子だ。ジンジャーによればだが」

「あたしあの子にお祝いを言わなきゃ」

「ちょっと待たなきゃいけない。二人はロンドンに向かった」

「スポードとマデラインもそうなのよ。ランクルももうじき出てくはずだわ。昔学校で読んだ中世の民族大移動みたいだわね。さあて、素敵だわ。もうすぐトムが安心して巣に帰れるようになるわ。もちろんまだフローレンスが残ってるけど、だけどあの子もこのまま居続けするかは疑問だわね。

わが杯はあふれ出たわよ［『詩編』二三・五］、バーティーちゃん。あたしトムに会いたくってたまらないの。あの人がぶらぶらしてなきゃこの家はこの家じゃないんだもの。どうしてあんた魚呼び売り商人の荷台の上のオヒョウみたいな顔してあたしを見てるの？」

　彼女が述べたさかなとの類似性が僕にあったかどうか、僕は自覚していなかった。だが僕の目つきは確かに熱中したものであったのだろう。なぜなら彼女の最初の言葉に僕は深く動揺していたからだ。

「貴女《あなた》、こう言った？」僕は——そう、おそらく声高にわめきたてたという言葉でいいはずだ。「スポードとマデラインがロンドンに行ったって」

「三十分前にここを発ったわ」

「二人でかい？」

「そうよ、あいつの車でね」

「だけどスポードは僕に、彼女が奴を振ったって言ってきたんだぞ」

「振ったわよ。でもまたぜんぶ大丈夫になったの。あの男は称号を捨てて国会に立候補しないことにしたの。目玉にジャガイモを食らって、計画が全面的に変更になったのよ。下院議員に立候補するためにこういう目に遭わなきゃいけないとすると、安全策をとって貴族院にしがみついてた方がいいって考えるようになったのね。それでももちろん彼女は、これからふざけた真似は絶対なしで自分はちゃんとシドカップ伯爵夫人になるんだって念を押して、それで結婚反対を引っ込めたの。まあ、あんたトムがあわてて階段を上《のぼ》った時みたいにはあはあ言ってるわよ。どうしたの？」

実際には僕は深く息をついていたのであって、はあはあ言っていたわけではない。またあわてて階段を上った時のトム叔父さんみたいでは全然なかった。だが叔母にしてみれば深く息をついている甥《おい》とはあはあ言ってる甥との間に大した違いはないのだろう。またいずれにせよ僕はその点について論じ合う気分ではなかった。

「貴女はそのジャガイモを投げたのが誰かは知らないよね、どう？」僕は訊いた。

「スポードに当てた奴？　知らないわ。虚空《こくう》から飛んできたみたいだったわね。どうして？」

「もし誰だかわかったら、猿と象牙《ぞうげ》と孔雀《くじゃく》を載せたラクダ［『列王記・上』十・二二］を彼の住所に送りたいからさ。彼は僕を死に勝《まさ》る不運から救ってくれた。僕はバセット災害との結婚のことを言っている」

「あの子、あんたと結婚するつもりだったの？」

「スポードによればだ」

ほぼ畏敬《いけい》に近い表情がご先祖様の顔に浮かんだ。

「あんたが言ってたことって何て正しかったんでしょ」彼女は言った。「前あたしに自分の生まれ星を信頼してるって言った時のことよ。あんたが銃殺部隊から逃れる希望もなく絶対的に祭壇に向かって歩いてたことが何べんあったか数えきれないんだけど、その度に毎回何かしらそこから切り抜けられることが起こるのよね。不思議だわ」

彼女はその問題について更に深く論じたかったはずだと思う。なぜならすでに彼女は僕の守護天使に盛大な賛辞を送りはじめていたからだ。彼女によれば、僕の守護天使は自分の仕事を知り尽くしているのだという。しかしその瞬間にセッピングスが現れ、ジーヴスと一言お話しいただけるかと彼女に訊《たず》ね、そのため彼女は部屋を出ていったのだった。

　そして僕は足を長椅子の上に置き、僕の人生からバセット災害を取り除いてくれた気の遠くなるような幸運のことを恍惚《こうこつ》としながら考え込んでいた。と、フランス人がビアネートル《浄福》と呼ぶ僕の気分はL・P・ランクルの入室によってぺしゃんこにされたのだった。現状況下では、奴の姿を見ただけで血も凍りつき、ジーヴスが言うのを聞いたように一本一本の毛も気むずかしいポーペンタインの棘《とげ》のように逆立つ「『ハムレット』一幕五場」のだ。

　奴に会って僕はうれしくなかったが、奴は僕に会ってうれしがっているようだった。

「ああ、そこにいたのか」奴は言った。「お前は逃げたと皆が言っていたが。戻ってきたとは分別があるのう。逃げたところで何もいいことはない。なぜなら警察が遅かれ早かれお前を捕まえるんじゃからの。もし高跳びでもしたら、お前には不利になるばかりじゃ」

　冷たい威厳をもって、僕がロンドンに行ったのは所用のためだと僕は言った。奴はそんなのは全然一顧だにしなかった。奴は僕を、先ほどの会話でご先祖様が言っていた魚呼び売り商人の荷台の上のオヒョウみたいな様子でじろじろ見た。

「不思議なのは」僕を詳細に見まわしながら、奴は言った。「あんたは悪人顔をしておらんということじゃ。間抜けで、愚鈍な顔じゃが、悪人面ではない。ミュージカル・コメディーで侍女といっしょに踊る連中を思い出させる」

　待て、待て、僕は自分に言い聞かせた。これならまだましだ。スポードは僕をアンサンブルのメンバーと引き比べた。L・P・ランクルの意見によれば、僕はともかくも主役の一人だ。この世界で出世しているということだ。

「あんたの商売じゃあ、たいそう役に立つことじゃろうの。人に誤った安心を与える。お前のような顔の男が、何にせよ危険なわけがないと人は思う。みんなして警戒を解く。そこで、ドカン！傘もカメラを持っておさらばというわけじゃな。おそらくこの顔のせいだけで成功してきたんじゃろう。しかしお前もあまりにしばしば井戸に行く水差しの諺《ことわざ》は知っておろう。今回は処罰を受けるんじゃ。今回はの――」

奴は言葉を止めた。きわめて侮辱的な発言が終わりに至ったからではなく、フローレンスがわれわれの仲間入りをしたからだ。彼女の姿が、ただちに彼の注目を引き付けたのだ。彼女は小粋とはおよそ言えない姿だった。先の戦場の最前線に彼女がいたのは明らかだった。なぜならジンジャーは頭にたまごをくっつけていただけだったが、彼女はたまごで満艦飾に飾り立てられていたからだ。彼女は明らかに集中砲火のど真ん中にいたのだ。ありとあらゆる荒れ狂った政治集会にあって、こういうことは大部分が運の問題である。Aは無傷で逃げ切り、Bは人間オムレツになる、と。

L・P・ランクルよりもデリカシーのある男だったら、これには気づかぬふりをしたことだろう。しかし何かに気づかぬふりをするなんてことを、この男にいっぺんだって思いついたことがあったとは思わない。

「ハロー！」奴は言った。「あんたは全身たまごだらけじゃの」

フローレンスはいくらか刺々しく、そのことは自覚していると言った。

「着替えられたほうがよろしいの」

「そのつもりですわ。失礼ですけど、ランクルさん。わたくしウースターさんと二人きりでお話しがしたいんですの」

ランクルはもう少しで「何の話かの？」と訊くところだったと僕は思う。だが彼女の目を見て、賢明にも考え直したのだ。奴はどすどす歩き去っていった。そして彼女はそのお話を開始した。

彼女は簡潔明快に話した。ジンジャーの雄弁にあれほど特徴的な「あー」はまるでなしだった。デモステネスだって要点に達するまでにはもっと時間が要《い》ったはずである。とはいえもちろん彼はギリシャ語で話さねばならなかった点でハンデを負っていたのだが。

「あなたを見つけられてよかった、バーティー」

礼儀正しい「ああ、そう」が、僕に考えつく唯一の返事だった。

「わたし、すべてを考え直したの。そして決心したわ。ハロルド・ウィンシップなんてただのうすのろだもの、あの人とは金輪際《こんりんざい》関係なしにするわ。わたし、あなたとの婚約を解消した時、なんて大きな間違いをしたかってことが今わかったの。あなたには欠点があるけど、でもそんなのはみんな簡単に矯正《きょうせい》できるわ。わたし、あなたと結婚してあげる決心をしたの。わたしたちとっても幸せになれると思うわ」

「だけど今すぐにではありませんぞ」L・P・ランクルが戻ってきて言った。いくらか前に彼はどすどす歩き去ったと僕は言ったが、彼みたいな男は、誰かが他の誰かと内密に話さねばならないことがあってそいつを盗み聞きできる機会があったとしたら、けっして十分遠くまでどすどす歩き去ったりはしないのだ。「こいつはまず最初に刑務所で長いことお勤めをせねばならんからの」

奴の再登場にフローレンスは態度を硬化させた。今や彼女の態度はさらに硬さを増していた。彼女の表情は、これから貴婦人の真似を始めようとしている時の我がご先祖様のそれに似通っていた。

「ランクルさん！」

「ここじゃがの」

「あなたは出てゆかれたものと思ってましたわ」

「出ていってなかったんじゃ」

「どうして内密の話を盗み聞きされたりなさるんですの？」

「世の中で聞く価値があるのはそれだけじゃからの。わしは財産の大部分を、内密の話を盗み聞きすることで築きあげてきたんじゃ」

「その刑務所に関するナンセンスは何なんです？」

「ウースターはナンセンスとは思わんじゃろうよ。そいつはわしの高価な銀のポリンジャーをくすね盗《と》ったんじゃ。わしが九千ポンド支払った品ですぞ。いずれこれからこいつに有罪を宣告するのに必要な証拠を提出してくれる人物が現れることじゃろう。実に簡単な事件ですからの」

「本当なの、バーティー？」僕の記憶に鮮明な、地方検事を思い起こさせるあの言い方でフローレンスが言った。そして僕に言えたのは「えー……僕は……あー……その」だけだった。

僕みたいに超過勤務で働いてくれる守護天使がいる者には、これだけで十分だった。彼女はたちまちのうちに判断を下した。

「わたし、あなたとは結婚しないわ」彼女は言った。そして高慢げにたまごを取り除きに出ていった。

「実に賢明じゃ」L・P・ランクルが言った。「正しい選択じゃな。お前のような男は刑務所に出たり入ったりを繰り返してよい夫になんぞなりようがない。いつ何時《なんどき》一家の長が電話をかけてきて、また逮捕されて保釈は無理だと言ってよこすかわからないという時に、妻はどうやって予定を……晩餐会《ばんさんかい》、休日、子供のためのクリスマス会、妻が考えなけりゃならんことは山ほどある……立てられるというのかの？　ああ、何じゃ？」ランクルは言った。セッピングスがすぐ近くにきているのに僕は気づいた。

「ビングレイ様がご面会でございます、旦那様」

「ああ、わかった。そろそろ来る頃と思っておったんじゃ」

彼はとっとと出ていった。奴がこの辺りの大気を汚染し終えたかどうかのところで、ご先祖様がびゅんと駆け込んできた。

彼女は明らかに激しく動揺していた。熱いレンガの上のねことの類似性はきわめて顕著だった。彼女はだいぶ息を切らし、また彼女の顔はその魂の安らがぬ時にいつもそうなる藤紫色に変色していた。

「パーティー」彼女は声をとどろかせた。「あんた昨日出かけた時、寝室のドアの鍵は開けていった？」

「もちろんそんなことはないさ」

「んまあ、ジーヴスが、ドアは今開いてるって言うの」

「そんなはずはない」

「でもそうなの。ジーヴスはランクルか奴の手先が合鍵を作ったんだって考えてるわ。そんなふうに怒鳴らないでちょうだい、っもう」

では突然すべてがわかった時に僕に一体どうしろと言うのかと、僕は彼女に反論したってよかった。だが僕はすべてわかるのに忙しすぎて自分の発声方法に関する議論に寄り道している暇はなかった。恐るべき事実が、あたかもマーケット・スノッズベリーの有権者の一人にたまごかカブを投げつけられたみたいに僕の眉間《みけん》に命中したのだ。

「ビングレイ！」僕は絶叫した。

「歌うのもやめて」

「僕は歌ってなんかいない。僕は『ビングレイ！』と絶叫していた、あるいはこう言った方がよければ、『ビングレイ！』と怒鳴りたてていたんだ。ビングレイのことは憶えてるだろう。クラブ・ブックを盗んだ男だ。貴女が咽喉《のど》をつかんでドブネズミみたいに振り回してやる男だ。齢《よわい》重ねたご親戚、僕らは途轍《とてつ》もなく追いつめられている。ビングレイは貴女が言ってたランクルの手先なんだ。あいつは今日の午後ジーヴスのところに寄ってお茶を飲んでいったんだ。一杯飲んだところで、ちょいと二階に上がって僕の部屋の中を物色して回るくらい、あいつにとって簡単なことはない。奴はランクルの従者をやってたことがある。だからランクルに手先が要るとなったら、奴にやらせようってなるのが当然なんだ。ああ、貴女がうろたえるのも無理はないんだ」僕は付け加えて言った。つまり彼女はいにしえのクゥオーン＝ピッチリー時代にしばしばその口を衝《つ》いて出た刺激性の短音節語を虚空《こくう》に響かせたからだ。「それでまだ疑問があるようだったら、それを解消することをもうひとつ教えてあげよう。あいつはまたやってきて、それでランクルがあいつと話し合いに出ていった。二人は何を話し合っているんだろうか？　答は三回までOKだよ」

クゥオーン狩猟クラブは娘たちをよくしつけている。ピッチリーもだ。彼女は卒倒《そっとう》しなかった。もし彼女の立場に置かれていたらば多くの叔母たちが卒倒していたことだったろうに。ただいくらか低い音で件《くだん》の短音節語を繰り返しただけだった——言うなればギロチン台に向かう死刑囚運搬車がお待ちですと告げられたフランス革命期の貴族みたいに、瞑想《めいそう》的な様子で。

「これでおしまいだわ」彼女は言った。ああいう貴族が言ったであろうまさしく同じ言葉だ。とはいえむろん彼らはフランス語で言ったわけだが。「あいつのクソいまいましいポリンジャーを盗んだのはあたしだって告白しなきゃ」

「だめだ、いけない。そんなことはしちゃだめだ」

「それじゃあ他にどうしようがあるっていうの？　あたしあんたをムショに入れたりなんかできないもの」

「僕は構わないさ」

「あたしは構うの。あたしのせいだわ——」

「ちがう、ちがうよ」

「いいえ、そうなの。あたしの精神構造には花嫁学校で矯正《きょうせい》しとくべきだった欠陥があるってこと、あたしにはよくわかってるの。でもあたしがくすね盗ったポリンジャーをくすね盗ったかどで自分の甥にムショでお勤めさせることには、はっきりノーと言うわ。これは公式決定よ」

むろん彼女が何を言わんとしているか、僕にはよくわかった。ノブレス・オブリージュとかそういうやつだ。実に見上げたことだ。しかし僕には主張すべき強力な論拠があったし、それを主張するのに時間を無駄にはしなかった。

「だけど待ってよ、ご先祖様。この問題には別の側面があるんだ。もし……何て言ったかな？……僕が吹き寄せられた雪のように潔白な［シェークスピア『冬物語』四幕四場］、罪なき傍観者《ぼうかんしや》だってことが言いふらされたら、僕のフローレンスとの婚約が復活するんだ」

「あんたと誰を何したたですって？」今のは「誰が」と言うべきところであったが、その点には触れずにおいた。「あんたとフローレンスがどうしたって言って……」

「彼女は十分前に僕に婚約を申し入れた。また僕としてはプリューでいられるかどうかって問題だからね、申し入れを受けるしかなかった。そこにランクルが割り込んできて、近々ウォームウッド・スクラッブズ刑務所で郵便袋を縫うことになってる男と結婚する不利益を指摘して、それで彼女は婚約を破棄したんだ」

親戚は愕然《がくぜん》とした様子だった。あたかも『オブザーヴァー』紙のクロスワード・パズルで難解な問題に出くわしたみたいにだ。

「あんたのどこが女の子を夢中にさせるのかしらねえ？　最初はマデライン・バセットで、今はフローレンス。それで過去には何ダースもだもの。あんたには人を引き付ける磁石みたいな魅力があるにちがいないわ」

「そういう説明も可能かもしれない」僕は同意した。「とにかくそういうことなんだ。僕の人格に一滴の汚点なしとささやいたら最後、僕には希望なしなんだ。主教様に通知が行って、牧師補と花嫁介添人が全員集合してオルガン奏者が『エデンの園に響く声』の練習を始める。それで祭壇前の手すりのところでぐったりうなだれてる人物が、バートラム・ウィルバーフォース・ウースターだ。齢《よわい》重ねしわが血縁者よ、沈黙を続けて法に裁《さば》きをつけさせてくれるよう、僕は切にお願いする。フローレンスの許《もと》で終身刑をお勤めするのと、郵便袋を一、二枚縫うこと、どちからを選べと言われたら、僕はいつだって郵便袋をもらいたいんだ」

彼女はものわかりよくうなずいた。そして僕の言うことはよくわかると言った。

「わかってくれると思ってた」

「あんたの言うことには一理あるわ」彼女はしばらく物思いにふけっていた。「とはいえ、実際、郵便袋までことが進むかどうかは怪しいけど。次にどうなるかあたしにははっきりわかってるの。ランクルはアナトールを譲ってくれたら、全部なしにしてやるって申し出るんだわ」

「なんてこった！」

「『なんてこった！』って言ってもらっていいのよ。トムにとってアナトールがどんなに大切かはわかってるでしょ」

その点はわざわざ言ってもらうまでもない。トム叔父さんは食べ物への情熱的愛情とそれを消化する能力の困難とを併せ持っている。そしてアナトールは叔父さんのお腹を満載吃水線《きっすいせん》まで一杯にしながら、最悪の胃液隆起を起こさずにいられる唯一無二のシェフなのである。

「だけどアナトールはランクルのところに行くかなあ？」

「払いさえよけりゃ、誰のとこにだって行くわ」

「昔気質《かたぎ》の忠実な家臣みたいなところはないの？」

「ないの。あの男の考え方は全面的に実際的よ。フランス人の血のせいね」

「よくあいつをあんなに長いこと雇ってこられたなあって思ってるんだ。他からも申し出があったにちがいないのに」

「あたしがいつだってその上を支払ってきたの。たんに相手より高い値をつけるってだけの問題だったら、あたしも心配はしないのよ」

「だけどトム叔父さんが帰ってきてみたらアナトールがその不在ゆえにその存在を際立たせてたってことになったら、家庭内はちょっぴり坩堝《るつぼ》と化すんじゃない？」

「そんなこと考えるのもいやだわ」

だが彼女はそんなことを考えた。僕もだ。それで僕らが二人してそういうことを考えていると、L・P・ランクルの帰還によって僕たちの物思いは中断された。奴はよたよた歩いてくると、出っぱった目で僕たちをねめつけた。

もし奴がもっと細身だったら、彼のことを破滅の像と呼ぶ者もあったろう。しかし減量の必要がこんなにあるにもかかわらず、奴は筋肉質の手がたまご泡だて器でかき回したみたいに、僕の内臓にすばやい「シャッフル・オフ・トゥー・バッファロー」〔一九三三年のシンコペーテッド・ダンス〕を踊らせるにはほぼ十分な人物だった。また話し始めた奴の姿はじつに印象的だった。こういう大型の商業帝国を築き上げた人物には、いつだってジーヴス言うところの押し出しの強さがある。彼らは株主総会で他を圧倒することによって、そういうふうになるのである。「ああ、こちらにおいでしたか、トラヴァース夫人」で口を切ると、彼は演説を開始した。で、そいつはまた僕が今まで見た何よりも押し出しが強くなりそうな勢いだった。僕が憶えている限り、それは次のような内容だった。

「貴女《あなた》にお会いしたかったのですぞ、トラヴァース夫人。先ほどお話しした際、わしが貴女のご夫君――ご夫君がご不在でいらっしゃるのは、誠に遺憾《いかん》なことです――に売却しようとこちらに持ってきた銀のポリンジャーを甥御さんのウースター氏が盗んだと強硬に主張したことはご記憶でしょうな。これがたんなる疑惑でなかったことが今や完全に立証されましたのじゃ。法廷で宣誓の上、それがウースター氏の寝室の引き出し箪笥《だんす》の一番上の引き出しの中に、不器用にも靴下とハンカチの後ろに隠されていたと証言する用意のある証人をわしは確保しております」

これが株主総会だったら、ここで奴は本日午後ご参集の皆さま方の中にはご案内でない方もいらっしゃるかもしれない愉快な話を思い出していたところだろう。しかし個人的な会話の際には、そういう必要を感じなかったようだ。まだまだ押し出し強く、彼は続けた。

「このことを警察に通報し、入手した証拠を伝えた瞬間に、ウースター氏は自動的に逮捕されることとなり、峻厳《しゅんげん》な刑罰が必然的に結果することとなりましょうな」

こういう言い方は不快だったが、しかしベッドカバーみたいに事実をカバーしていることを認めざるを得ない。独房をよく掃除しといてくれ、ウォームウッド・スクラッブズ、僕はもうじきそっちへ行くから、と、僕は自分に言い聞かせていた。

「状況はこうであります。しかしわしは復讐心《ふくしゅうしん》に満ちた男ではない。避けられることならば、わしの滞在を楽しいものにするためにあれだけお心を砕いてくださった女主人におつらい思いはさせたくないのです」

彼は一瞬言葉を止めて唇をなめた。また、奴がアナトールの至高の料理を頭の中で味わい返しているのが僕にはわかった。そして今、奴はアナトールのことに触れてきた。

「貴女の客人としてこちらに滞在する間に、わしはお宅様のシェフの熟練と芸術的手腕に大いに感銘を受けたものです。この天才に貴女の雇用を離れわしのもとで働いてもらうということでご同意いただけるなら、ウースター氏に対する告発はしないと約束してもよろしいのですがの」

室内にフンと鼻を鳴らす音がとどろきわたった。わがご先祖様のとびきり最高のやつだ。押し出しのよい鼻鳴らしと呼んでもいい。続けて「ハッ！」という語を発し、彼女はゆったりと腕をひと振りして僕の方を向いた。

「言わなかったかしらね、バーティー？　言ったとおりでしょ？　アバズレ女とロクデナシの息子があたしを恐喝してくるってあたし言わなかったかしら？」

L・P・ランクルみたいに過剰な重量を擁《よう》する人物は、腹を立てたとて全身を硬直させるのは難しいものである。だが可能な限り、彼は全身を硬直させた。あたかもそれは、ある株主が株主総会で間違ったことを言ったかのようだった。

「恐喝ですと？」

「あたくしそう言いましたわ」

「これは恐喝ではない。そんなものではありませんぞ」

「この方のおっしゃるとおりでございます、奥方様」どこかしら知れぬ場所より現れいで、ジーヴスが言った。半秒前に彼はそこにいなかったと、僕は誓って言える。「恐喝には財物の交付が必要でございます。ランクル様はたんにコックをゆすり取っていらっしゃるだけでございます」

「そのとおり。純粋な商取引じゃの」ランクルは言った。明らかにジーヴスを審判に訪れたダニエルだと思いながらだ。

「もしどなたかが、この方がアメリカ滞在中に関係された訴訟において陪審員を買収した罪で刑務所にて拘禁《こうきん》刑に服された事実を暴露すると脅迫し、もってこの方より金員の交付を得ようとなさったならば、ことは大いにちがってまいります」

L・P・ランクルの唇から、叫び声が発された。キャットフードの袋が落ちてきて下敷きになった時に、ねこのガスが発したのといくぶん似通ったやつだ。彼はよろめき歩き、また思うに、彼の顔は蒼白《そうはく》になっていたことだろう。もし彼の血圧が、顔色が蒼白になるのがきわめて困難な高さでなかったらの話だが。フローレンスだったら土気色《つちけいろ》と呼んだであろう色になるのが、なんとか精一杯だった。

他方、ご先祖様はというとじょうろの下の小さいお花みたいに生気を取り戻していた。彼女が小さいお花みたいだと言うのではない。だが僕の言いたいことはご理解いただけよう。

「何ですって！」彼女は絶叫した。

「さようでございます、奥方様。詳細はすべてクラブ・ブックに記載されております。ビングレイがその点をきわめて詳細に記録しております。当時あの者の思想は極左でございましたゆえ、ランクル様ほど富裕な紳士様の不正を暴くことから、多大なる満足を得たものと拝察いたします。ランクル様が不動産詐欺事件との関連で更なる刑を科される重大な危険に直面し、裁判所に供託《きょうたく》した保釈金を没収され姿をお消しあそばされたことを物語るあの者の筆には、腹の底よりの喜びが明白でございました」

「保釈中にとんずらしたってこと？」

「まさしくさようでございます、奥方様。付け髭《ひげ》をつけ、カナダに逃走されたのでございます」

ご先祖様は深く息を吸い込んだ。彼女の双眸《そうぼう》は何よりかにより双子の星に似て輝いていた。彼女が踊った時代がはるか大昔でなかったら、小気味良いバック・アンド・ウィングダンスを踊っていたことだろうと僕は思う。踊りだそうとするみたいに、彼女の下肢《かし》はひくついていた。

「んまあ」彼女は言った。「ナイトの爵位をバラ撒《ま》いてる連中には、結構な報《しら》せだわねえ。『ランクルだって？』みんなして言うことでしょうよ。『あの前科者のじいさんか？　あんな男をナイトにしたら、うちはおしまいだ。野党席の連中にコテンパンにからかわれることだろうよ』ってね。あんたが大昔にタッピー・グロソップに払ってなきゃいけなかったほんのちょっぴりのお金のことについて、昨日話し合ったわね。あたしの書斎にお越しいただけたら、手の空《す》いてる時にその件についてまた話し合えるんじゃないかしら」

17. ジーヴスと結ぶ絆

翌日の朝は明るく晴れ晴れと明けた。少なくともそうだったのだろうと思う。だけどその時はまだ目が覚めてなかったのだ。ようやく僕が息を吹き返した時には、太陽は燦々《さんさん》と輝いていた。大自然がぜんぶほほ笑んでいるように思われた。そしてジーヴスが朝食のトレイを持ってきてくれたのだった。隣接する肘掛椅子で八時間の睡眠を貪《むさぼ》っていたねこのガスは、身体《からだ》を揺らし、片目を開けるとベッドに向かって座り高跳びをした。現在進行中の行為を一切見逃さぬ意気満々にてだ。

「おはよう、ジーヴス」

「おはようございます、ご主人様」

「天気はいいようだな」

「きわめて気候温和でございます、ご主人様」

「君が時々言うのを聞いたところでは、カタツムリ名乗り出て揚げヒバリは棘《とげ》にはうんだったたな［ブラウニング「ピパの歌」］、あるいは反対だったかもしれないが。この匂いはキッパーか?」

「はい、ご主人様」

「ちょっぴりガスにも分けてやってくれ。ミルクは受け皿に入れてやるとして、せっけん皿の上で食べさせるのがいいんじゃないかな」

「かしこまりました、ご主人様」

僕は起き上がって枕に背骨をあずけた。僕は深い平安を覚えていた。

「ジーヴス」僕は言った。「僕は深い平安を覚えている。何日か前に僕が多幸症の激しい発作に襲われてるって言ったのは憶《おぼ》えているかなあ？」

「はい、ご主人様。あなた様のご発言は明瞭《めいりよう》に記憶いたしております。あなた様は世界のてっぺんに座って肩には虹を巻き付けておいでであるとおおせられました」

「今朝はおんなじ状況なんだ。昨晩、すべてはうまくいったと思うんだが、どうだ？」

「はい、ご主人様」

「君のおかげだ」

「さようにおおせいただき、たいそうご親切なことでございます、ご主人様」

「ご先祖様とランクルとは満足のゆく取り決めができたんだろうな？」

「きわめて満足のゆくものでございました、ご主人様。奥方様よりつい先ほど、ランクル様は全面的に協力的であった由《よし》、伺っております」

「それじゃあタッピーとアンジェラは神聖なる結婚生活に入れるんだな、という表現でよかったと思うが？」

「ほぼただちにと、奥方様のご発言より了解してまいったところでございます」

「それで今この時にも、ジンジャーとM・グレンデノンはおそらくどの登記所がいいか、話し合ってるところなんだろう」

「はい、ご主人様」

「そしてスポードは目に黒あざをこしらえた。痛いといいがと願うところだ。要するに、四方八方からハッピーエンディングが飛び出してきてると、そういうことだ。ビングレイが緑のなんとかかんとかみたいに繁栄してるのは残念だが、しかしすべてを手に入れることなんてことはできないんだからな」

「はい、ご主人様。メディオ・デ・フォンテ・レポルム・スルギット・アマリ・アリクィッド・イン・イプシス・フロリブス・アンガット、でございます」

「君の言うことが完全に理解できたとは思わないんだが、ジーヴス」

「わたくしはローマの詩人ルクレティウスより引用いたしておりましたところでございます、ご主人様。大意を翻訳いたしますと、『このよろこびの噴水の中心より、花々の間にあってすらよろこびを息詰まらせる、苦味の湧《わ》きいずる』［『物の性質について』四巻］でございます」

「誰がそいつを書いたと言った？」

「ルクレティウス、紀元前九九年誕生紀元後五五年没、でございます」

「陰気な男だったんだな」

「彼の人生観はおそらくいささか陰鬱《いんうつ》でございました、ご主人様」

「とはいえビングレイを別にしたら、歓喜が至高に君臨していると述べることもできよう」

「きわめて色彩に富んだご描写でございました、ご主人様」

「僕の作じゃない。どこかで読んだんだ。そうだな、何もかもが多かれ少なかれウジャ・クム・スピッフというかよろこばしきことだと言えると思う。ひとつ例外を除いてだ、ジーヴス」僕は言った。ガスに二切れのキッパーをやる僕の声には、厳粛《げんしゅく》な響きが入り込んでいた。「香油の中のハエがまだ残っている。おなじみの言い方だがその意味は……うむ、僕にはどういう意味か本当のところよくわからない。不審の目もて見やるべき状況ってことを意味するらしいが、しかしどうしてハエが香油に入ってちゃあいけないんだろうと僕は自問する。どういう害があるっていうんだ？　また香油なんて誰が欲しがるんだろう？　しかし僕が言わんとしていることはわかってもらえたな。ジュニア・ガニュメデスのクラブ・ブックが依然として存在している。この不安が僕の歓喜を邪魔しているんだ。あそこにどれだけトリニトロトルエン爆薬がうんうんうなっているかを、われわれはこれまで見てきた。またあれが暗黒勢力の魔手にどれほど落ちやすいことかもわれわれは知っている。別のビングレイがやってきて事務局長の部屋からこっそり盗みださないと、誰に言える？　あの忌《い》まわしいシロモノを焼き払ってくれと君に頼めないのはわかっている。だが少なくとも僕についてで書かれた十八頁を破棄してもらうことはできないだろうか？」

「すでにさようにいたしてまいりました、ご主人様」

僕は川を上《のぼ》るマスみたいに跳び上がった。またそれは僕のみぞおち上で眠っていたガスにとっては迷惑千万《せんばん》なことだった。僕は言葉を失った。だがやがて、なんとか二語を発したのだった。

「感謝だ、ジーヴス」

「滅相《めっそう》もないことでございます、ご主人様」

訳者あとがき

本書 *Much Obliged, Jeeves* は、ウッドハウス九十歳の誕生日記念出版として、一九七一年十月十五日、誕生日のその日にイギリスで刊行された。大西洋をはさんだアメリカでも同日、本書の米国版 *Jeeves and the Tie that Binds* がサイモン・アンド・シュースター社から発売されている。英米版双方とも表紙は巨大バースデーケーキに挿された九十本のロウソクに、結構な年配で恰幅のよろしい禿頭のジーヴスが点火している図である。イギリス版の裏表紙には自宅庭先で右手にクロネコを持って笑うウッドハウス翁の写真が、アメリカ版の裏表紙には脚を曲げないで前屈して両手の指先が床についている（したがって禿頭が俯瞰《ふかん》できる）ウッドハウス翁の写真が使われている。

言うまでもなく、本書執筆時ウッドハウスは齢《よわい》八十九歳の翁《おきな》であった。健在でいるだけでもめでたい年齢であるが、ウッドハウスはこの時にも依然、一年一冊の刊行ペースを維持して一日五百語から千語の健筆を続けていた。また一九六〇年代を通じてウッドハウスの新刊は、アメリカでは初版一万部、イギリスでは初版三万部が刊行されていたという。尊敬すべき数字である。

一九六九年に執筆開始された本作は、ウッドハウス九十歳の誕生日にぜひとも間に合うようにと編集者に気をもまれ、完成は安堵をもって迎えられた。ウッドハウスのイギリス側出版社であるバリー&ジェンキンスは、九十歳の誕生日を祝賀して第二次大戦後初となる作家のイギリス帰国実現を強く望んだが、本人が自宅を離れることを嫌ったため訪英が実現することはなかった。とはいえ作家九十歳の誕生日は大西洋の両側でにぎにぎしく祝われた。

ロングアイランド、レムゼンバーグでのウッドハウスの暮らしについては以前のあとがきにも記したが、八十歳代の十年間、作家の毎日にほとんど変化はない。毎朝七時半に起きて一九一九年以来欠かさない「デイリー・ダズン」体操をやり、自分で朝食のトーストと紅茶を用意して「朝食の一冊」を読みながらゆっくりそれを食べる。九時までにパイプを一服して一頭ないし四頭の犬といっしょに散歩をし終え、書斎に移動して長編なり短編なりエッセイなり、その時執筆中の作品に取りかかるのが日課だった（Herbert Warren Wind, *The World of P・G・Wodehouse*（1972）pp. 11-12)。

一九七〇年のある日、ウインドが取材した日のウッドハウスは、十二時にニューヨークから訪ねてくる二人の旧友と昼食をとる約束があったが、午前中は日課通りに行動した。バーティー・ウースターとジーヴスの新作（すなわち本書）を書き始めたばかりの彼は大変な上機嫌で、友人たちとの昼食の席ではこんなふうだったそうである。

「ああそうだ、国会議員に立候補して議席を獲得した男がそいつをぜんぶ放り投げちゃう、そういうのはありかなあ？」友人に異論はないようだった。この設定を次の新しいバーティー・

ウースター本に使おうと考えているのだとウッドハウスは説明した。「それはこれまでのバーティーとジーヴス本と大層似たものになるだろう」彼は言った。「それがいいことか悪いことかはわからない。長年、私は読者たちからどうしてこんなに沢山のカントリーハウス小説を書き続けるのかと訊ねる手紙を受け取ってきたし、そのことはいつも私を驚かせてきた。私はレックス・スタウトのネロ・ウルフ・ミステリーを読んで、その舞台が三十五番街の彼の自宅でなかったら自分がおそろしくがっかりすることをよく知っている。最近読んだネロ・ウルフは西部の観光牧場が舞台だった。私は蘭、そしてレックス・スタウトが見事に描き出すあのニューヨークの雰囲気すべてを恋しく思った。もし自分がユーゴスラビアやクリミアを舞台にした小説を書いたらそれが進歩だなどと、私は思わない」(*The World of P・G・Wodehouse*, pp. 98-99)

そうそう、説明が必要と思われるが、本書内選挙活動においては候補者ジンジャーをはじめ、バーティー、ジーヴスたちが戸別訪問に駆り出されている。戸別訪問というのは選挙違反ではないのかとおおいに違和感を覚えるのは先進国中では我が国日本の国民だけであるはずで、というのはむしろ候補者らの戸別訪問を禁止する公職選挙法一三八条のほうが国際的には例外的な規定であるからだ。現在でもイギリスでは選挙の際には候補者による戸別訪問や学校行事出席が大いに行われている。とはいえ赤ちゃんにキスするのは現在ではあまり流行《はや》らないそうである。

本書はジーヴスのクリスチャン・ネームがはじめて明かされた作品でもある。バーティーではないが、ジーヴスの名前がバーティーでなくって本当によかった。とはいえレジーとは、バーティー・ウースターの原型とされる初期短編シリーズの主人公、レジー・ペッパーと同じ名前であるのだが。

本書には過去の作品および過去の登場人物への言及が頻出する。作品内のクロス・レファレンスを充実させるべく、言及されたエピソード、および登場人物にいちいち注を付したい（たとえば、ボコ・フィトルワース［『ジーヴスと朝のよろこび』に登場した人気作家］など）衝動と闘いつつのゲラ校正作業となった。これがおそらくジーヴス／バーティーものの最後になるかもしれないという思いがウッドハウスに自覚されていたかどうかはともかく、少なくとも九十歳の節目記念という思いは強かったのだろう。懐かしき登場人物たちの名前が次から次へと列挙されている。

誕生日記念出版を目指して急《せ》かされつつ書いたせいか、本書にはミスが目につく。悪役ビングレイは『サンキュー、ジーヴス』ではブリンクレイであったはずだが、今回はバーティーが最初「ブリンクレイ」と正しい名前を述べると、ジーヴスに「ビングレイでございます」と訂正されている。舞台がブリンクレイ・コートであったための変更と思われるが、明示的な説明はない。これは少なくとも意図的ととれる変更だが、バーティーが行った学校の校長先生がアーノルド・アブニーだったというのは凡ミスで、もちろんオーブリー・アップジョンの間違いである。ちなみにアーノルド・アブニーは一九一三年の作品、*Little Nugget* に登場する校長先生の名前であった。とはいえ、ウッドハウスが登場人物の名前の扱いに無造作であったのは、この時に始まったことではないとは重ねて述べておこう。

ところで、イギリス版『感謝だ、ジーヴス』とアメリカ版『ジーヴスと結ぶ絆』は、結末がちがう。米国版にあって英国版にはない加筆分二頁を引用しよう。


「すでにさようにいたしてまいりました、ご主人様」

「なんだって?」

「はい、ご主人様」

僕が目に見えて感動したと述べたとて誤りではない——あまりにも目に見えたものだから、僕のみぞおち上で眠り込んでいたねこのガスは空中に十センチ近く跳び上がり、著しい不快感を表明した。

「ジーヴス」僕は大声で話しだした。しかし彼が割って入ってこう言った。

「かような措置を取るにあたりましては、ご主人様、ジュニア・ガニュメデス・クラブに対する不利益は何ら加えておらぬものとわたくしは理解いたしております。クラブ・ブックはメンバーのための軽く刺激的な読み物となるために存在いたすものではございません。その機能は新たに職に就かんとする者に可能的雇用者における性格上の弱点を周知させるという、ひとえにそのことにございます。さようであるならば、あなた様に関わる十八頁に記された記録の存在する必要性はございません。なぜなら、もし可能でありますならば、わたくしはあなた様の許で永久的にご奉職させていただくことをお許しいただきたく希望いたしておるからでございます。よろしゅうございましょうか、ご主人様？」

「もちろんいいとも、ジーヴス。とはいえいつだって僕には不思議なんだが、どうして君みたいな最善最高の天才がそんなことをしたがるんだろうか」

「結ぶ絆があるのでございます、ご主人様」

「何する何があるだって？」

「結ぶ絆でございます、ご主人様」

「それじゃあそいつに天の祝福のあらんことをだ。結ぶのは無期限終身にしてもらいたい。運命の偶然は時に落とし穴以上のものを人に与えると、人の言うようにだ」

「出典は誰でございましょうか？　ソローでございますか？」

「ちがう、僕だ」

「さて、ご主人様」

「僕がちょっぴりこしらえた。どういう意味かはわからない。だが心から直截に出たものとして、理解してくれ」

「たいへん結構でございます、ご主人様」

「うん、僕も悪くないとは思うんだ」僕は言った。そしてもうちょっとああ言ったり言われたりをやった後、彼はゆらめき消え去り、僕はもう一つの問題――問題（e）と呼ぼう――と取り組むべく、一人その場に残された。すなわち、ガスを起こさずにどうやって起き上って入浴するかという問題である。奴は今や僕ののどぼとけ上にまで進行していた。

「感謝だ、ジーヴス」であっさり終わるイギリス版（すなわち本書）の結末は、いささか唐突すぎるとお考えの方もおありかもしれない。アメリカの編集者、サイモン・アンド・シュースターのピーター・シュウェッドもそうだった。

『感謝だ、ジーヴス』の原稿を拝受したと知らせる一九七一年二月十二日付シュウェッドからウッドハウス宛の手紙には、「クラブ・ブックのような神聖な物にジーヴスが合理的な説明なくそのようなことをするわけがない」として「すでにさようにいたしてまいりました、ご主人様」の後を変更する文案が添えられている。ウッドハウス研究家のN・T・P・マーフィー氏のご厚意で入手できた本私信の全文を引用することは控えたいが、前記アメリカ版加筆部分には、ねこのガスが登場しないのと、ジーヴスが十八頁を破り去った理由を述べた箇所を除いてほぼシュウェッドの文案がそのまま利用されている。

シュウェッド案ではこうであった。

「あなた様のご生活の奇矯なる側面と一部の読者が解釈しかねぬ部分も、あなた様の紳士様お側つき紳士をお勤め申し上げることがやりがいある快適な仕事と考えるわたくしの思いには、いささかの影響も及ぼさぬところでございます」

ウッドハウスはそこを削って、更に前引用のとおり、ジーヴスにこう語らせた。

「なぜなら、もし可能でありますならば、わたくしはあなた様の許で永久的にご奉職させていただくことをお許しいただきたく希望いたしておるからでございます。よろしゅうございましょうか、ご主人様?」

なお、「結ぶ絆」の出典は一八七二年ジョン・フォーセット作の賛美歌である。蛇足の例に更に例を連ねるようで恐縮だが、本書の章題は今回も翻訳者の作であることをお断り申し上げる。


さて、本二〇一一年は本書刊行からちょうど四十年で、すなわちウッドハウス生誕百三十周年にあたる。本年十月十五日の誕生日には、米国ウッドハウス協会の二年に一度のコンベンションがミシガン州ディアボーンで開催され、ウッドハウス百三十歳の誕生日が盛大に祝賀される予定である。もうひとつ、ツィッター/Twitter 上に Jeevesbot と Woosterbot という素晴らしい bot があるのをご存じだろうか。晴れた日もじっとり雨の晩も連日連夜きっかり一時間ごとに、われらがジーヴスとバーティーがつぶやいてくれている。bot 作成に多大な労力を割いてくださった善良な作成者の方に心底より感謝申し上げるとともに、ご存じでない方にはフォローすると人生が楽しくなりますよと、強く推奨申し上げたい。

後もうひとつだけ。本二〇一一年のアカデミー賞作品賞をはじめ四部門賞を受賞した『英国王のスピーチ』で、吃音に悩むジョージ六世王に寄り添う賢く愛深き王妃エリザベスをヘレナ・ボナム゠カーターが演じたが、この感心な王妃こそわれわれが「クイーン・マザー」と呼んで敬愛する故エリザベス皇太后である。ご存じの方も多いとは思うが、クイーン・マザーはよく知られたウッドハウス・ファンで、英国、米国両ウッドハウス協会のパトロンを務められた。誕生日に何が欲しいかと訊かれて「ウッドハウスの作品をぜんぶいただきたいわ」と答えたのが彼女である。また、ウッドハウスが一九七四年にナイトに叙爵された際、アメリカのウッドハウス翁の許を自ら訪ねて祝意を表したいと言ったと言われるのが彼女であった。ロンドン、ダンレーヴン街のウッドハウスの旧住所にブループラークが取り付けられた時、序幕を執り行ったのも彼女である。

クイーン・マザーは、つらいこと悲しいことがあった夜には寝床にウッドハウスを持ち込んで読みふけったそうである。「そうすれば、眠る時には笑顔になっていられるから」と。

ウッドハウスを愛読したクイーン・マザーは百一歳の長寿を全うされた。私たちもぴんぴんころりで九十三歳の死のその時まで旺盛な執筆活動を続けたウッドハウス翁のひそみにならって、コツコツ毎日毎時少しずつウッドハウスを読み声あげて笑って夜はぐっすり眠り、また来る明日に備えよう。明けない夜はないのだから。

森村たまき

二〇一一年六月

ウッドハウス・コレクション
感謝だ、ジーヴス

2011年 7月21日　初版第1刷発行
2018年10月20日　初版第2刷発行

著者　P・G・ウッドハウス

訳者　森村たまき

発行者　佐藤今朝夫

発行　株式会社国書刊行会
東京都板橋区志村1-13-15
電話 03(5970)7421　FAX 03(5970)7427
http://www.kokusho.co.jp

装幀　妹尾浩也

印刷　株式会社シナノパブリッシングプレス

製本　村上製本所

ISBN978-4-336-05372-5

ウッドハウス
コレクション

比類なきジーヴス
2100円
＊
よしきた、ジーヴス
2310円
＊
それゆけ、ジーヴス
2310円
＊
ウースター家の掟
2310円
＊
でかした、ジーヴス！
2310円
＊
サンキュー、ジーヴス
2310円
＊
ジーヴスと朝のよろこび
2310円
＊
ジーヴスと恋の季節
2310円
＊
ジーヴスと封建精神
2100円
＊
ジーヴスの帰還
2310円
＊
がんばれ、ジーヴス
2310円
＊
お呼びだ、ジーヴス
2310円